ULRIKE DRAESNER, 1962 in München geboren, wurde für ihre Romane, Essays und Gedichte vielfach ausgezeichnet. Zuletzt erhielt sie den Großen Preis des Deutschen Literaturfonds (2021) für ihr Gesamtwerk, das multimediale Arbeiten und Übersetzungen einschließt. Die Jahre 2015 bis 2017 verbrachte Draesner in England. Nach verschiedenen internationalen Gastdozenturen und Poetikvorlesungen ist sie seit April 2018 Professorin am Deutschen Literaturinstitut Leipzig. Draesner lebt mit ihrer Tochter in Berlin.

Vorliebe in der Presse:

»Selten wurde ein Liebesdrama mit so viel Sprachwitz und Eleganz erzählt.« *Frankfurter Allgemeine Zeitung*

»Ein äußerst gelungener Roman über ein uraltes Thema: zwei Menschen gleichzeitig lieben.« *NDR Kultur*

»Ein romantisches Buch, das zu intelligent ist, um Gefühlsstürme auf Normalmaß reduzieren zu wollen.« *Frankfurter Rundschau*

Außerdem von Ulrike Draesner lieferbar:

zu lieben
Die Verwandelten
Schwitters
Kanalschwimmer
Sieben Sprünge vom Rand der Welt
Spiele
Mitgift
hell & hörig
doggerland
subsong
berührte orte
gedächtnisschleifen
Eine Frau wird älter
Heimliche Helden
Schöne Frauen lesen

www.penguin-verlag.de

Ulrike Draesner

Vorliebe

Roman

 PENGUIN VERLAG

Penguin Random House Verlagsgruppe FSC® N001967

1. Auflage 2024
Copyright © 2024 by Penguin Verlag
in der Penguin Random House Verlagsgruppe GmbH,
Neumarkter Straße 28, 81673 München
Umschlaggestaltung: Sabine Kwauka
Umschlagabbildung: © shutterstock
Satz: GGP Media GmbH, Pößneck
Druck und Bindung: GGP Media GmbH, Pößneck
Printed in Germany 2024
ISBN 978-3-328-11123-8
www.penguin-verlag.de

Jeder Mensch ist eine kleine Gesellschaft.
Novalis, Fragment 42

Restat iter caeli: caelo tantabimus ire.
Übrig nur ist die Luft. Durch diese
zu gehen versuchen wir.
Ovid, Ars amatoria, II, 36

I

Weiß, die Lichtmischung aller Farben auf einer Wand, weiß, der Sturz in den Schnee auf der Nordseite des Kailash, eine Frühlingswiese weiß gesprenkelt, das Weiß eines menschlichen Auges, der hineingemalte verborgene Glanz, das Weiß der Albedo, der Erde Widerschein im All. Weiß die Sekunden in der Parabel, Flug um Flug, Sturz um Sturz, das Weiß der Rotation, als noch einmal etwas aus ihrem Schädel dringt, obwohl ihr Gehirn sich bereits außerhalb der Knochen befindet – von Neuem wölbt es sich aus, presst durch kleinste Ritzen nach unten und außen, Beschleunigung auf höchster Stufe, weiß, die Erinnerung an Peter, der Widerstrahl eines Horizonts, ein Lachen inmitten des Strudels jetzt, noch tieferes, sattes, saugendes Weiß.

Sieben Minuten. Sie lösten die Halterungen. An ihren Mitbewerbern hatte Harriet gesehen, wie grün ein Mensch werden kann.

Der Arzt sagte: »Machen Sie zuhause eine Flasche Sekt auf.«

Von Sekt wurde ihr übel, aber noch im Gang steckte sie sich eine Zigarette an. Ausgefeilte Tests, international besetzte Kommissionen. Wollte sie wirklich ins All, von dem gerade sie wissen musste, dass es nichts war als – Nichts?

Sie übte Sätze für die Auswahlverfahren. »Habe meine

Männer als Triebwerke verwendet.« Schlecht. Außerdem stimmte es nicht.

»Ins All, um der Menschheit zu dienen.« Klischiert, nützlich.

»Weil ich mich für geeignet halte.« Auf den ersten Blick schlechter als auf den zweiten.

»Weil ich immer schon neugierig war.« »Weil ich den Kopf dafür habe.« »Weil ich das Ding fliegen kann.«

Und dann, fürs Ende, eine Überraschung. Tausend Mal im Geist durchgespielt, mit einem Psychologenteam beraten. Das sagte: »Rücken Sie mit der Wahrheit heraus!«

Der Wahrheit?

Die Psychologen, ein Pärchen, lächelten und zeigten das Schema-Bild einer Sojusrakete, die vordere Verkleidung fehlte, man sah Computer und Messinstrumente, die von Maschinen und Kabeln dargebotenen Sitze. Sich anschließen, einstöpseln, überlassen. Chips würden sie fliegen, Chips am Gehirn sitzen. Blutwerte, Hormone, neueste Fragestellungen, der Mensch als Versuchshäschen im All. Untergehen mit dem Labor, falls es explodierte oder verglühte. Die Kapseln eng, wie Hundekäfige klein.

Umso besser waren Harriets Messwerte. Auch nach der Rotation. Ihr wurde nicht schlecht. Mit dem Rauchen würde sie aufhören müssen. Im Übrigen suchte man durchaus ältere Kandidaten. Ovulation, IQ, Ruhepuls. Das jahrelange Rudern in Norwegen – jetzt nützte es. Jetzt fügte alles sich zusammen. Wie grotesk.

»Sie fliegen ja schon.«

Das feste Ende des Beschleunigers steckte auf einem mächtigen, sich in der Mitte des Raums aus dem Boden schiebenden Zapfen. Der Rest glich einem langen Löffel, in dessen

Schöpfkelle der Proband kriechen musste. Da lag man wie in einem körpergeformten Sarg, tarngrau, kotzsicherer Anzug inklusive. Man wurde angeschnallt, alle verließen den Raum, die Klappe fuhr zu.

Wer Platzangst hatte, starb sofort.

Der Rest wurde von einer Kamera gefilmt.

Der Arzt sagte: »Kosmos! Jahrzehntelang wollte da niemand hin. Jetzt jeder. Wie die Lemminge, die Lemminge.«

»Das ist Walt Disney«, sagte Harriet.

Bei Walt Disney sahen Lemminge aus wie eine Kreuzung aus Meerschweinchen, Hase und Maus und stürzten sich in den Tod.

Spöttisch zog der Mann vom European Astronaut Centre die Augenbrauen hoch. Er glich einem Piraten aus einem alten Entdeckerbuch. Hatte bestimmt schon viele Astronautenkandidaten scheitern sehen.

Erst in den letzten Sekunden, die Klappe schloss sich bereits, war es der Kamera gelungen, die Angst in Harriets Augen einzufangen.

Sie hatte keine Angst gehabt. Der Körper hatte die Angst, sie fühlte nichts. In drei Stunden fuhr sie zurück ins Institut für Extraterrestrische Physik. Fühllosigkeit hatte sie trainiert.

Nach dem Experiment zeigte man ihr den Film. Von außen glich die Maschine dem wahnsinnig gewordenen Zeiger einer Uhr. Harriet sah sich in sein verdicktes Ende kriechen. In den Schöpfer.

Die Beschleunigung begann. Es gab eine kritische Grenze, bei der die inneren Organe platzten. Man ging so nahe wie möglich heran. Berührungslos, etwa fünfzehn Zentimeter über dem Boden, raste der Zeiger, in dessen Spitze sie lag, durch den weiß gestrichenen, kreisrunden Raum. Er wurde so schnell, dass er keinen Schatten mehr warf.

»Wollen Sie wirklich ins All?«

1

Sekt, Rauch, Reste der Rotation: Sie öffnete ein weißes Fenster und da war er wieder, drehte den Kopf nach rechts und bemühte sich, nicht zu streng zu schauen. Das Blau seiner Augen, sie nannte es Donaublau, die Donau floss stark, nur anfangs versickerte sie fast, das Blau seiner Augen schien oft kühl, manche sagten »zu forschend« und lachten über den Forscher Ash. Da war er und sah wie immer ein wenig nach Schachtel aus, der Körper eckig, aber weich, eine Schachtel Kellogg's, rotblonder Wusch Haar obenauf. Da war er an diesem Montagmorgen im Juni, roch zu stark nach Rasierwasser und fuhr quer durch die Stadt, weil Anka, die Mutter seines Sohns, in einem anderen Viertel lebte und Ben dort zur Schule ging. Der Vater sah ihn jedes zweite Wochenende; seit 25 Minuten waren sie unterwegs, zehn hatten sie einkalkuliert. Ben, ein langes Stück locker zusammengesetzter Glieder auf dem Beifahrersitz, stierer Blick geradeaus, rötliche Locke in der Stirn, rührte sich nicht.

So ähnlich muss es gewesen sein, Ashley hat es Harriet später mehrfach erzählt. Laster blockierten den rechten Fahrstreifen, man drängelte, fluchte, blieb eingekeilt.

»Mädchen schubsen«, sagte Ash. »In deinem Alter.«
Ben schwieg.
»Und nach dem Kung-Fu-Kurs!«

Als wäre das das Rätselhafteste daran.

Unter Bens Sitz schimmerte ein Plastikgriff.

»Die gehört mir nich«, rief der Sohn, »die is doch von dir!«

Er versuchte, die Tüte mit dem Fuß unter das Gestell zu stopfen. Er wurde rot. Laster blockierten den rechten Fahrstreifen, Gourmet-Lieferwagen mühten sich Restaurants entgegen. Der Citroën tuckerte ein Stück voran, eine Hand von rechts drehte am Radio, eine andere, von links, drehte es aus. Der Arm des Jungen war bald so dick wie der seines Vaters; die Uhr, die er trug, war größer.

An der Kirche, wo die Straße zur Schule abzweigte, sprang die Ampel auf Stop. Ashley wollte es noch einmal versuchen. Ben sah vor allem müde aus. Bestimmt hatte er wieder die halbe Nacht am Computer gespielt.

»Warum, Bennie, müssen wir das über die Mutter der Betroffenen erfahren?«

»W-I-R?« Mit höhnischem Unterton: »Meinst du damit meine Mutter und dich?«

Die linke Gesichtshälfte des Sohnes grinste, Ash sah es nur aus dem Augenwinkel, die Ampel zeigte Grün.

»Du musst dich bei dem Mädchen entschuldigen, das ist auch Ankas Meinung.«

Geraschel. Vermutlich suchte Ben den iPod. Ash fiel ein, dass er seinem Sohn nichts für die Pause mitgegeben hatte. Ben nahm Bounty oder Geld.

»Hast du das abgesprochen, mit ihr«, fragte das Kind. »Habt ihr miteinander …«

»Wir telefonieren jetzt öfter, ja.«

Ashley schaute vor dem Abbiegen wie vorgeschrieben nach rechts, blieb aber am Gesicht seines Sohns hängen, der ihn ansah, zum ersten Mal an diesem Morgen. Er erschrak: Alles hätte er erwartet, nur dies nicht, das spatzengleiche Flattern von etwas wie Hoffnung in Bens Augen.

Lächerlich, dachte der Ingenieur noch.

Wenn Ash davon erzählte und ganz von vorn anfing, wusste Harriet, dass er wieder mit Sekunden haderte – eine Sekunde nur früher oder später, und nichts wäre passiert. Der Citroën stammte aus England, ein Geschenk seiner Mutter, die wegen ihres grünen Stars nicht mehr fahren konnte; natürlich war er perfekt auf den Rechtsverkehr umgebaut, natürlich ohne die amerikanische Warnung *objects in mirror are closer than they appear* auf dem Außenspiegel, auf der Insel kannte man solche Zurufe nicht, und auf der linken Seite war es auch egal, denn rechts traf die Wagenflanke auf einen Reifen, der wegglitt wie Marmite, sagte Ash, auf ein Schutzblech, das sich bog wie ein Lasso, und auf einen Kopf, der, ganz und gar nicht nachgebend, gegen den Kotflügel prallte, Stirn voran.

Auto gegen Fahrrad.

Beim Rechtsabbiegen.

Er schaute nach Ben, ihm galt seine erste Sorge, erst dann sprang er aus dem Wagen. Ben, mit einem wieder seltsam kindlichen, ganz und gar erstaunten Gesicht.

Am Küchentisch bei einem Kakao versuchte Harriet den Sohn auszufragen. Hatte Ash nicht eine Plastiktüte dabei? Ben sagte, schlagartig sei ihm da im Auto klar geworden, dass der Angefahrene unmittelbar vor ihm lag, fast neben seinen Füßen, nur durch ein dünnes Stück Blech von ihm getrennt. Und da frage sie nach einer Plastiktüte! Rasch sei er, Füße und Beine voran, zur Fahrertür hinausgeklettert. Den Fall des Radfahrers hätten weder sein Vater noch er gehört.

Selbst in der Zeit unmittelbar nach dem Unfall sprach Ash nicht oft von diesem Morgen; anfangs hörte Harriet nicht richtig zu, später zeigte er ihr immerhin das Polizeiprotokoll. Zeugen behaupteten, dass das Opfer keineswegs zu schnell fuhr, dass der Volvo blau war, nein grün, dass der Fahrer allein darin saß, dass er eine junge Frau dabeihatte, orangefarbenes Top, nein, dass es ein dunkelhaariger Junge war, der Junge hinten, die Frau vorn.

Der Radfahrer war schräg über den Lenker gestürzt, ohne Helm, Kopf voran.

Ash sagte: Ich stieg aus, sah Maria da liegen, ich meine, damals diese fremde Frau, gemusterter Rock, halbhohe Schuhe. Der Körper reglos und – zu kurvig. Sie lag nah am Bordstein, das unter dem Fahrrad eingequetschte Bein unnatürlich angewinkelt, das zur Seite gedrehte Gesicht verborgen von den braunen halblangen Haaren.

Andere, offensichtlich wacher als er, hingen bereits an den Handys, jemand im Hintergrund schimpfte, die meisten standen im Kreis um die Verletzte. Vorsichtig sei er, Ash, durch diese Schweigenden hindurch nach vorn und vor der Radfahrerin in die Knie gegangen. Dachte »es muss nichts Ernstes sein«, dachte noch im selben Augenblick wütend, dann panisch »wach auf!«, suchte ihr Gesicht, sah nur das schwingende Muster des Radwegs, dessen gewellte Pflastersteine ineinandergriffen wie ein Zahnwerk. Er wusste nicht, was tun, sagte Ashley, habe gedacht »ihr Rücken«, gedacht »wenn das Opfer keine Luft bekommt, sich erbricht«, sie erbrach sich nicht, er war ihr dankbar dafür, hätte sie sich erbrochen, hätte man sie bewegen müssen, das konnte das Gefährlichste sein. Das unter den Haaren halb erkennbare Auge war geschlossen. Zuckte es nicht, bitte, ein bisschen?

Zwei Hände schoben der Verletzten flach einen Pullover unter den Kopf, Ash nahm kaum wahr, wer das tat, es war wohl ein Mann. Viel Zeit konnte nicht vergangen sein, das Rad lag noch immer halb über dem verdrehten Unterkörper, der hintere Reifen bewegte sich mit der Luft; das Pedal stand unnatürlich still.

Warten, nichts tun. Es überraschte Harriet nicht, dass Ash das nicht ausgehalten hatte. Der Stau war durch den Unfall schlimmer geworden, Ash setzte sich ans Steuer und fuhr den Citroën in die Seitenstraße. Egal, ob das verboten war. Der Wagen hatte nicht einmal eine Beule. Egal. Nachdem er ausgestiegen war, starrte er auf die Kirche an der Ecke, ein verwilderter Garten umgab den Backsteinbau. Gleich hinterm Zaun hatte man eine Skulptur aus bunt bemalten Hölzern aufgerichtet, die sich wie Mikadostäbe übereinanderschoben.

Seine Augen waren starr, sagte Ash, die Hölzer schwammen.

Da kam Ben auf ihn zu, weicher als ein Holz, Ben, der Harriet am Küchentisch erzählt, dass er immer wieder von dem in die Luft ragenden, leerdrehenden Fahrradreifen träumt, in dessen Speichen sich das Sonnenlicht fängt.

»Ich geh jetzt mal. Dad?«

»Ja, ja … unbedingt. Es ist …, es ist nichts so Schlimmes …, glaub ich.«

»Wird schon«, sagte das Kind. Ash fand, dass es flaumig aussah, geschrumpft.

Er spürte einen solidarischen Stups gegen den Arm.

Lange habe er Ben hinterhergeschaut. Die Schultasche baumelte an einem Riemen von seiner Schulter, es sollte wohl locker aussehen. »Starrte drauf, kam mir vor, als fehle was, aber das war überall so.«

Nach einer Weile, er habe am Zaun gelehnt, habe er ein Martinshorn gehört.

Wer neu vorbeikam, blickte nur kurz zu der Frau auf dem Gehsteig und zu dem Sanitäter, der neben ihr kniete. Ash stand ein paar Schritte entfernt, um niemanden zu behindern. Sommerrock, gebräunte Unterschenkel. Man hatte das Fahrrad weggenommen; der Rock der Frau rührte ihn. Auch sie hatte sich ihren Tag ganz anders vorgestellt. Ein geflochtener Korb, offensichtlich vom Gepäckträger gefallen und von jemandem aufgehoben, stand aufrecht und seltsam unbeschädigt neben ihren Füßen.

Von Ash hielten alle Abstand, als röche er schlecht.

Es wurde schon warm. Ash fror.

Die Frau wurde vorsichtig, sehr langsam, auf eine Trage gelegt. Etwas Blut auf dem Pflaster, Gott sei Dank schien es nur vom Arm zu kommen. Einer der Sanitäter versuchte, mit der Verletzten zu sprechen. Sie antwortete, da war Ash so froh, dass er hätte weinen mögen. Erleichtert und völlig zerknirscht schlug er das Gesicht in die Hände. Jemand nahm ihn am Arm und führte ihn weg.

Ein Polizist wartete neben dem Streifenwagen, der andere saß quer im Fahrersitz, der Meldezettel war vorbereitet, sie trugen seinen Namen ein. Ashley zeigte seine Dokumente; »rechts abgebogen«, wiederholte er, »mein Fehler, die Frau übersehen.«

»Was gibt es da zu grinsen?«

Er hatte nicht gegrinst.

Der Beamte, der weiterschrieb, ohne aufzublicken, ließ nach geraumer Zeit ein leises »schon gut« hören, Ash steckte seinen dunkelblauen Pass mit dem Goldwappen wieder ein.

Noch nie hatte er sich so fremd gefühlt. Das Bußgeld wurde sofort verhängt, er zog die Kreditkarte durch ein futuristisch kleines, im Streifenwagen installiertes Gerät, selbst die PIN erinnerte er mühelos, alles funktionierte wie sonst. Da fiel ihm auf, er hatte übersetzt, »mein Fehler«, hier hieß das »ich bin schuld«.

Fast flüsternd wiederholte er den Satz: »Ich bin schuld.«

»Ganz was Neues«, sagte der Polizist neben dem Wagen.

Der andere sagte: »Das kommt dann noch.«

Als er an die Kreuzung zurückkehrte, stand der Rettungswagen blau blinkend, aber ohne Sirene, auf dem Gehweg. Ob man nicht abfuhr, weil die Verletzte bereits in seinem Inneren behandelt wurde? War es so dringend? Oder so harmlos? Ash sagte, er habe geglaubt, nichts mehr fühlen zu können. Doch noch eine Ader im Kopf geplatzt? Mehr musste es nicht sein. Man verstand nicht, wie banal das war. Wie schnell das ging.

Ash sagte, wie zum Ausgleich habe er übergenau gesehen: Die Straße bog sich auf ihn zu, der graue Bürgersteig und die wellenförmigen, sehr roten Steine des Fahrradwegs. Alles sei still gewesen, obwohl Autos an die Ampel brausten, warteten und wieder anfuhren; ein gelb gekleideter Fahrradbote bremste scharf, wenigstens er trug einen Helm.

Ben zur Schule zu bringen war Routine, *routines* liefen durch seinen Kopf, »wird schon werden«, »jetzt ist sie versorgt«. Allmählich, wie er die Augen schloss, sich darüberstrich, habe er sich besser gefühlt, und als er die Lider wieder hob, bog die Straße sich weniger stark und der Sanitätswagen fuhr, zwar immer noch ohne Horn, aber durchaus hörbar, endlich ab.

Ein Fahrer, eben aus dem LKW gesprungen, die Linke als Schattengeber an der Stirn, schaute sich suchend um, eine junge Frau mit Zwillingskinderwagen drängte an Ashley vorbei. Alles fiel ihm auf, er erinnerte sich daran, bemühte sich, genau zu sein: Spatzen stürzten in die Hecke am Kirchzaun, er sah, dass halb unter den Blättern verborgen ein längliches Alupäckchen lag, gelbe Krümel rieselten an einer Ecke aus.

Ashley winkte ein Taxi herbei und gab die Adresse des Krankenhauses an. »Notaufnahme«, sagte er, »nein, nicht besonders schnell.«

Die Rückbank stank nach kaltem Rauch. Seine Finger umklammerten den in Alufolie geschlagenen Kuchen. Er musste aus dem Korb gefallen sein. Als Ash bemerkte, wie stark er zugriff, legte er das zwar angepickte, im Übrigen unversehrte Paket erschrocken neben sich. Plötzlich regnete es, der Verkehr war noch immer dicht, Stop-and-go, die Scheibenwischer schlugen auf Stufe drei. Der Ingenieur nestelte das Handy aus der Hemdtasche, sein Gehirn funktionierte wieder, die Finger kaum, doch im Labor ließ sich mit der Sekretärin schnell alles klären, sein Nachmittagsflug nach London wurde storniert. »Ruhen Sie sich aus«, sagte die Frau, gefolgt von »ich schicke Ihnen alles auf Ihre Box«. Zwischen den Sätzen lag keine Sekunde, nur ein immenser Widerspruch. Manchmal dachte er, sie sei bereits ein Automat.

Kam er im Erzählen an diese Stelle, sagte er gern »ein durchbluteter Automat, das neue Ideal«. Oder: »Wenn du so weitermachst, bist du auch bald dabei.« Das hatte mit dem Unfall nichts zu tun; es ärgerte Harriet.

Ja, er hatte versucht, mit einem der Sanitäter zu sprechen, der Mann hatte gesagt »weg da«, »aus dem Weg«, und bei einem zweiten Blick: »Sie weiß ihren Namen nicht.« Ashley wählte erneut, drückte auf Aus. Vor dem Taxifenster glänzten die Büsche des Seitenstreifens und der Asphalt, Fußgänger huschten unter Mauervorsprüngen und Balkonen entlang. Wenn es regnete, hatte jeder gleich ein Ziel.

Das war ein englischer Satz. Ash stammte aus Dorset, sein Heimatdorf lag am Kanal. Den Regen-Ash mochte Harriet sehr: Da saß er im Taxi, und die Zeit stand in dichten glitzernden Fäden vor den Fenstern still.

Endlich seien auf seinem Handydisplay die Infos über Schädel-Hirn-Traumata erschienen. Unter fünfzehn Minuten Bewusstlosigkeit, Stufe eins. Bis dreißig Minuten Stufe zwei. Und wie lange lag die Frau da, wie lange?

Er wartete, wählte noch einmal, flüsterte: »Jet?«

»Jet, tut mir leid, wenn ich dich störe, es …«

Wasser spritzte von unten gegen den Wagen, er mochte dieses Geräusch. Nun habe er nur daran gedacht, wie glitschig die Straße war. Harriet fragte schon am Telefon, bist du denn schuld, er schwitzte, als sie es sagte, erneut hätte er fast weinen wollen. Das überraschte ihn. Reines Selbstmitleid, sagte er sich verächtlich. Es war aber nicht unangenehm. Etwas war weicher in ihm. Er sagte es ihr.

Sie lachte ein wenig.

Während er ihr zuhörte, starrte er auf den rötlich breiten Nacken des Fahrers zwischen Kopfstütze und Lehne. Der Ausschnitt tanzte ihm vor Augen. Er glich in Farbe und Form exakt einem der Pflastersteine vom Fahrradweg.

2

Es war halb zehn, als Harriet aus der U-Bahn stieg; die Luft roch überraschend frisch, die auf Marschbreite preußischer Regimenter angelegten Straßen sogen den Vormittagsverkehr auf. Mit zwei Tastengriffen hatte sie eine Bin-gleich-wieder-da-SMS abgesetzt, die noch in derselben Sekunde auf ihrem Türschild, einem TFT-Bildschirm, in drei Sprachen neben dem Schriftzug Dr. H. Saramandipur erschienen war. Natürlich machte sie sich Sorgen um Ash. Dunkel verästelt wie die Aufnahme eines Zweigs trocknete der Ölspritzer auf ihrem T-Shirt. Sie hatte am Morgen versucht, das Drehgelenk ihres Bürostuhls zu ölen. Hochergonomisch, das Möbelstück. Setzte man sich hinein, quietschte es wie eine überdimensionierte Versuchsmaus, die böse Experimentatoren soeben in eine Rakete schnallen.

Erst um zwölf Uhr würden die Junghähne (Seminar: Challenge the Future) ins Institut für Extraterrestrische Physik stolzieren und mit den Clearasil-polierten Eierköpfen wackeln (und in ein paar Jahren sagen: »Für dieses Geld können wir tausend Kindergärten bauen« oder: »Ja, Ihr Satellitenprogramm unterstützen wir gern«); jetzt war sie frei. Sie kaufte eine Brezel und kam gut gelaunt, viel zu fröhlich, in der Klinik an. Der Unfall schmerzte sie für Ash, sie erlebte es mit und würde doch, sie gab es sich zu, dabei auch beobachten, wie ihr Mann sich verhielt, denn das tat sie immer: Bilder sehen. Beobachtung war der kleine Spalt, der sie schützte vor der Welt.

Er saß vor der Schleuse zu den Magnetresonanz-Räumen, bleich und mit so angespannten Zügen um den Mund, als werde ununterbrochen ein Passfoto von ihm gemacht. Einen krümeligen Sandkuchen, die Folie angerissen, hielt er zart wie ein Baby auf dem Schoß. »Tut mir so leid«, sagte Harriet und streckte die Arme aus; Ashley fühlte sich an wie Papier, farblos, blutlos, da setzte sie sich, zögernd und selbst ohne Rat, neben ihn auf die Wartebank.

Zwei durchschnittlich hässliche Grünpflanzen standen am geriffelten Fenster. Harriet starrte darauf: Stieß so etwas wirklich Sauerstoff aus? Zweiter Stock, Stickigkeit. Man konnte nicht hinaussehen; vor der Mauer schien ein Innenhof zu liegen, vielleicht sogar ein Garten, Schritte über Kies waren zu hören.

Harriet hatte nach Ashleys Hand gegriffen, sie gedrückt, wieder losgelassen. Sie warteten lange, sahen, wie der Flur geputzt wurde, er war mit hellem Linoleum ausgeschlagen, im Übrigen lang und gerade fast wie in Harriets Brandenburger Institut, nur dass es alle dreißig Meter eine Barriere aus metallischen Schwingtüren gab, in deren obersten Dritteln milchige Scheiben saßen.

War es ein Schatten im Glas?

Die überraschte Drehung eines Kopfs?

Ihr inneres Warnsystem sprang auf Rot, Elektronen verließen ihre Bahnen, machten simultan einen Sprung, einige sprangen zurück, andere fort.

Im Fallen hörte Harriet eine Frauenstimme und spürte, wie Ashley nach ihr griff, Ash, wer sonst, sie kannte doch seine Hand.

Sie spürte nicht, dass sie unten ankam, kam nie unten an. Jet fiel.

Es war, als falle sie nicht selbst, etwas drehte und nahm sie mit, und sie dachte an den Doppelspaltversuch, die alte Lichtfalle, wie grotesk. Man jagte Licht durch zwei Schlitze, und es teilte sich und teilte sich nicht, war Welle und Teilchen zugleich. Sie hatte es lange gewusst, fiel und begriff, die Zeit wurde weich, Reihenfolge umkehrbar. Eins war zwei, sie lachte ein wenig, sehr still, und die alte Ordnung quietschte ein wenig und krümmte sich.

So der eine Spalt. Schrill? Harmonisch? Holzig? Süß? Egal. Harriet rutschte hinein.

Spalt zwei, jener mit Vernunft: Nachdem Ashley eines Junimorgens einen Unfall verursacht hatte, weil er sich über den Sohn aus seiner ersten Ehe ärgerte, rief er Harriet an. Sie ließ sich, trotz der Arbeit, die auf sie wartete, dazu überreden, zu ihrem Mann ins Spital zu kommen. Nach einigem Hin und Her stand man endlich erleichtert mit dem behandelnden Arzt auf dem Flur vor dem Zimmer, in dem die von Ashley angefahrene Frau untersucht worden war. Sie hatte es im Rettungswagen geschafft, sich an ihren Namen zu erinnern, war nun ausführlich geröntgt und in den Tomographen geschoben worden, schwere Gehirnerschütterung, Riss im Schläfenbein, doch man musste nicht operieren. Der Mann in Weiß, ungewöhnlich gesprächig, beruhigte. »Hätte viel schlimmer kommen können«, »Scheißabbiegerei – Entschuldigung«, »zu 98 Prozent wieder gesund«. Jet griff eben erleichtert nach Ashleys Arm, der Arzt wiederholte »Spätfolgen?«, zuckte die Schultern, »Wetterfühligkeit, Kopfschmerzen, Nervenschmerz vielleicht, das psych...« – da ging die Schwingtür auf, die den Flur unterteilte.

Olvaeus steht da.

Schwarzbraune Locken, hohe Gestalt, Grübchenkinn. Harriets Haare werden an den Schläfen schon grau, seine nicht. Rabenblick, kleine, silbern gefasste Brille. Das fleischige Ohrläppchen.

Harriet war, als fiele sie in eine riesige Reisetasche.

Sie rutschte durch changierenden Stoff, der sich, kaum berührte sie ihn, um sie schloss wie ein Kleid. Luftig-leicht rieb helles Rot über ihre ausgestreckten Hände, kleine Perlen zitterten an Ärmeln, die ihre Gelenke liebkosten, sie bewunderte die Flora und Fauna feinster Seidenstickereien, das Fliederviolett einer Boafeder, die dunkel glänzende Mikrofaser, die ihre Beine umschmeichelte, berührte ein knisterndes Bustier mit sterngliedrigen Haken.

Danach trieb sie in einem dämmrigen Raum. Über ihm wölbten sich fünf dünne metallische Krallen zu einer funkelnden Verschlussspange. Harriet fühlte das Beben ihres Solarplexus unterm BH und gab endgültig, mit einem halb wohligen, halb ängstlichen Seufzen nach.

Erneut fiel sie, schnell und empfindungslos. Da lag sie am Boden der Tasche. Er pikste und duftete nach Heu. Neben sich fand sie ein Heftpflaster, das sie sogleich erkannte, ein Raketenmodell und einen von silbernen Kristallen überzogenen Zweig. Ihn hatte sie noch nie gesehen, doch gerade er wollte ihr auf wenig besänftigende Weise vertraut erscheinen.

Oh, was ist denn das?

Eine Tasche, die laufen kann?

Schwarz, schäbig, riesengroß – ein glatter Mädchenarm, der vergebens versucht, sie zu umgreifen, zwei straff gespannte Riemen, die eine Schulter nach unten ziehen, ein rotes Gesicht.

Harriet S., mit der Riesentasche und dem Haar wie Heu. In Wirbeln steht es vom Kopf, als wäre es schlampig gebundenes Gras auf einer Stadtwiese, über die Wolkenschatten jagen, Mücken, giftige Gase, Jets, und weit über allem, dafür alle paar Minuten, manchmal aufglitzernd, immer schattenlos, einer der tausendundeins erdumkreisenden Satelliten, der dieses Bild zurückwirft für dotcomearth. Bis es sich dreht.

Bis sie an der Haltestelle steht.

JETZT.

Jetzt ist Mai.

Kirschbäume bilden rosige Klumpen, ein frühreifer Kuckuck schreit, und Harriet S., Haare wirbelnd wie der sehnsüchtige Traum eines Punk, hell gefärbt, grünlich ausgebleicht, steigt in die Bahn. Aufrecht und entschieden, wenn auch schwitzend: Stiefel, Jeans, T-Shirt, darüber ein hellgelbes Trägerkleid, grüne Strickjacke, Anorak um die Hüften. Handschuhe und ein bunter Schal baumeln an der Gigantentasche, hier scheint jemand zum Nordpol zu fahren.

Die ganze Nacht hatte Harriet kaum geschlafen, fertig gepackt stand die Tasche unter ihrem Bett, beflissen schien das die Erde umkreiselnde Meteorennärrchen darauf. Sie kannte all seine Flecken, lag oft genug wach auf dem Kissen, unruhig und nervös. Ihre Mutter führte einen Lebensmittelladen, ihr Vater war fort. Saß sie über Matheaufgaben, ging es ihr gut, sie spürte Räume in große Höhe oder Tiefe, in sanften mathematischen Kurven ragten sie, gebogen wie Hörner, weit über die Erde hinaus, bis sich die unwahrscheinlichen Linien schnitten, und von dort, einem uneinholbaren, aber in den Gleichungen gefangenen Punkt, stiegen in ihren Träumen ihre Gedanken und Gefühle als kleine Blasen hervor.

Harriet war, man sagte es ihr oft genug, ernst (zu ernst) und eigenwillig (komisch).

Die Straßenbahn bremste, Leute tuschelten: Was wollte das Mädchen mit dem gewaltigen Sack? Leiser: eigenwillig! Komisch! Und: Stach da nicht zur Seite eine Messerklinge heraus, silbern und spitz?

Harriet hörte das Gerede, verstand die Worte nicht, bewachte den Reisesack. An seinem Grund befand sich ein verborgenes Fach, das ihren Ausweis und ihr gesamtes Geld enthielt, 222,22 zahlenharmonische D-Mark. Zudem rechnete Harriet. Es war ihre Art, Abschied zu nehmen. Sie kam auf 3120.

3120 Blicke aus der Bahn auf den Fernsehturm. Fünfzehn Jahre lang. Ein ganzes Leben.

Logische Schlussfolgerung: Höchste Zeit für eine Veränderung. Also machte sie jetzt Ferien, allein, länger, weiter weg. Da würde keiner »Heu« zu ihr sagen, nur weil ihre Haare statt blond ziemlich grün geworden waren, und niemals wieder würde jemand »muh-muh« machen hinter ihrem Rücken, in der Pause, auf dem Schulfest.

Presslufthämmer tackerten den Gehweg auf, bei Onkel Orhan schrie's »billig Spargel«, von der Fassade des höchsten Hauses am Platz baumelten zwei Fensterputzer. Kastanien trieben Blüten aus, größer als Erdbeeren. Da stand es auch über der Bahnhofstür: *Frühling heißt, seine Grenzen testen.* Links im Bild: ein Mann, der nieste. Rechts: Derselbe Mann, faltenlos lächelnd, drückte sich eine weiße Sprayflasche an die Nase. Zu seinen Füßen lag eine erdbraune Tasche, fast so dick wie Harriets.

Sie wollte sich in der Gleishalle eine Cola kaufen, doch aus einer Laune heraus ging sie auf die kleine Wiese nebenan. Pollen? Zwanzig Minuten Zeit. Um die graue Restaurantkugel des Fernsehturms, den sie deutlich und sehr nahe stehen sah, ballten sich fischgrün leuchtende Wolken, bald würde es regnen, da wäre sie schon fort. Sorgfältig hatte Harriet über das Ziel ihrer Reise nachgedacht. Paris? London? Schließlich entschied sie sich für eine Stadt mit Atomium und Pralinengeschäften. Sie legte den Kopf in den Nacken, sah in den Himmel, spürte dem Ausreißgefühl nach – stolz, wehmütig, aufgeregt, da rief eine Stimme schräg hinter ihr: »He, Kind!«

Sie reagierte nicht.

»He du, das Messer!«

Nun drehte sie sich um, ein Kind mit Messer wollte sie sehen.

Ein paar Meter hinter ihr stand ein schlanker, braunhaariger Mann, quer über den Trampelpfad ging er auf sie zu.

Harriet fühlte, dass ihre Augen es den Haarwirbeln auf ihrem Kopf gleichtaten, sie drehten schnell und schneller, ganz wie in einem Comic, dennoch sah sie scharf, scharf war kein Ausdruck, überklar sah sie und wurde rot, und er sagte, als sei sie blöde: »Messer!«, und sprach lauter, als sei sie taub.

Er hielt vor ihrem Reisesack und schüttelte den Kopf. Harriet folgte seinem Blick. Sie hatte Vyomeshs altes Taschenmesser eingepackt, ja. Doch zugeklappt!

Da ging sie schon auf die Knie.

Vor ihm.

Innerhalb der ersten drei Sekunden. Eine reife Leistung, was das Gegenüber nicht wirklich bemerkte. Mühsam zog Harriet den schwarz-weißen Reißverschluss auf.

Ihre Hand glitt zwischen die Taschenfalten, sie spürte Fridos Füße durch den Stoff, zart und fest, fühlte für einen Augenblick den warmen Körper beben, den sie so gut kannte. Manchmal, wenn sie ihn beim Hausaufgabenmachen frei herumlaufen ließ, kuschelte er sich in ihre Schenkelbeuge und schlief dort ein.

Sie fand den Messergriff, zog daran – und wusste nicht, wie es passierte. Frido flitzte. Direkt über die Schuhe des Messerfinders, was diesen keineswegs erschreckte, sondern zum Lachen brachte, sodass er, als Harriets Gesicht wieder auftauchte und eine zitternde Hand ihm ein aufgeklapptes Taschenmesser hinhielt, mitten hinein in dieses Gesicht sagte: »Da ist ein kleiner weißer Blitz aus deiner Tasche gesaust.«

Frido! Fort der weiche weiße Trost.

Möglichst beiläufig sagte sie, was sie nicht vor jedem zugeben hätte: »Das war meine Hausaufgabenmaus.«

Sie ergriff die Hand, die sich ihr entgegenstreckte, dem Augenblitz schoss ein zweiter Blitz hinterher. Er lief Harriets Arm hinauf, als wäre der Arm eine Blitzableiterschnur, wirbelte in Schulter und Brust.

Der Besitzer der Hand schüttelte die braunen Locken: »Ist dir nicht gut, Mädchen?« (Immerhin, »Kind« ließ er sein.)

Sie schnappte nach Luft, »doch, doch«, sagte sie, »extrem«. Er war hochgewachsen, trug Jeans und ein türkisgrünes Baumwollhemd. Seine Locken fielen weich über die Ohren. Als er ihr das Messer zurückgab, spitzte ein fleischiges Ohrläppchen hervor. Solche Einzelheiten waren Harriet noch an keinem Mann aufgefallen.

»Wo willst du denn mit dieser Riesentasche hin?«

Sie mochte sogar seine Silberbrille. Große bernsteinfarbene Augen. Verlegen schaute sie zur Seite.

»Hmm«, sagte er. »Warum war da eine Maus drin?«

Er war gegen Tierhaltung. Mäuse solle man freilassen. Keine Kreatur dürfe man einsperren.

»Ich heiße Harriet Heu«, krächzte Harriet Richtung Wiese. Sie war verwirrt. Sagte freiwillig »Heu«. Blond, heublond, grün.

Er lachte: »Verstehe. Passt zu deinen Haaren. Die sehen wie eine kleine Krone aus.«

Das hatte noch keiner gesagt.

Ohne zu fragen, hob er ihren Reisesack auf. Was er selbst dabeihatte, trug er nach Männerart in den engen Hosentaschen. Anstelle einer Uhr wand sich ein grünes Baumwolltuch um sein linkes Handgelenk, seine Finger umfassten mühelos die alten Trageriemen.

Harriet versuchte, etwas zu zählen, um sich zu beruhigen. Sie fand nichts. Sie versuchte, an den Crab-Nebel zu denken, dort konnte man Spiralen mit Nummern versehen, bis man alt wurde. Einzig um die Astro-AG hatte es ihr beim Ausreißen leidgetan. Notfalls hätte sie jetzt sogar Sternchen gezählt. Warum man am Nachthimmel überhaupt welche sah, hatte Lehrer Kowalski zuletzt gefragt. Blöde Frage: warum es nachts dunkel wurde. Warum man nicht in Sternenlicht schwamm, mit Sternlichtaugen. Das sollte ihr mal jemand erklären.

Aber später! Heiter ging sie dem Unbekannten mit ihrer Tasche hinterher. Es war nur vernünftig, den Mann nicht verloren gehen zu lassen.

3

Da stand er und sagte: »Harriet!«

Und Ashley sagte: »Jet!«

Wie aus einem Mund. Sie schauten sich an.

»Oh«, sagte Olvaeus, »das muss eine Verwechslung sein.«

Die 21 Jahre in Rosendornenöl konservierte Prinzessin weinte, der Küchenjunge bekam die angedrohte Ohrfeige und der alten Rosenwand, dem endlosen Warten, entströmte ein Duft, der selbst die besten der königlichen Legehennen, hochgezüchtete Powerfrauen, um den Verstand brachte.

Ihre Augenlider klebten aneinander und das Wort O-h-n-m-a-c-h-t bewegte sich in ihren Gedanken wie ein Wind, der, jählings durch eine unüberwindliche Hecke gedrungen, hinter den Büschen ein fertig gebautes Schloss findet und sich staunend darin verfängt. Wachte Dornröschen auf, als der Prinz nach hundert Jahren kam, oder schlief es ein?

Harriet riss die Lider hoch. Durch die Ritzen der Fensterjalousie stieß die Junisonne dünne Streifen, die sich an den Kanten der Möbel brachen. Auf dem als Nachttisch benutzten alten Radio krabbelte eine Fliege. Harriet sah scharf.

Sie drehte den Kopf zur Tür, in der Küche klapperte Ash mit Geschirr. Sie lächelte: Wachte, als der Prinz kam, das eine Dornröschen auf, das andere hingegen, jenes, das hundert Jahre alt war, schlief ein?

War das der Clou der ganzen Geschichte: Es waren zwei?

Die Locken fielen ihm über die Ohren, er lächelte, seine großen Zähne waren weißer als früher.

»Jet!«

»Harriet!«

Er sagte es leise, beugte sich zu ihr und fasste in Sportlermanier nach ihrem Puls.

Sportlermanier! 21 Jahre nach dem schändlichen Ende. Jahre sah sie als Strecken, Abstände als Kreise. 21 empörend lange, empörend kurze Jahre. Mehrfach Mars und zurück. Harriet währenddessen als Nomadin, als brillante Forscherin (nun ja), Harriet geknickt in Norwegen, schlaflos im Himalaja, Harriet einsam, dann glanzvoll, eine ihrer wertvollsten Taschen am Arm (eine frühe Gucci mit Doppel-G, aus der Phase des eBay-Taschenersteigerungsspleens), Harriet als Erwachsene (seit wann nun das?).

Das Pfeifen des Wassertopfs, den Ash so unglaublich europäisch fand, dass er das 8oer-Jahre-Stück mit dem Vogel ständig aus dem Müll rettete, riss sie aus ihren Gedanken. Die Wohnung hatte auch einen englischen Tick: Ständig zweigte sie nach links ab, der Schall sauste um die Ecken. Gleich hinter dem Eingang führte eine niedrige Tür ins Bad, eine zweite, höhere ins Wohnzimmer. Erster Knick nach links, Tür zur Wohnküche, dann Bens Höhle, schließlich Jets: ein Schreibtisch mit sternentauglichem Flachbildschirm. Hinter einer Schiebetür bog der Raum überraschenderweise noch einmal links ab. Im Schaft dieses L, ganz am Ende, fand sich das Bett, auf dem Jet nun lag.

Hoffentlich braute Ash nicht wieder ein englisches »Bringt-Tote-ins-Leben-zurück«.

Ashs Leben, nach vierzehn Jahren Beziehung, ging so: »Ich, meine Arbeit, Ben.« Dann sie, Jet. Der Tee war eine Bagatelle. Sie hatte nachgelesen: Die einen stritten über Socken, die in der Waschmaschine verschwanden, die anderen über Tee. Freundinnen konnte sie nicht fragen, sie hatte keine, sechs Jahre Nomadentum zwischen den verschiedensten, naturgemäß weltweit verstreuten astrophysikalischen Forschungsinstituten hatte Kontakte entstehen und vergehen lassen wie Wasserpflänzchen: treibt auf, reißt ab. Übermüdet war Forscherin Jet immer, mit Kaffee, Koffeinpastillen und Tee arbeitete sie dagegen an, aber Ashs torfbrauner Aufguss war zu viel. Sie musste einen halben Liter Milch nachschütten, um ihn überhaupt schlucken zu können. Ben nahm aus Prinzip nichts mehr davon. Jet hingegen hätte gern etwas Gutes getrunken mit ihrem Lebensmann.

Natürlich hatte sie ihm das gesagt. Er hielt sich dreieinhalb Mal daran, danach dachte er beim Kochen wieder an Strömungsauswertungen, effizientere Luftansaugungen durch den

Fan, reduzierten Triebwerkradius auch für Hochleistungsflug-
zeuge.

Liebevoll, eingeübt, korrekt.

Und da erschien, mit Tusch und Knall, Lichteffekt und
»muss ein Versehen sein« wie in einer Zirkusnummer ein
ausgestorbener Olvaeus! Sie fühlte sich in ihrem alten Bett
unter dem Rauschen der Straßenbäume wundersam leicht.
Die Ohnmacht hatte ihr Gehirn wohl übermäßig mit Luft-
bläschen versorgt. Über den abblätternden Boden des Bal-
kons trieben Pappelsamen ins Zimmer; eine Melodie folgte
ihnen. Nur einige Töne, tausend Mal im Hintergrund abge-
spielt, nicht Mamma Mia oder Fernando, einen Titel hätte
Harriet nicht gewusst, nur unverkennbar diese Gruppe, das
Schwedenquartett Agnetha, Anni-Frid, Benny und Björn.
Den letzten Namen hatte Peter geradezu ausgespuckt. Sie
kannte ihn seit vielleicht zehn Minuten, damals. Eben erst
hatte er sie am Fernsehturm angesprochen, und nun fuhr sie
den Weg, den sie vor einer halben Stunde gekommen war,
mit ihm zurück. Wo sie doch hatte ausreißen wollen! Ihr ah-
nungsloses Gegenüber, das sich in der schwankenden Bahn
mit einer Hand an einer Gummischlaufe festhielt, schimpfte
laut: Olvaeus heiße er! Von den Älteren werde er ständig gefragt, was für eine Art von Dinosaurier das sei. Schlimmer
verhielten sich nur die Jüngeren: verwechselten ihn, einen
echten, lateinischen Olvaeus, mit Ulvaeus. Mit einem daher-
gelaufenen Schweden! Schlimmer als die Musik seien bei
Björn Ulvaeus & Co nur die Erfolge. Unterirdisch die Musik,
sagte er, unterirdischer die Erfolge, am unterirdischsten die
Namen.

Olvaeus hatte die Brauen zusammengezogen und finster
geschaut. Ein kurzer Regen war niedergegangen, tropfend

stürmte eine Horde Schüler in den Wagen. Harriet und ihr Begleiter, eine Haltestange zwischen sich, rückten näher zusammen. Sie erinnerte sich an rote Punkte auf den Fenstern, ein Werbeplakat, das alles Innere in ein irreales Licht tauchte. Die Farbe schien so intensiv, fast nichts und doch überallhin verteilt; zu schön, um nur Werbung zu sein. Olvaeus stand schräg vor ihr, er war fast zwei Köpfe größer als sie, aber, welch Trost, sie wuchs ja noch.

Die Kinder stiegen aus, die Straßenbahn flog den Stadthügel hinunter, Frühlingsduft. Als der Zug an einer Ampel hielt, war es unvermittelt so still, dass man Wassertropfen vom Fensterrahmen im Dach auf Harriets große schwarze Reisetasche fallen hörte, einen um den anderen. Olvaeus hob die Arme, um sich ein grünes Tuch um den Hals zu knoten.

Hatte sie wirklich gesagt: »Ich mag Abba.«

Ein Leben lang hatte sie Abba gehört. Harriet krabbelte fast noch, da klang Abba schon aus dem Radio.

Sie sah, wie die Wärme aus seinen Augen wich. Es überraschte sie, wie weh ihr das tat.

Hatte … dieser Saurier sich etwa nur mit ihr unterhalten, um seinen Namen an ihr zu testen?

Seelenruhig stieg er über ihre Tasche hinweg, Richtung Tür.

»Da ist doch nur die Kleingartenkolonie?«

Ihre Blicke trafen sich.

Olvaeus sagte: »Tschau, Achbar.« Seine Stimme klang spöttisch.

Achbar?

Nachbar?

Dann, schon auf den Stufen, drehte er sich noch einmal um. Harriet klebte, schockgefroren, totalerhitzt, an der Haltestange.

»Das ist hebräisch, aus der Bibel, und heißt Maus. Ich bin Pfarrer, ich wohne hier.«

Lachend zeigte er seine Zähne. Sie waren groß und gelblich wie bei jemandem, der raucht. Das hatte sie hässlich gefunden. Wenigstens das.

Sie aßen Muffins. In Deutschland hießen diese Brötchen Toasties und enthielten, so der Engländer in Ash, zu viele Körner, um zu schmecken. Über der Spüle hing die Aufnahme einer Kokille aus seinem Labor. Die meisten hielten das eiserne Ding für einen künstlerisch gestalteten Kochtopf. Man goss aber Turbinenschaufeln darin. Schaufeln, deren Formen Ash erfand, deren Lufteigenschaften Ash bestimmte. Daneben die Schemazeichnung eines Airbus, en detail: Schläuche, Kabel, Notausstieg. Auf dem Tisch lagen *The New Aero Engineer*, *The Scientist* und ein *Geo*-Heft, in dem ein Satellitenfoto abgedruckt worden war, das das IEP, also Harriet, bearbeitet und herausgegeben hatte.

Sie kaute. Kein »weißt du, den kenne ich«, kein »weißt du, wer das war?« kroch über ihre Lippen. Ihr Hungergefühl spielte Achterbahn (heftig, heftiger, nichts), ihr Blick suchte Halt an dem Bild, das sich als Einziges dem Metallglanz der Küche widersetzte. Aus der Mitte ziegelroter Dächer zielte ein schlanker gotischer Kirchturm gegen den Himmel, gemütlich hielt ein Kumulus über ihm seinen Mittagsschlaf. Vor der Stadtmauer Haarlems lagen frisch gebleichte Leintücher zum Trocknen im Sommergras und spiegelten die Wolke, kurze Menschen gingen in den Mischungen von Erde und Himmel umher. Harriet mochte das Gemälde sehr, es hatte sie immer an ihr Gefühl als Mädchen erinnert, dass die Welt nicht dort endete, wo sie aufhörte. Beim Rechnen, wenn eine Funktion sprang oder eine Gleichung, von rechts nach links gelesen, einen überraschenden Gedanken freigab, war es manchmal noch heute so, sie stand dicht vor etwas Neuem, Fremdem, einem Versprechen. So hoffte sie. Nebelglanz über einem Fluss früh am Morgen. Sie war doch noch jung. Dann glitt es fort.

Ash umklammerte seine Tasse mit beiden Händen wie ein Kind und erzählte von dem Streit mit Ben. Müde sei er. Ein Ziehen im Bauch. Bitter und stumpf. Ob sie das kenne? Das Gefühl, wenn etwas nicht mehr zu ändern sei.

Für einen Augenblick hörte sie den Techniker reden, dem ein Versuch endgültig missglückt war.

Die Lage, sagte Jet, sei einfach.

Familie O. in Ruhe zu lassen sei das Gebot der Stunde. Er, Ash, habe bereits gezeigt, dass er Anteil nehme.

»Wir wollen die Ärmsten nicht auch noch mit unserem schlechten Gewissen belasten.«

Ash könne die Ärzte befragen. Die Ärzte, das sei sicher richtig. Und günstig für die Verhandlung, die es geben werde.

Sie habe, bitte, nichts Falsches gesagt? Sie streckte den Arm und strich ihm über die Hand. Er habe Glück gehabt, murmelte sie. »Ich meine: wir.«

»Das ist süß von dir.«

Ash rieb sich Augen und Stirn, als zweifle er selbst an diesem Satz. Er sah aus wie ein Tier, das versucht, sich ohne Wasser zu waschen. Ben habe alles miterlebt. Davon, was das Kind sonst erlebe, wisse er, der Vater, zu wenig. Auch das sei ihm heute deutlich geworden.

Jet war enttäuscht. Warum sie in Ohnmacht gefallen war, fragte er nicht. Dabei hätte sie etwas zu erzählen gehabt. Sie bemerkte, dass sie gleichzeitig lächelte und die Stirn runzelte. Was genau?

Darüber dachte sie lieber später nach.

Zu Ash sagte sie, er solle Ben nicht bedrängen. Der Junge sei bei der Trennung seiner Eltern zwar erst zwei Jahre alt gewesen, doch sie stecke ihm wie …, wie … ein Knopf in der Nase. »Seit damals«, sagte Jet, »atmet er darum herum.«

»Du bist wütend. Ich bin so ein Idiot«, sagte Ash.

Vielleicht wäre es leichter gewesen, hätten sie den Unfall gemeinsam erlebt. Sie hätten sich den Hergang erzählen können, die Eindrücke vergleichen, sich hier in der gemeinsamen Höhle versichern, wie es wirklich gewesen war und wie es doch gut ausgehen würde. Vielleicht dachte Ash etwas Ähnliches. Er stand auf, um die Balkontür der Küche zu schließen, das schwäbische, ihm unverständliche Gemurmel der Antiquare im Erdgeschoss mochte er nicht leiden, ausgerechnet die beiden Männer, selbst fremd in die Stadt gekommen, gaben ihm das Gefühl, ein »damned Ausländer« zu sein.

Er saß wieder unter dem Ruisdael-Bild, Harriet, noch immer in ihrem dünnen Nachthemd, ging zu ihm, legte den Kopf schräg auf seinen und umarmte ihren Mann. Ash, erst steif, gab nach, sie drängte ihren Bauch gegen sein Gesicht oder sein Gesicht an ihren Bauch, Ash musste ihre Brüste spüren und ihren Geruch einatmen. Doch als sie die Beine öffnete, um sich auf seinen Schoß zu schieben, erstarrte er, und als sie ebenfalls innehielt, verwirrt von ihm und sich, sagte er mit abgewandten Augen: »Die Brötchen werden kalt«.

Danke. Ihres war eisig.

Die Tücher auf Ruisdaels Gemälde sahen auch wie Löcher aus. Was Ash fühlte? Was ihn ankratzte? Hörte er das Wort »heiraten«, antwortete er »da fall ich aus«, oder »nicht in meinem Leben«, das hätte er bestimmt am liebsten auch zu seinem Unfall heute gesagt, »nicht in meinem Leben«, und für einen Moment freute sie, dass es passiert war, »in seinem Leben«.

Und ihrem.

Langsam ging sie ins Schlafzimmer zurück. Erklärungen für ihre Ohnmacht gab es zur Genüge: die unruhige Nacht im Zug aus Amsterdam, der lange Flug zuvor aus Chile. Seit Monaten wachte sie nach den ersten zwei, drei Stunden Schlaf auf, angespannt, ohne etwas tun zu können, denn wenn sie aufstand, brachte sie nichts zuwege, die klaren Gedanken der Nacht sahen morgens auf dem Bildschirm aus wie Handlungen eines Trottels, man verlor nur Zeit – was das Schlafproblem nicht besser machte. Sie zählte Wolken, Schäfchen, Liebhaber (vergangene und zukünftige), Taschen. Jetzt, am hellen Tag, spürte sie ihre Müdigkeit; doch kaum lag sie und hatte sich zugedeckt, brachte Ash ihr das klingelnde Telefon nach und blieb bei ihr stehen.

Sie sah, wie er misstrauisch aufhorchte, als sie einmal lachte. Nachdem sie eingehängt hatte, versuchte sie ihn, der nun schuldbewusster dastand als zuvor, zu beruhigen. Kollege Chen. Die Manager-von-Morgen-Gruppe sei soeben abgezogen. Es habe aber nichts gemacht, dass sie ausgefallen sei. So Chen, mit süffisantem Unterton.

Physikerin sein. Erster Teil: unterwegs zwischen Himmel und Erde. Beschleunigung mäßig, Höhe 10 000 Meter. Die Gedanken reichten weiter, hoffentlich.

Zweiter Teil: PR-Frau des IEP. Führungen vor die Glaskästen im marineblauen Flur. Nürnberger Fernrohr von 1743, zehn kleine und große goldene Rädchen, immer frisch poliert. Schorfiges Fragment einer beim Teststart explodierten Ariane, der weiße Lack zum Teil makellos, die verschmorten

Ränder wie Übungsstücke der Bronzezeit. Ein paar unschein-
bare, einst mehrere 100 000 Euro teure, nunmehr wertlose
Satellitenmodule aus der hauseigenen Werkstatt, man baute
alles doppelt, einmal für den Testlauf, einmal für die wirkliche
Fahrt in den Raum. Schließlich, endlich, das Wunderwerk,
der Höhepunkt jeder Tour und jeglichen Astrophysikerhu-
mors: eine trichterförmige Schale, die auf einem gefährlich
dünnen Ständer balancierte.

Direkt neben dem Damenklo.

Institutschef van Leeuwen höchstselbst hatte verordnet,
einzig dort dürfe der Loch-Gravitationssimulator des IEP stehen. Exklusives Spaßmaterial für die Besucher, auch die Astrophysik befinde sich auf dem Weg ins dritte Jahrtausend
christlicher Zeitrechnung. Über dessen Eingangstor prange in
goldenen Lettern »Geld«.

Früher hatte die Naturwissenschaft versucht, Bilder durch
mathematische Formeln zu überwinden. Jetzt hieß es stillhal-
ten für das nächste Image Reputation Management. Geld. Van
Leeuwen sagte: »die nächste Zündung«. Auch die Mitarbeiter
sollten gezielt Ausdrücke aus der Raketenwelt benutzen. Er
als Beispiel voran.

Chen, das erste Wort süßlich betonend: Erick habe ausge-
holfen.

Erick, dreißig Jahre alt, schmal wie ein Gespenst, Apfelfan,
Mathegenie des IEP. Es dauerte im Durchschnitt 7,31 Minuten – sie führten Listen –, bis er auf eine Frage reagierte, da er,
ganz Schach-Fan und Kontrollfanatiker, mindestens die ersten
fünf Verzweigungen aller möglichen Antworten mitsamt aller
daraufhin sich eröffnenden Antwortantwortmöglichkeiten sowie ihrer Antwortantwortantwortmöglichkeiten durchrech-
nen musste. Am Ende hatte er einen der prospektiven Geld-

bosse auf Jets göttlich quietschendem Schreibtischstuhl, so Chen, in herrlichem Tempo, natürlich kreiselnd, den Flur des Instituts für Extraterrestrische Physik hinuntergefahren, damit der junge Mann sich das Leben als Elektron vorstellen könne.

Es war 13.10 Uhr. Chen fragte: »Bist du wirklich nicht krank?«

»Nicht im Geringsten. Soll ich kommen? Bin sofort da!« Noch einmal betonte er, wie heldenhaft Erick eingesprungen war, mit Hilfe von zehn Äpfeln das Sonnensystem rotieren ließ, mit seinen verzögerten Antworten für Heiterkeit sorgte. Chen hob den Teamgeist hervor: »Jetzt haben wir was gut bei dir!«

Ash strich Jet über den Arm. Sie wusste, dass er wusste, was hier vor sich ging. Ausbooten, reindrängen. DFG- oder EU-Anträge der Kollegen ausspionieren, dann torpedieren oder kopieren, immer freundlich, versteht sich, aushorchen, zuschlagen. Spitzenforscher hieß: Du musst eine Nadel sein. Dünn, scharf, organloser Mensch.

Jet nickte. »Sinnlos, Trübsal zu blasen.«

Ash hob den Blick, als höre er diesen Ausdruck zum ersten Mal. Als habe sie gesagt, er, Ash, sei ein Wal.

4

Als sie aufwachte, dämmerte es unter dem sommerlichen Dach der Straßenbäume. Die Balkontür stand noch immer offen; in der Ferne bellte ein Hund und eine der oberirdisch fahrenden U-Bahnen ließ ihr regelmäßiges Tockern an den Eisenschwellen hören, bis es über den Häusern verhallte. Jet fühlte überrascht, wie weich ihre Zunge gegen ihre Zähne stieß. Wie viele Jahre lag das zurück: ein im Bett vertrödelter Nachmittag? Für einen Augenblick war ihr, als klopfe sie von innen an sich selbst, an eine Art Verpanzerung, die sie überzog wie eine Schildkröte. Sie grinste ein wenig aus Verlegenheit: Dann lag sie jetzt auf dem Rücken, Bauch nach oben, und schaukelte hin und her. Sprich: Warum nicht ein wenig schnuppern an der alten Wolfsblume O.?

Die günstigste Suchroute durch die Gartenkolonie, in der der Mann vom Fernsehturm wohnte, hatte Harriet schnell ausgerechnet. Doch bis sie losging. Auf vorsichtigen Mokassins schlich die Karl-May-Geschulte an einem heißen Sommertag durch Olvaeus' Reich und fühlte sich wie jemand, der Kohlkopf, Ziege und Wolf über einen Fluss setzen muss, aber nicht alle auf einmal zu sich ins Boot nehmen kann. Endlich, in der vorletzten Wegreihe, am südöstlichen Ende der Siedlung fand sich ein verwittertes Gartentor mit einem nichtssagenden, ebenfalls angewitterten Namen, über dem ein unfassbar schönes Heftpflaster klebte: stolzes O, Schlangenlinie, schwingendes us.

An einer günstigen, weil halbschattigen Stelle duckte Harriet sich gegen den erhitzten Zaun und wartete. Eine scharfe Helldunkel-Trennlinie lief über den Garten, das Häuschen, weiß verputzt mit blauen Fensterrahmen, hatte einen ersten Stock und Luken im Dach. In den aufgeschlagenen Büchern auf dem Terrassentisch blätterte der Wind, ein brauner altertümlicher Schaukelstuhl knarrte. Dicke, mit purpurroten Blüten bestandene Fingerhutstängel schwankten, nur die zinkfarbene Gießkanne inmitten des Rasens bewahrte steif ihre Würde. Blau-grün-lila-gelb, bunt und schillernd wie ein Pfau kam die Welt ihr hier vor und zog sie an.

Still saß sie da. Minimädchen, im Minirock. Bonsaiharriet. Unglaublich unbeweglich, unglaublich gut getarnt.

Eine halbe Stunde später kauerte sie in seiner zwergenhaften Küche; er, auf dem Stuhl ihr schräg gegenüber, wühlte in einem durchsichtigen Plastiktäschchen.

Leider hatte sie, wie Olvaeus kühl feststellte, exakt an der Glasscheibe gebremst, die er mit seinem »halt« hatte schützen wollen.

Harriet stützte den linken Ellbogen auf den Tisch. Gemein spitze Steinchen vom Datschenweg schwebten, eingebohrt in ihren Handballen, über der Holzplatte; der Glasschnitt am Daumen blutete. Sie versuchte, nicht zu tropfen. Olvaeus hatte sie am Zaun ertappt.

Er stellte eine alte rostbraune Flasche vor sie. *Kurzer Schmerz, langer Erfolg!* Das Jod brannte und wirkte dessen ungeachtet wunderbar, umfasste der Hausherr doch, um es aufzutragen, Harriets Finger. Seine Haut war brauner als zuletzt. Trotz der Hitze trug er ein Halstuch, gelbe Baumwolle, die Zipfel nach vorn. Harriet schwindelte.

»Du hast Glück, dass es nicht genäht werden muss.«

Er hatte die hellgrünen Hemdsärmel aufgekrempelt, ein paar Locken fielen ihm ins Gesicht.

Noch immer hielt er ihre Hand.

Weil sie das Gefühl hatte, etwas sagen zu müssen, fragte sie, ob man den Schnitt später sehen werde.

Er murmelte etwas wie »Frauen und ihre Eitelkeit«, lauter sagte er: »wahrscheinlich schon«.

Die frisch Verbundene lächelte. Wie schön, dass sie so ungeschickt versucht hatte wegzulaufen. Die ganze Küche war ihr jetzt ein Schaukelstuhl.

Ein paar Schränke, Spüle, Gasherd. Alles stark abgenutzt, nur links von der Verandatür, die zugleich als Haustür diente, summte ein offensichtlich neuer, extrem gelber Kühlschrank. Neben ihm führte ein Treppchen ein paar Stufen nach oben; ein Rollo sperrte neugierige Blicke aus.

Olvaeus zog den Blümchenvorhang unter der Spüle zur Seite und verstaute den Notfallbeutel.

»Ich sollte Schadenersatz von dir verlangen, du kriegst doch bestimmt Taschengeld.«

»Meine Mutter hat einen Bioladen, wir essen nur, was übrig bleibt. Jeden Abend verschrumpelte Tomaten.«

Er lachte. Gut. Wenn sie ihn zum Lachen brachte, schickte er sie nicht fort.

»Gelaufen bist du jedenfalls, als hättest du Tomaten auf den Augen.«

Für Sekunden spürte sie Tränen aufsteigen. Sie kniff die Augen halb zu, wie sie es in Filmen gesehen hatte, und sagte: »Ich suche eine neue Maus!«

Harriet hätte klüger sein müssen, vorsichtiger. Ihr eigenes Leben war vielleicht noch zu kurz, um das gelernt zu haben, aber Karolins war lang genug. In Karolins Leben gehörten Männer. Männer wie Kalender. Anfangs waren sie echte Versprechen, voller Worte und Bilder, Sonnenaufgänge und Möglichkeiten. Mit jedem Tag wurden sie dünner. Geiziger. Auf dem letzten Blatt stand ein einziges Wort. Erst vorgestern hatte Harriets Mutter gesagt: »Der hat mir wieder das Hundefutterwort serviert«, wie ein Leckerli habe er es ihr vorgesetzt, ihr, Karolin, 46 Jahre alt, das Hundeleckerli-Wort »single«, mehrfach wiederholt, »jetzt bist du wieder single«. Bei jedem »single« hatte Karolin heftig auf die silberfarbene Fernbedienung gedrückt. Mutter »Wieder«-Schneider und

Tochter Saramandipur weihten ihren ersten Videorekorder ein.

Scarlett O'Hara warf die Barockvase ihrer Gastgeber gegen ein Sofa ihrer Gastgeber, weil Gastgeber Ashley seine Cousine heiratete. Lässig erhob sich Frauenheld Rhett Butler aus den Polstern und grinste: »Ist denn schon Krieg?«

»Immer«, sagte Karolin und klang zufriedener. Zum Abendessen hatte es tatsächlich zum fünften Mal in Folge nur Tomatensalat gegeben, eine bewährte Anti-Single-Diät, doch nun fischte Karolin eine Packung Ferrero unterm Sofa hervor, sagte zu Harriet: »Rate mal, wie's ausgeht«, und biss zu.

»Hallo«, rief Olvaeus, »jetzt sagst du ja gar nichts mehr!«

»Also« – er räusperte sich – »ich erlasse dir die dreißig Mark.«

Seine Brille glitzerte auf. Vermutlich betrachtete er den Erlass als gute Tat des Tages. Harriets Wangen glühten. Ohne Koketterie, mit allen Gedanken bei ihm, sagte sie: »Ich verdurste hier fast.«

Ein paar Baumsamen taumelten über den Terrassenboden, Harriet beobachtete, wie sie dahinsprangen, und spürte das Pochen unter ihrem Verband. Olvaeus rauchte und trank Kaffee, sie nippte an einem Kräutertee.

Was er da lese?

Augenblicklich verdüsterte sich sein Gesicht. »Nichts.«

Eine grünblaue Libelle propellerte um den mit Büchern und Zetteln beladenen Tisch.

Na ja, das eine sei hebräisch. Er übersetze. Für eine Veröffentlichung. Dabei habe er an der Uni aufgehört. Die strichen alle Stellen. Er seufzte, zeigte auf die linke Seite des Tisches: Jetzt werde er eben Pfarrer.

»Aber Mädchen, was schaust du denn so? Wie eine Fliege

im Quark! Weißt du etwa nicht« – als dämmere ihm Schreckliches –, »was das ist, Pfarrer?«

»Seelsorger bei Schafen«, sagte die Schwerverwundete.

Er hielt inne, schien zu überlegen und sagte, sie wisse ja genau Bescheid.

In ihrem Kopf pochte etwas wie »Keuschheit«, Keuschheit für Pfarrer, die dürfen doch nicht …, die haben doch einen Zustand wie … Fastenzeit, etwas so ähnlich wie – Zoll.

Der Besitzer des Hauses »Hat-meiner-Großmutter-gehört« drückte seine Zigarette aus, die Terrassensteine leuchteten. Nie hatte Harriet einen Pfarrer gesehen, der so unpfarrerlich wirkte. Nie einen Pfarrer, der im Garten saß, rauchte und Mullbinden um zitternde Mädchenhände schlang. Sie spürte ihn durch den Tisch, den Boden und die Luft. Sein Geruch verwirrte sie.

An einem ihrer Haarwirbel drehend sagte sie schüchtern: »Ethik«, »ich habe seit einem Jahr Ethik, ich meine, es gibt Papst und Pillenverbot, und dieses … dieses … Zölibat!«

Bravo, Biologie hätten sie offensichtlich auch! Und, er verzog den Mund: Zölibat, Papst, Perversion. Soso.

»Ich bin protestantisch. Sagt dir das was?«

»Ja«, schoss es von ihrer rosafarbenen Zunge, »das passt!«, und Harriet lehnte sich glücklich in den Stuhl zurück und schlug, halb bewusst, die Beine übereinander.

Später malte sie sich aus, dass er sich an ihre Knie erinnerte, rund und überspannt von zarter, vollkommen unverletzter Haut, die sich, überall von gleichmäßiger Bräune, die Oberschenkel hinauf fortsetzte, bis der dunkelblaue gespannte Rocksaum dem Blick Halt gebot; nur ein schmales Dreieck, dort, wo die Schenkel aufeinanderlagen, gab er frei, es war dunkel und verengte sich. So hatte sie das bei anderen Frauen gesehen.

Olvaeus, der in der Küche hantierte, schimpfte laut zu ihr heraus. Der Papst habe ihm gerade gefehlt. Dieser Wojtyla. Angeschossen. Das tue ihm leid. Ansonsten: »christliche Politik«, da stünden ihm die Haare zu Berge. Die Frauenfeindlichkeit der Bibel sei ihm zuwider. Es heiße übrigens »der Zölibat«. Das könne sie glauben. Wie »der Gott«. Da brauche sie erst gar nicht anfangen, etwas anderes zu glauben. Das sage er nicht, weil sie zum weiblichen Geschlecht gehöre. Obwohl er sich gerade deswegen vom weiblichen Geschlecht schon vieles habe anhören müssen. Ja, das werde sie noch merken. Er werde es ausprobieren, werde »Gott, sie« sagen, bei der ersten Predigt. »Die Ruach«, heiße es, das sei hebräisch, der Geist, die Ruach über den Wassern. Den Kindergott, dieses graubärtige altgesichtige Gütemännchen hinter den Wolken, habe sie ja hoffentlich schon verabschiedet?

Er hatte weitergeredet, eine Antwort schien er nicht zu erwarten, sie fand das bereits sehr pfarrerlich. Schließlich setzte er ein dunkelblau geblümtes Tablett vor ihr auf den äußersten der schiefen Bücherstapel. Zwei Schalen Vanilleeis und ein bauchiges Glas Apfelmus rutschten aufeinander zu.

Bald würde er Kinder in ihrem Alter unterrichten. Eine Gottamöbe über den Wolken werde er ihnen so wenig zeigen wie die Seele in der Zirbeldrüse, im Übrigen reiche ihm die Evangelische Landeskirche als Papstersatz! Ersatz sei bekanntlich schlimmer als das Original.

Seine Nasenspitze glänzte. Wenn er seinen langen Hals streckte, hatte er etwas von einem Vogel. Ungeschickt stieß er fast das Apfelmus vom Tablett, weil er mit der Hand auf einen Bogen Papier voller Zahlen, Gleichungen und Fragezeichen schlug.

Ob sie das sehe?

Zusatzausbildung für Pfarrer: Grundlagen der Ökonomie, Wirtschaftsprüfung, Buchführung, kurzum, wie einen Etat von Zigtausend im Jahr verwalten, ausgeben, eintreiben, vermehren.

Olvaeus griff sich in die Haare über der Stirn: Generalumkehr, Bernoulliverteilung, Debitoren! Examen am Ende. Er schlug den Aktenordner auf: »Debiles Zeug!«

»Mathematik«, sagte sein Gegenüber mit ungewolltem Kichern.

»Kontierung«, bellte er, »Manipulation!«

Das sei pervers, als Kirchenmann, als zukünftiger Hirte – er stopfte sich einen Löffel Eis in den Mund –, »magst du Mathe etwa?«

Harriet legte einen Finger der verbundenen Hand auf die nächste Gaußsche Kurve. Statistik hätte sie im Matheförderkurs, auch Stochastik, es gehe immer auf.

»Pah«, rief Olvaeus, »immer!«

Nichts gehe auf. Schuften müsse er wie ein Bauer im Weinberg. Es helfe nichts. Kämpfen gegen die Reblaus! Lächerlich!

Olvaeus schnaubte in ein Taschentuch und löffelte sein Eis. Er aß wie ein kleiner Bagger, regelmäßig und viel schneller als Harriet, sie fand es lustig, doch kaum war er fertig, begann er ihr beim Essen zuzusehen, und sie fühlte sich nur mehr wie ein kleines Mädchen unter der strengen Aufsicht eines Lehrers. Unsicher liefen ihre Blicke hin und her zwischen Olvaeus' Brust, der halb geöffneten Faust, in die er den Kopf stützte, und seinem Mund. Er war plötzlich so viel älter als sie, und noch während sie sich den letzten Löffel in den Mund schob, sagte er voller Ungeduld, es werde bald dunkel (ha, in drei Stunden), sie solle zusehen, dass sie gut nach Hause komme. Er griff nach dem Apfelmus, stand auf, hielt unvermittelt inne.

»Warte mal«, sagte er gedehnt, »mein Examen ist in zehn Wochen.«

Scharfer Blick über die leeren Eisschüsseln hinweg. »Bis dahin gibst du mir Nachhilfe. Als Ersatz für die Scheibe. Dann sind wir quitt.«

Sie rief nach Ash.

Es dauerte, aber er kam. Sie wollte sich entschuldigen, schneller sagte er »sorry« und saß auf der Bettkante, nahe an Harriets Arm. Er sah viel besser aus als noch während des Essens. Sie ertappte sich, wie sie seiner Stimme nachlauschte, es gab darin manchmal einen zweiten Klang; Ashleys wirkliche Tonlage war oft ein wenig zu hoch, die Stimme in seiner Stimme hingegen liebte sie. Sie legte ihren Kopf auf seinen Schoß und erzählte in sein Gesicht hinauf, dass sie den Mann der Verletzten von früher kannte.

Rudimentär.

Dann stützte sie sich hoch, auf den noch etwas zittrigen Ellbogen. Der starke Tee grummelte in ihrem Bauch, sie musste sich beeilen.

»Ich habe nachgedacht«, sagte sie. »Die Frau war doch ganz sympathisch!«

Dass Harriet das nicht wissen konnte, weil sie Frau Olvaeus gar nicht gesehen hatte, fiel weder Harriet noch Ashley in diesem Augenblick auf.

Sie sagte: »Ich komme mit.«

»Ja?«

»Wenn du sie besuchen willst, komme ich mit.«

21 Jahre, Pi mal Auge 7670 Tage, 183 960 Stunden. Chauvi Olvaeus. Feigling Peter. Blind, hübsch, rau. Der einzige Mensch, den sie je als Zahl gesehen hatte: eine Fünf. Sie lächelte, ohne

es zu merken, erst Sekunden später sah sie an Ashs Blick, dass sie gelächelt haben musste. Aus heiterem Himmel dachte sie: Ein Vogel pfeift im Wald.

Hieß: Die Spatzen schrien's vom Blätterdach. Pfarrer O., Bergsteiger, Verräter, Überrascher, Schmeichler, Monster, Rhetoriker, Held und eines sicher nicht: britisch korrekt.

»Ich kann auch allein zu der Kranken gehen, wenn dir das hilft.«

Sie könne Grüße ausrichten. Es rege Frau Olvaeus vielleicht weniger auf, wenn sie komme statt seiner, der sie angefahren hatte.

Ashley schaute wieder betrübt. Nase und Wangen waren so rot, dass die Sommersprossen verschwanden; darunter wirkte er blass, als wäre die Röte nur aufgelegt.

Ob ihr das nicht zu viel werde?

Das Echo in seiner Stimme war nun deutlich. Sie mochte ihn sehr. Sie war geradezu frisch verliebt.

»Dear, ich falle nur um, wenn ich nicht vorbereitet bin!«

Ein wahrer Satz.

Vielleicht der erste des Tages.

Ob »dear« das erkannte?

Manchmal tropfte, was man sagte, dahin. Manchmal setzte es sich zu etwas Neuem zusammen. Manchmal, hieß es in alten Büchern, verwandelte es sich in einen Wurm. Der Vogel pfiff nun wirklich sehr laut.

II

Sie packte, riss Memoryzettel und das Poster mit dem Malamute von der Wand, der Schlittenhund war berühmt für sein »desire to go«. Das wollte man wohl auch bei ihr fördern, ihre Stelle war erneut gekürzt worden. Selbstverständlich hatte Institutschef van Leeuwen sie dabei aufs Nachdrücklichste seiner immerwährenden, auch aus der Ferne wirkenden Loyalität versichert, »vollinhaltliche Unterstützung Ihrer Astronautenbewerbung ...« etc. Und pferchte ihr zwei Diplomanden ins Büro.

Harriet rauchte zum Fenster hinaus, um sich zu beruhigen. Das nagelneue IEP, in dem kein Nagel verbaut war – man fürchtete elektromagnetische Störfelder –, wurde selbstverständlich vollautomatisch mit gefilterter Gesundluft versorgt. Eigentlich ließen die Fenster sich nicht öffnen. Harriet hatte den Hausmeister bestochen. Es war leicht gewesen. Auch Deutschland war ein Land der Korruption. Es war so korrupt, dass es sich sogar das Bewusstsein für Korruption wegkorrumpiert hatte. Sie beruhigte sich nicht. Ab und an hörte sie eine Ente schlagen, ein Motorrad fahren. Winter in Brandenburg.

Glückliche Mäuse hatten sich in die Erde gebuddelt und schliefen, ihr Herz schlug einen langsameren Takt. Über ihnen erhob sich das IEP und sog Datenmengen aus dem All, wüste Gebirge aus Nullen und Einsen, die Harriet, deren Herz diesen Winter langsamer schlagen wollte, aber immer wieder zu schnell wurde, am Rechner auf den Menschen herunterbrach.

So hieß das jetzt auch auf Deutsch: »Break us the news.«

Die Mäuse, das Haus, die Wolken, die Atmosphäre, der Satellit, der siderische Kreisverkehr. Das Himmelsgebäude, hatte man früher gesagt. Die Dunkel-Dunkelheit. Fünf Augen, auf unterschiedlichen Ebenen des Satelliten angebracht, nahmen die Daten auf. Bot man die Maschinenergebnisse unbearbeitet dem menschlichen Gehirn an, jaulte es wie ein junger Hund, dem man auf den Schwanz trat. In kosmischen Zeitmaßen gerechnet war das menschliche Gehirn ein sehr junger Hund, sozusagen noch Fötus, fast noch Ei. Es brauchte Schatten und ein Augenpaar, das in einer Ebene lag, sonst wurde es verrückt.

Natürlich hatten ihre Kollegen auch das probiert, hatten auf die komplizierten Rechenreihen verzichtet, die die Messungen dem menschlichen Sehapparat anglichen. Und?

Das Ergebnis ließ sich nicht anzweifeln: Der Mensch war für das Universum blind.

Harriet hatte sich selbst überzeugt: Die nicht manipulierten Messwerte aus dem Kosmos, dieses weitreichende und noch immer so kleine Fischen, das die Menschheit dort oben in der Schwärze der Strahlenwelt, im Reich der Gifte und Spiegelkräfte betrieb, setzte sich nicht »wie von selbst« zu grauen Bildwolken und verzerrten Konturen zusammen.

Die nicht gesäuberten Computerzeichnungen hatten etwas Schreckliches. Als sehe man, für Sekunden, durch die Maske eines viel größeren, mehrdimensionalen Wesens. Es war mechanisch, überlegen, unendlich kalt. Etwas fehlte. Während man schaute, war einem, als kippe man sich selbst zu den Augen hinaus.

Dorthin? Solange sie lebendig genug war: die Pupillen weiten am Raketenbullauge, dahinter das eigene kleine, allerkleinste Gehirn. Physisch, chemisch, gespannt. Die Physikerin hatte gelernt, Gefühle zu beherrschen, wegzudrücken, zu funktionieren. Dann hatte Harriet etwas anderes erfahren: dass sie ihren Körper brauchte, damit die Wirklichkeit wirklich war. Die kleine Wärme. Zahlen reichten nicht.

Sie packte, warf weg, stopfte Zeitungspapier gegen Kistenwände, wer wusste, wann oder wo sie diese Schachteln wieder öffnen würde. Innehalten und auf den Raumfahrt-ist-Schifffahrt, also den navyblauen Hochflorteppich rund um ihren Schreibtisch starren wollte sie auf keinen Fall. Zuhause in der Wohnung hatte es keine Teppiche gegeben; nun gab es die Wohnung nicht mehr.

Da half nur Pi. Stellen 1–752. Den offiziellen Pi-Weltrekord hielt ein Chinese. Natürlich ein Chinese. Intensives Zahlenverhältnis. Sie würde ins Guinnessbuch der Rekorde lieber eingehen mit einem Rekord beim Essen. Oder Küssen.

Ganz der falsche Gedanke.

Rasch zwang sie sich zu dem Chinesen zurück. 67 890 Pi-Stellen hatte der Mann am 20. November 2005 in einer Zeit von 24 Stunden und vier Minuten fehlerfrei aufgesagt. Zahlen hatte sie schon immer gemocht, Zahlen waren endlos, egal ob real oder imaginär, man erfand sie, schon folgte ihnen die Wirklichkeit. Vor allem aber hingen sie immer zusammen, stets war eine Regel denkbar, die Zahl x an Zahl y band.

Pi. Endlos, musterlos, schlimmer als der Kosmos, perfekt chaotisch, perfekt rund. Vielleicht hatte sie deswegen den Rotationsversuch so gut überstanden. Vor ein paar Tagen war die Nachricht gekommen: nächste Runde im Europäischen Astronautenprogramm. Sie befinde sich allerdings »am Rand der Altersgrenze«. Guter Witz! Noch der flüchtigste Blick auf eine Bevölkerungsstatistik machte deutlich, dass man Experimente an älteren Probanden würde durchführen müssen.

Sie zündete sich eine neue Zigarette an. Zog zwei-, dreimal.

Peter und sie waren quitt. Gleich egoistisch gewesen, also ganz normal. Ganz normal: das Risiko, am Ende zu verglühen. Aber auch auf der Erde waren die Gesetze nicht sanft. Sie waren so groß, dass man sie nicht verstand und deswegen manchmal glaubte, sie seien sanft. Harriet lernte Russisch (wenn die Amerikaner die Shuttleflüge nicht besser in den Griff bekamen, flog man noch mit einer Sojus), büffelte Elektrotechnik und das gesamte Medizinerprogramm bis zum Physikum.

Das Rauchen würde sie sich abgewöhnen müssen. Darüber konnte sie später nachdenken. Das war aber doch auch ein Filmzitat?

Nebenan hörte sie Erick tippen. Er benutzte eine Schreibmaschine, für Ergebnisse.

Anscheinend tippte er nur mehr Ergebnisse.

Die Morgendämmerung kroch wie ein Wurm über den Horizont, und die Entenpärchen des Institutsflusses watschelten durch etwas Schlamm auf eine leuchtend grauweiße Gruppe Birken am Uferrand zu. Die Seite des European Astronaut Centre lud sich erstaunlich langsam. Follow your application. Tests passed, tests to come.

Nun, in der Dämmerung, erschienen die Wolken. Still und dick standen sie über dem Haus, an den Bauchungen gefärbt mit einer rauchigen Rosenquarzfarbe, im Übrigen dunkelgrau. Gleich würde es regnen; die Luft selbst schien zu leuchten, sie überzog Harriets Fensterwelt mit kaltem Lack.

Peter war fort, für immer. Was hieß schon quitt. Pi-Stellen auswendig zu lernen war, wie hungrig vor einer Dose Pfirsiche zu sitzen und die Dosenrillen zu zählen. Doch solange man zählte, musste man die Traurigkeit nicht so spüren. Pi war tiefer als jede Traurigkeit.

Die Enten hatten nun ihr Ziel erreicht, und die Birkenstämme wanderten, einmal zu-, andernfalls auseinandergelehnt, ein jeder ein wenig in sich gekrümmt, den Hügel hinan wie einzelne Gedanken.

1

Der Citroën stand an der beinah schon vertrauten Stelle auf Harriets Weg zur U-Bahn, seit dem Unfall hatte Ash ihn nicht angerührt. 8,41 Minuten alte Strahlung, nah und heiß, traf den Kopf der Physikerin, schon am Morgen beim Joggen hatte sie geschwitzt, jetzt, nach 600 Metern Fußweg, klebte die Hose erneut an den Beinen. Kurzärmeliges T-Shirt, flache Sandalen, Jeans – ganz die nüchterne Arbeiterin. Harriets unverschämtes Astrophysikerglück: In den bereits zwei Jahre alten Datenmengen, die sie derzeit bearbeiten musste, war eine seltsame Zahlenspur aufgetaucht.

Sie fischte nach dem Autoschlüssel. Statt des Institutsrucksacks hatte sie eine hübsche, bunt gestreifte Einkaufstasche dabei, groß genug für einen Blumenstrauß, ein Notebook und Bücher. Im Augenblick lagen nur ein Memorystick und eine dünne Jacke darin, schließlich war es im Inneren öffentlicher

Gebäude oft unangenehm kühl; das IEP allerdings war kein öffentliches Gebäude.

Harriet stellte das TomTom ein.

Noch Vyomesh hatte ihr den Merksatz beigebracht: »Jeden Sonntag erklärt mein Vater mir unsere neun Planeten.« Der Spruch enthielt den Anfangsbuchstaben eines jeden Planeten in zunehmendem Abstand von der Sonne; »erklärt« gehörte der Erde, »Vater« der Venus. Seit einem Jahr fehlte das P. Pluto war degradiert worden, kein Planet mehr, sondern ein Plutoid. Wie lächerlich! Wenn Pluto ein Plutoid war, war Harriet ein Harrietoid. Pluto und Eris bildeten nun ganz allein die Gruppe »transneptunisches Objekt«. Harriet glaubte, dem dritten Stern dieser Art auf der Spur zu sein.

Keine Diplomatensperre, keine Demo, kein Stau. Sie wühlte im Handschuhfach nach der Sonnenbrille, das Navigationsgerät säuselte: »Fahren Sie geradeaus.« Harriet erinnerte sich, wie beim Aufwachen am Morgen der Duft von Ashs Aftershave über ihr gegangen hatte. Offensichtlich hatte ihr Mann sich die Mühe gemacht, ihr einen Kuss zu geben, bevor er aus dem Haus ging, hatte sich gebückt und sie berührt, während sie schlief. Stets begoss er sich mit Rasierwasser wie ein englisches Bauernkind, das mit den Dingen seines Vaters spielt; dabei war er 43. Es ärgerte sie, und im ständigen Stop-and-go des Stadtverkehrs dachte sie, da küsst er mich wie ein Möbelstück, das schweigsam und fest an seinem Platz steht. Sie seufzte, denn sie fühlte auch, wie er ihr vertraute und sich auf sie verließ. Zudem war es nett und fürsorglich von ihm gewesen, noch einmal zu ihr zu kommen.

Es ging wunderbar voran, das TomTom führte sie eine geschickte, ihr in Teilen unbekannte Route. Dass das Krankenhaus, in dem Maria lag, zwischen den Straßenbäumen auftauchte, erstaunte Harriet, wenn auch nicht nur. Sie dachte nun daran, dass Ash heute noch nach London flog, es war also auch ein Abschiedskuss gewesen, das rührte sie und sie beschloss, gut zu arbeiten in den Tagen seiner Abwesenheit, um dann einen freien Abend mit ihm zu verbringen, Theater oder Kino, und Essen in einem Restaurant.

Sie bog ab.

Die täuschend echte, weibliche Stimme des Geräts protestierte aufs Entschiedenste, also weiterhin säuselnd, und noch auf dem Krankenhausgelände schlug die Stimme Harriet Routen vor, die sie schnellstmöglich auf den richtigen Weg zurückführen würden. Harriet wusste sehr wohl, dass sie zuhause die Stadtkarte angesehen hatte, dann die Jacke eingesteckt, die enge Jeans gewählt. Den Autoschlüssel genommen. Doch jetzt war es schön: Das Gerede des TomTom gab ihr das Gefühl, schuldlos, ja fast willenlos, einem vorgezeichneten Weg zu folgen.

Junge Platanen säumten den Parkplatz, auf französische Art beschnitten streckten sie die Ärmchen waagrecht in die Luft. Die Besucherin parkte unter dem größten der Bäume und wollte zurück sein, bevor sein Schatten über das Auto hinausgewandert wäre. Eine Stunde, maximal. Sie nahm ihre Tasche und steckte den Wagenschlüssel tief in die Tasche der Jeans. Ihr Herz schlug, sie musste sich konzentrieren.

Die Eingangshalle, ein rollstuhlgängiges, hell ausgestrahltes Einkaufsareal, sah aus wie ein Flughafen, roch allerdings, ganz andere Abflugziele preisgebend, nach Desinfektionsmitteln. Harriet musste daran denken, wie oft sie in der Zeit nach Vyomeshs Verschwinden auf dem Heimweg von der Schule rasch ins Städtische Krankenhaus geschlüpft war. Dritter

Stock, Zimmer elf: Da läge er. Hatte sich bei seinem Bergaus-
flug – in die Berge war er verschwunden, darauf schwor Harriet – beide Schenkel gebrochen. Auch Schlimmeres dichtete
sie ihm an. Immer aber konnte ihr Vater die Augen öffnen,
kaum rieb sie an seinem Arm. Ihre eigenen Beine waren noch
so kurz, dass die Füße nicht auf die Erde reichten, wenn sie
sich in einer der Wartebänke neben dem Hauptportal nach
hinten setzte. Manchmal murmelte die Besitzerin des Ge-
tränke- und Zeitungsladens nebenan ein »na Kleine, warteste
wieder«, einmal kam sie heraus und gab Harriet ein Milky
Way in glitzerndem Papier, das die Beschenkte lange ansah
und kaum zu essen wagte.

Vyomesh (Kerala), Karolin (Hamburg): er klein, sie hell-
blond, fast weiß. Das Ergebnis hatte geschwungene Wimpern,
assamteefarbene Haut. Und Vyomeshs Liebe zu Zahlen.

Der Computerpionier lehrte die Tochter, die Harriet hieß,
weil er sich mit Karolin weder auf einen deutschen noch indischen Namen hatte einigen können, wie man sich Langeweile
mit Zahlen vertreibt. Wie man mit Hilfe von Zahlen Muster
entdeckt, die man auf Tafeln hinter der Stirn abspeichert.
Hübsche Muster, die Zusammenhänge schaffen, aber nicht
unbedingt etwas bedeuten. Eben das, hatte Vyomesh ihr beigebracht, war das Wesen der Zahlen. Ihre innere Schönheit –
die Leere. Gemeinsam hatten sie Wurzeln gezogen und Po-
tenzen gebildet, nur im Kopf. Ohne Bedeutung. Vier Stellen,
fünf Stellen, mehr. Hinter dem Komma, davor. Der Negativ-
raum, die realen, die imaginären Zahlen. Es war ein großer
Raum, sie glitten wie auf Schlittschuhen dahin, ein wenig Reibung, Leichtigkeit. Man malte Figuren; Schönheit war am
Ende vielleicht das, was sie unterschied.

Eines Morgens, Harriet ging in die fünfte Klasse, kam ihr

Vater nicht zum Frühstück. Karolin sagte, Vyomesh sei einkaufen gegangen, und als Harriet mittags zufällig ihren Kleiderschrank öffnete, freute sie sich. Vyomeshs riesige alte Reisetasche stand da, ein Steiff-Äffchen saß obenauf.

Hanuman!

Von ihm hatte ihr Vater am liebsten erzählt. Gott der Affen, Gott der scharfen Krallen und des klugen Herzens. Hanuman flog von zuhause fort, tief in die Berge hinein, einer Dämonin ins Maul.

Es gab keine Berge in der Nähe. Und doch war bald deutlich, dass Vyomesh eine Reise machte. Harriet versuchte zu vergessen, dass er die Tasche nicht mitgenommen hatte. Ihre Mutter sagte: »Affe«, und verdrehte die Augen, sagte: »Der kommt schon wieder«, sagte: »Die Polizei sucht nach ihm.« Sie schaute ärgerlich und schwieg, einmal flüsterte sie: »Der hat sich vom Acker gemacht.« Die Tochter, elf Jahre alt, wanderte stumm in ihr Zimmer und bemalte das Fensterrollo. Wolken, Berge. Auf dem rohen Acker davor saß ein Äffchen in weichem Fell, vielversprechend blickte es Harriet in die Augen, bis Zeichnung und Rollo völlig ausgeblichen waren und Karolin dem protestierenden Mädchen eine neue Verschattung kaufte. Ein paar Wochen später hatte Harriet Olvaeus am Fernsehturm kennengelernt.

Sie irrte zwischen Boutiquen, Rehabedarf und einem Burger King umher, bis sie einen Blumenladen fand. Nach einigem Zögern entschied sie sich für Sonnenblumen, groß und fettig gelb, die Mitten von der Seite fast lila, so dicht.

Die Stängelenden der Zuchtbomben wurden in Papier geschlagen, international standardisierte Farbnamen klickten durch Harriets Kopf: Antimongelb, Strontiumgelb, Marsgelb, Neapelgelb, Schüttelgelb, Barytgelb, Chromgelb, Kadmiumgelb, Persischgelb, Indischgelb, Grundgelb: die 255, 255, 0 des RGB-Farbraums der digitalen Welt. Sie hastete zum Aufzug, als habe sie mit diesen gelben Gedanken wichtige Zeit verloren. Keinesfalls hatte sie sich länger als nötig im Eingangsbereich aufhalten wollen, es hätte ausgesehen, als warte sie auf jemand Bestimmten. Verstohlen schaute sie sich um, hatte fast zu schnell die spiegelnde Wölbung der Linse entdeckt. Die Kamera verharrte kurz, zoomte weg. Dabei wollte sie wirklich nur seine Frau besuchen! Auf der Website seiner Kirche hatte sie gelesen, dass an diesem Freitagvormittag der Kirchenvorstand tagte, ab elf. Es war 11.25 Uhr. Karolin hätte gesagt: »Der Mann ist aufgeräumt.«

Nachtschwarz, matt, schattenlos. Eine hohle Stimme zischte: »Mach zu!«

Erstarrt wartete Ashleys Frau darauf, dass ihre Augen sich an die Lichtlosigkeit gewöhnten; nach einer Weile hörte sie Schritte und durch einen Vorhangschlitz fiel etwas Tagesschein in den Raum.

Der Platz an der Tür war leer. Hinter dem Bett am Fenster, die Hand am Vorhang, stand ein junger Mann, mehr Silhouette denn Person. Erst als die Besucherin erkannte, dass er keinen Kittel trug, begriff sie, wer er war. Ein paar Monate nach Peters Gartenfest hatten Frau Schneider-Saramandipur und ihre Tochter eine Geburtsanzeige bekommen. Sie erinnerte sich an das belanglose, hassenswerte Babybild und die bunten Buchstaben darunter.

»Ich dachte, Sie sind der Zivi«, sagte das gewachsene, insgesamt jedoch erstaunlich kurz gebliebene Baby. Seine Stimme klang sachlicher, aber um keinen Deut freundlicher.

Harriet flüsterte: »Sind Sie immer so ruppig?«

»Es geht um meine Mutter.«

»Das ist mir klar, Lucien.«

Er brauchte drei Sekunden. Sie hörte ein leises »'tschuldigung«. Gegen Ende des Wortes hob er die Stimme leicht an wie bei einer Frage. Harriet kannte das von Bens Freunden, wie Kaulquappen kamen sie ihr manchmal vor, mit ständigen Pro- und Con-Übungen hatte man sie erzogen, nun ruderten sie in trübem Wasser, dauerapologetisch, wollten niemanden verletzen und kamen auf diese Weise zu nichts. Nicht einmal entschuldigen konnten sie sich.

Harriet sagte ihren Vornamen, hängte Ashleys Nachnamen an. Langsam bewegten ihre Füße sich in Richtung von Marias Bett.

Die Luft wirkte schiefrig grau. Harte Schatten. Maria, der Körper flach und unscheinbar unter dem Laken, regte sich nicht, nur die Augen, feuchte Flecken in dem Dämmer, folgten der Besucherin. Mit einer raschen Bewegung strich Olvaeus' Sohn seiner Mutter über den Arm, wie um sie für eine bedrohliche Auseinandersetzung zu wappnen. Das Zimmer roch nach Putzmitteln und Schmerz.

Schwere Gehirnerschütterung, Dunkelheit, Ruhe, so viel verstand Harriet von selbst. Die Schwärze der Luft in den Ecken des Raums und am Fußende des Betts enthielt indessen auch etwas anderes, Harriet glaubte zu spüren, wie Maria kämpfte, sie war überfallen worden und steckte noch immer unter der Decke, die ihr im Augenblick des Zusammenpralls über den Kopf geworfen worden war. Für einen Moment tat es Harriet fast leid, sie nun so krank zu sehen, und zugleich war sie erleichtert, da sie merkte, dass Maria sie nicht wiedererkannte.

Ihr Mund eine Kirsche, ganz wie vor zwanzig Jahren, an der Seite waren die Haare abrasiert, doch noch immer lief der

Ansatz in der Mitte der Stirn zu einer Spitze zusammen, die dem Gesicht etwas Herzförmiges gab. Maria Neef – Frau Nerv, Frau Nepp. Was hatte sie ihr nicht alles hinterhergedacht. Heftiger als erwartet erinnerte sich Harriet an das rote, weit bauschende Kleid der fremden Frau, an die Glückskäferbrosche auf ihrer Schulter. Maria hatte Bowle ausgeschenkt bei Peters Gartenfest. Bis er nach ihr rief. So hellblau war der Himmel gewesen. Peter stand in einem schwarzen Anzug auf der Musikbühne, mit Hemd und Fliege, streckte den Hals und blickte munter in die ihm zugewandten Gesichter der Gäste. Maria erschien neben ihm, ihr schokobraunes Haar klebte an der Stirn, ihr Ausschnitt hob und senkte sich, und sie griff nach seiner Hand.

Auf dem leeren Bett an der Tür lagen ein kleiner Spiegel und ein Buch. Vielleicht musste es nicht immer so dunkel sein? Lucien stand nun direkt neben dem Vorhangschlitz, schlaksig wie Peter, aber blond. Seine glatten Haare fielen von einem einzigen Scheitelpunkt um den Kopf, eine Topffrisur, die bis auf die Brauen reichte, vermutlich retro. Harriet fand es tumb und vermutete einen friesischen Großvater auf Marias Seite. Wahrscheinlich dachte sie all dies erst später, jetzt schlug sie die Sonnenblumen aus dem Papier, zeigte sie Maria und streckte sie mit einem leisen, aber entschiedenen »es tut uns sehr leid« über den knappen Meter Bett Lucien entgegen.

Der blieb stocksteif. Marias Rechte lag ebenfalls bewegungslos auf der Decke. Der goldene Widerschein an einem ihrer Finger höhnte zu Harriet hinauf.

Die schämte sich.

Wie dumm, dass sie überhaupt gekommen war.

Für Sekunden fühlte sie sich wie ein Schulmädchen, Ende

ihres Lateins. So peinlich war ihr zumute. Lucien kam, leise auftretend, um das Bett, griff mit einer Hand nach dem Strauß, tippte mit dem Zeigefinger der anderen kurz gegen Harriets Schulter und zeigte zur Tür: Einen Prozess werde es so oder so geben?, ihren einschleimerischen Besuch hätte sie sich besser gespart?

Der Frageton war grotesk.

»Kann sie … sie nicht sprechen«, fragte Harriet.

»Sie muss sich schonen, das wird auch jemandem wie Ihnen klar sein?«

Harriet drückte den Rücken durch und sagte mit ihrer Institutsführungsstimme in den stickigen Raum: »Frau Olvaeus, ich muss ins Büro. Wenn wir etwas für Sie tun können, lassen Sie es uns bitte wissen.«

Der Sohn, die Blumen gegen die Brust gepresst, trat einen Schritt zurück. Er hat sein Ziel erreicht, dachte Harriet, doch jetzt zog er ein noch scheußlicheres Gesicht als bereits die ganze Zeit: »Dann sorgen Sie wenigstens dafür, dass wir die von Ihnen eingeschleppten Blumen hier irgendwo unterbringen können?«

Fast hätte Harriet gelacht.

»Lucien«, sagte sie, »beruhigen Sie sich. Ihrer armen Mutter hole ich die Vase doch gern?«

Das Licht im Flur blendete, als komme es aus einem überdimensionierten OP-Modul. Die Schwester mit dem Dutt (»wo wolln Se sich diesmal hinwerfen?«) führte Harriet in das ihr bereits bekannte Stationszimmer und schickte sie eine halbe Minute später mit der hässlichsten Vase wieder fort, die je getöpfert worden war. Jet füllte das gelb-braun gestreifte Gefäß auf dem Damenklo mit Wasser und fand am Ende des Gangs eine Sitzgruppe, bei der ihr Handy Empfang hatte. Sie öffnete das Telefon, um Ash zu berichten, sah, wie spät es war, und rief sofort Erick an. Wie hatte sie sich so in der Zeit verschätzen können. Die dumme Dunkelheit des Zimmers musste schuld daran sein.

Der Kollege übernahm die Besuchergruppe, weil Jet zehn Kilo Äpfel versprach. Erick aß nur mehr Bioäpfel:

»…SinusmilieusnichtsMathematischespsychografische VariableerfundenvonSinusSociovisionzehnMilieusfürDeutsch landwieeineKartoffelHedonistenKonsumMaterialistenbürger licheMitteModernePerformerdieessenbio,ichauch,absofort nurmehrBioäpfelLeerederNullerjahrekonterndurchZugehörig keitTeileinerwissenschaftlicherfasstenGruppeseindannbistdu realaufeinertröstlichenUmlaufbahnSpurdesverlorenenaber mathematischdannebendochimmergegebenenmenschlichen Zusammen…«

Erick! Ein Atemzug. Sie hatte die rote Taste gedrückt, saß da. Und? Wenn sie ein Automat war, ging ihr eben das Programm aus. Dann fühlte sie jetzt etwas. Bizarr geformte, braungelbliche Flecken zogen über die Tischplatte vor ihr. Sterne. Erst nach Minuten ging ihr auf, dass es Brandlöcher sein mussten. Sie saß in der Raucherecke – in einem Krankenhaus.

Ash und sie rauchten seit Jahren nicht mehr, eigentlich. Doch jetzt hätte sie gern eine Zigarette gehabt, die hätte zu ihrem Gefühl gepasst, später nannte sie es das Lagunengefühl. Lagunen sahen meist harmlos aus; doch still und heimlich gingen in ihnen Pläne, ja ganze Städte unter. Den Lagunen gefiel das. Warm lagen sie da, schwappten, spiegelten ein wenig. Dampf stieg in kleinen Kringeln auf.

Harriet schlug die Beine übereinander, imaginäre Zigarette in der Hand. Plutoid, Paraboloid, rechnungsstupid. Worte, die sich reimten, waren fast wie Zahlen. Es lag aber wohl an dem Krankenhausgeruch, dass sie erneut an Vyomesh dachte.

Hanuman war der Dämonin direkt ins Maul geflogen. Wie steckte er hinter ihren hübschen Zähnen fest, sagte Vyomesh stets, dem die Geschichte mindestens so gut zu gefallen schien wie Harriet. Hanuman, sagte Vyomesh, begann sich auszudehnen, sein Körper blähte sich auf, groß wie eine aufgepumpte Walfischlunge, ein Riesenballon, ein Zeppelin! Der mächtigen Geistin blieb nichts übrig, als mitzutun. Vyomesh und Harriet pusteten beim Erzählen gegeneinander, Susara-Harriet musste dem Gott immer ein Stück voraus sein, hundert Meilen weit wurde ihr Mund. Da machte sich Hanuman innerhalb einer Sekunde klein wie eine Fliege und stürzte der völlig überraschten Bergkönigin, feurig und herrlich, zum rechten Ohr hinaus.

Böse filzstiftgelb hatte Mädchen Harriet die Geistin aufs Rollo gemalt. Die geheimnisvollen Wege in Susaras Kopf waren als Wege zwischen Acker und Bergen wiedergekehrt. Jetzt, auf dem abgewetzten Krankenhausstuhl, begriff Harriet, dass man manchmal einfach nur dastehen wollte im Leben. Dastehen musste.

Am richtigen Ort.

Mund auf, Augen zu.

Eine Minute später stellte sie die schwere Vase vor Marias Zimmer auf den Boden und verließ das Krankenhaus.

2

Sie hatte sich Zigaretten gekauft, draußen neben dem Tür-
drehkreuz auf der Einfassung einer Blumenrabatte gesessen
und geraucht. Es hatte geschmeckt, und sie hatte gewartet.

Er schien nicht einmal erstaunt, sondern streckte ihr beide
Hände entgegen.

Diesmal sah sie ihn richtig: Locken, Grübchenkinn. Das
Gesicht schmaler, Falten um die Augen, auf der Stirn, am
Mund. Die Nase zeigte ein wenig nach unten. Er trug ein
graues Halstuch, ruckte mit dem Kopf und spähte über den
Rand seiner lose sitzenden Brille.

»Schau nur«, sagte er, »älter geworden, ganz wie du, Madame Heu!«

Die alte Ruppigkeit, die ihn so schlecht versteckte. Er hielt
sich wohl noch immer etwas zugute auf seine Direktheit.

»Aber es steht dir«, sagte er.

Sieh an.

Keine fünf Minuten später hörte sie etwas wie »ich lass dich
nicht einfach wieder verschwinden«. Peter sagte: »Groll – gegen dich?«, und schien wirklich erstaunt, dass sie gefragt
hatte. Sie deutete an, wie ihr Besuch verlaufen war, er entschuldigte sich, zunächst formell, doch dann schaute er sie an,
Schalk in den Augen: »Hast du ein Kind?«

Sie erwähnte Ben.

»Siehst du«, sagte Olvaeus und berührte dabei ganz leicht
ihren Arm. »Dann weißt du, wie sie sind. Torpedos. Torpedieren alles. Phasenweise. Und du bist das U-Boot. Immer
schon untergegangen so als Elternteil.«

Sie lachte. Er beharrte darauf, dass sie mit hinaufkam.

Maria werde sich freuen, nun werde sie wacher sein.

»Zweiter Gang«, sagte Olvaeus, »sei kein Frosch.«

»Das sagt der Richtige«, antwortete sie, ohne lange nachzudenken.

Er war noch immer schnell im Kopf: »Willst du mich gegen die Wand klatschen?«

Sie hob den Blick. Seine Augen waren bernsteinfarben. Gegen die Wand? Auch eine Idee. Die Stelle am Arm, an der er sie berührt hatte, fühlte sich angenehm durchblutet an.

Am Tisch brannte eine kleine Lampe; ihr Licht strahlte gegen den Vorhang, wo es lange Schatten warf, die unmittelbare Umgebung glühte wider in weichem Gelb. Die Kranke hatte ihre Lider mit einer schwarzen Binde bedeckt; Lucien, der am Tischchen saß und aus der Bäckertüte ein Hörnchen aß, riss die Augen auf, als sei er ins Alter des Bauklotzstaunens zurückgefallen. Peter stand neben dem Bett seiner Frau und stellte alle Beteiligten einander ein weiteres Mal vor, bedankte sich für die Blumen, fragte nach Ash.

Er gab den Ehemann der Verletzten, nicht unsympathisch, wenn auch fremd. Nur die Stimme verwirrte Harriet. Es überraschte sie, wie vertraut der Tonfall ihr klang, ein Stück Süden, Zuhause. Bis eben hätte sie nicht gewusst, dass sie es vermisste; »vermissen« war wohl auch zu stark. Doch der heimatliche Klang schloss etwas in ihr auf wie eine lange gesuchte Zahl, die, in eine komplexe Gleichung eingefügt, ein ganzes Gebilde in Bewegung setzt.

Es war also noch da.

Fast kühl stellte sie es fest. Es, »etwas«. Selten war eine Stimme so körperlich in ihr gewesen. Kühl: ach Gott. Harriet mit sechzehn, ein Stück Sehnsucht auf zwei Beinen, ohne Aber und Wenn. Himmeljauchzend, selig, todunglücklich, absolut und exklusiv in Peter verliebt, treu bis in Ewigkeit – alles echt, 101 Prozent.

Maria räusperte sich, und ein ganz anderes Gebilde geriet in Bewegung: Familie O. Peter eilte zum Tisch und drehte die Lampe weiter gegen den Vorhang, Lucien nahm seiner Mutter den Lichtschutz vom Gesicht. Die Handlungen folgten einander fließend, man war eingespielt und wortlos verbunden. Nur Harriet lehnte starr am Fußende des unbelegten Bettes, auf dessen Tischchen inzwischen auch die Sonnenblumen standen, groß und goldgelb in der hässlichen Vase.

Wie auf ein geheimes Kommando hin wandten die anderen sich gleichzeitig zu ihr. Sechs Augen schauten sie an, sechs Mal Olvaeus.

Wenigstens Maria habe Glück im Unglück gehabt, brummte Peter, das Jahr sei für die Familie schon schlecht genug.

Dazu ein Blick auf Harriet, der seine Pupillen förmlich spannte. Er sagte: Was gehen dich meine düsteren Geheimnisse an.

Er flüsterte: Frag nach, frag nach.

Harriet wusste nicht, wie sie das hier tun sollte. Sie schickte Jet vor. Jet sagte, jeder der Beteiligten tue ihr leid. Vor allem Maria, natürlich. Ashley allerdings auch. Nie im Leben habe er jemanden angefahren, die gesamte Woche schon sei er außer sich, bedrückt, er werde …

Die Stimmung im Raum kühlte merklich ab. Harriet hörte sich reden und dachte, du sprichst, als hättest du Sehnsucht nach deinem Mann, und sie wusste, dass sie so viel redete, weil Peter zuhörte. Nie hatte er über sie und ihre Zahlenwelt gelacht. Als sie ihm gestand, er sei eine Fünf, hatte er sie ernst genommen, Gefühle gezeigt, sich helfen lassen von ihr und gesprochen wie keiner sonst, Peter Olvaeus, »Pfarrer in spe«,

»Pfarrer auf Bileams Esel«. In seinen Sätzen kamen hebräische Worte vor, »libavtini« und wie man es übersetzen könne, und dem Wort »Gott« folgte das Wort »Reblaus« auf dem Fuß, ohne dass es komisch war. Er hatte ihr Dinge gezeigt, die sie nicht kannte, und sie sogar zu seinem Futon geführt. Sie sollte ihn testen. Einfach daraufsetzen sollte sie sich, wie im Möbelhaus.

»Findest du auch, dass das zu hart ist für Frauen?«

»Auch«. So böse und schön. »Auch«: Sie war eine Frau in seinen Augen. »Auch«: Andere Frauen saßen oder lagen mit ihm auf dem Bett.

Sie schaute ihn an. Es hatte etwas gegeben, das nur ihnen gehörte. Nur mit ihr, dem Mädchen, war er Motorrad gefahren. Was waren die Trägheitsgesetze der festen Körper schön! Bremsung, Kurve, Gas. Harriet lugte über Peters Schulter, umarmte ihn, schmiegte sich an. Wind und Fahrt überall, bis auf jene Flächen, wo sie sich berührten. Nachts im Bett hörte sie das Brummen der Maschine und fühlte Peters Beschleunigung.

Jetzt spürte sie seinen Blick auf ihrer Jeans. Auf ihren nackten Füßen.

Sie spürte ihren Po. »Erinnerst du dich an das Mädchen«, sagte Peter am Fußende von Marias Bett, die Hände auf das Metallgitter gestützt, »das bei unserer Verlobung in die Glasscherbe trat?«

»Hn«, machte Maria, und Harriet erinnerte sich, dass das ein anderes Mädchen gewesen war.

Er schaute sie an, als solle sie ihm recht geben.

Sie sagte: »Das stimmt nicht.«

Da atmete Maria aus, flüsterte: »Ich erinnere mich«, und schob ihre Finger auf Peter zu.

Kurz darauf saß er an dem Tisch bei Lucien, hatte sich ein Stück Hörnchen geben lassen und – plauderte. Es gelang ihm tatsächlich, die Situation umzubiegen. Harriet wusste nicht, wie ihr geschah, sie beruhigte sich und auch die beiden anderen wirkten entspannter und großzügiger. Peter fragte, wie es ihrer Mutter gehe, was sie selbst mache, rief: Der Physik also sei sie treu geblieben!

Es schien ihn aufrichtig zu freuen. Oder war das nur der sozial geschickte Pfarrer? Man sprach schon fast, als sitze man im Café. Offensichtlich schreckten Krankengerüche und Dunkelheiten Peter nicht, zumindest nicht so wie Harriet.

Sie verabschiedete sich von Maria, deren Augen zuletzt schimmernd und wach alles aufgenommen hatten, dann von ihm. Kurz hielt er ihre Hand, und doch für »kurz« den entscheidenden Bruchteil einer Sekunde zu lang.

Lucien begleitete Frau Dr. Mowll auf den Flur. Wie beredt er nun war: Er studiere Meteorologie, plane eine Diplomarbeit im Bereich langfristiger Wetterprognosen, insbesondere der Rand zwischen Atmosphäre und All interessiere ihn, Füllung und Nichts, um es philosophisch auszudrücken, Satellitentechnik etc., er brauche einen Praktikumsplatz?

Nein, er wolle nicht, dass sie etwas für ihn tat, weil ihr Mann seine Mutter überfahren hatte oder sie seinen Vater von früher kannte?

»Bewerben Sie sich.«

Bürschchen! Sie musste aber auch lachen, reichte ihm ihre Visitenkarte aus dem Institut, wartete, bis er sie wegstecken wollte.

»Da wir schon dabei sind, geben Sie Ihrem Vater doch auch eine.«

Sie war sich sicher, dass er die Karte nicht unterschlagen

würde. Das wäre zu entschieden gewesen. Er würde zu Peter sagen: »Das ist für dich?«, und damit exakt den richtigen Ton treffen.

Der kürzeste Weg von Marias Zimmer zum Wagen führte durch den Patientengarten. Harriet holte tief Luft. »Jeder Mensch ist eine kleine Gesellschaft«, sagte Ashley gern. Er behauptete, der Satz stamme von Anka. Für Harriet hatte der Spruch immer von den Folgen der Liebe gehandelt, sie spaltete auf, machte zu vielen. Jetzt galt das Gegenteil: Harriet-Jet-Heu. Ein gemeinsamer Mund. Der zeigte seine Zähne.

Sonnenstrahlen spielten zwischen altertümlichen Steinverzierungen, die frühnachmittägliche Luft klebte an Harriet, unter den Achseln, im Schritt. Sie sah Peter, atmete seinen Geruch, spürte seine Hand. Die Fünf passte nicht zu seiner Figur, kein Bauch, aber auch die Fünf hatte keinen Bauch, sondern Schwung. Peters Art, den Hals zu drehen und dabei das Kinn waagrecht nach vorn zu strecken: 5. Eine Primzahl, bruchlos teilbar nur durch sich selbst. In Gedanken zog sie ihn aus.

Junge Ahornbäumchen, rundum von Hölzern gestützt, warfen Licht und Schatten auf den Kies, als strahlend weiße Reflexe huschten Ärzte und Schwestern hinter den Scheiben, eine überfreundliche Schwingtür surrte Meter vor Harriet auf. Sie nahm alles wahr, Vögel zwitscherten, das Zellophan der angebrochenen Packung Zigaretten glitzerte, als sie es wegwarf. Sie wollte sich zusammenreißen und nicht rauchen, aber ihre plötzliche Weichheit hörte nicht auf; da musste sie Coandă denken, Ash schwärmte davon: Gase wie Luft folgten sogar entgegen der Schwerkraft der Wölbung eines Objektes, das in sie tauchte. Ohne Kompromiss. Sie flossen um Kurven, schmiegten sich an.

Dem Mädchen Harriet hatte Peter gutgetan. Dann hatte er sie übertölpelt, sie reingelegt, sie abserviert.

Was sie wollte?

Eine Rechnung offen. Mindestens.

Also: ihn haben, erobern? Sich rächen?

»Auch«.

Aber ja.

Und?

Aus dem Citroën schlug ihr eine Welle so rahmiger Hitze entgegen, dass sie beim besten Willen nicht einsteigen konnte. Sie öffnete alle Türen, stellte einen Fuß auf den Rahmen an der Fahrerseite und drückte Ashleys Kurzwahlnummer, die 1. Er hatte bereits eingecheckt, konnte aber noch telefonieren und schien sich über ihren Anruf zu freuen. You can't have the cake and eat it, hieß es in seiner Sprache. Über sich sah Harriet Maschinen in die Lüfte ziehen, als wögen sie nichts. Den Kuchen essen und behalten, welch Ziel. Der Himmel war ganz und gar blau, die Hosentasche eng. Heiß drückte ihr der Autoschlüssel in die Beuge zwischen Oberschenkel und Scham, während sie mit Ashley lachte und länger mit ihm sprach als sonst bei einem Anruf zwischendurch, einem Anruf auf dem Weg.

3

Harriet stieß den Grubber in den nächsten, grüngolden überwucherten Balkonkasten. Sonntag, Anfang August. Lucien hatte Peter die Karte nicht gegeben oder – wahrscheinlicher – Peter reagierte nicht. Die Wicken fast tot, das Unkraut blühender Schaum: honigtaubraun, distelfarben, aliceweiß.

Ash saß im Wohnzimmer. Sie spürte ihn mehr, als dass sie ihn sah. Ben hatte Ferien, ein ausgeklügeltes Elternprogramm, eigene Ideen. Er war zwei Stunden überfällig, ging nicht an das Handy.

»Was machst du da draußen? Ist dir nicht zu heiß?«, rief Ash.

Ihr war nicht zu heiß. Sie trug die blauen Shorts und das neue Bikinioberteil, international »teal«, auf Deutsch Smaragdgrün, Aquamarin, Minze oder Krickente. Einer derartigen Mischung konnte eine Fehlfarbenexpertin nicht widerstehen. Und passte ideal zum Braunton ihrer Haut.

Sie hatten den Tag gemeinsam zuhause verbracht. Das war neu, das sollte jetzt öfter so sein. Nur kurz war Harriet am Vormittag rudern gegangen. Rudern hatte sie schon immer gemocht: Man konnte sitzen und trainieren. Sie saß gern. Sport in einer Rakete hätte ihr auch gefallen: schweben, kaum heben.

»Ich arbeite. Mache die Wohnung schön.«

Das stimmte: Sie versorgte Blumen, kochte Currys, war Frau. Kein Wissenschaftsautomat! Auch wenn sie in den letzten Wochen des Öfteren im Institut sogar übernachtet hatte. Hätte Peter angerufen, wäre sie da gewesen; so hat er nicht angerufen, sie hat geforscht. Ideale Arbeitsbedingungen: keine Reisen, kaum Führungen, Sommerpause überall.

Sie schlief besser. Sie schlief besser ein. Peter war ein Fisch im Kescher, glitzernd und zappelnd am pechschwarzen Rand ihres Bewusstseins; sie hatte noch nie einen Fisch an der Angel oder auch nur im Netz gehabt, sodass sie nicht sagen konnte, ob oder wie oder warum. Peter war ein Fisch im Kescher. Das dachte sie wieder und wieder, murmelte es vor sich hin, während sie Unkrautwurzeln aus dem Kasten zog, dann,

die weißen biegsamen Pflanzenstücke in der Hand, nur dastand und einen langen Schluck aus der Wasserflasche nahm.

Ihr vernünftiges Ich sagte: Es ist etwas Berufliches. Mit einem Theologen reden. Das gibt Reibung, Inspiration. Astro-
physiker versuchten, das Reich der Zahlen auszudehnen in
dunklen endlosen Raum, der aus dunklen endlosen Räumen
bestand. Unendlichkeit, Unfassbares. Sie könnte ihm erzählen, dass alle physikalischen Gesetze 10^{-44} Sekunden vor dem
Urknall zusammenbrachen. Der auch nicht mehr war als ein
Modell. Weil man als Mensch dem Anfangsdenken nicht entkam? Ihren Lieblingssatz wollte sie ihm sagen: »Wir Astro-
physiker sind die Romanciers unter den Naturwissenschaft-
lern. Wir erzählen euch die Geschichten vom Anfang der
Welt.« Sie hatte nachgelesen und entdeckt, dass die Bibel die
Schöpfung in zwei Versionen enthielt. Es wunderte sie nicht.

Mittlerer Nachmittag, die Bäume rauschten. Noch war es
Sommer, wenn Blätter fielen, dann aus Trockenheit; doch sie
fielen, das Licht veränderte sich bereits, und die ersten Vögel
unter jenen, die diesen Aufwand noch betrieben, flogen nach
Süden.

Ash stand in der Tür. Die Brauen ein Strich, das Augenblau
dunkelgrau wie ein Stück See zwischen England und Deutschland im Krieg. Ohne Ash kein Ben, hatte Harriet manchmal
gedacht. Sie mochte ihren Ash-Sohn; waren sie zu dritt unterwegs, hielt man sie stets für eine Familie, widersprochen hatten sie nie. Sie verstand Ben, wenn er nicht reden wollte, am
Computer surfte, den Film *Matrix* zum hundertsten Mal sah.

Bald auch mit Ash kein Ben mehr, dachte sie jetzt. Sie
dachte überhaupt anders, oder weiter.

»Mir reicht's. Ich geh ihn suchen«, sagte Ash.

»Sei nett zu ihm.«

»Danke!«

Ironie auf beiden Seiten. Früher hätte sie das vielleicht gar nicht bemerkt. Sie wartete, hörte die Wohnungstür ins Schloss fallen und ließ die Hand mit dem Grubber sinken, als habe bis eben nur Ashleys Anwesenheit sie angetrieben. Berlin hatte 3,5 Millionen Einwohner, dass man sich irgendwann über den Weg lief, war mit Wahrscheinlichkeitsgesetzen im Handumdrehen erklärt. Wahrscheinlichkeit allerdings hieß Schneckentempo – im günstigen Fall.

Im wahrscheinlicheren schlechten Fall starb man, während man auf das wahrscheinliche Ereignis wartete, etwa einen Sechserlottogewinn, denn dass etwas wahrscheinlich war, hieß nicht, dass es passierte, wie Unwahrscheinlichkeit nicht bedeutete, dass es nicht geschah, manchmal geschah es sogar ständig, wie ein Sechserlottogewinn irgendwo, und dann, ja, passierte es einem auch einmal selbst.

So Jet. Bei dem Versuch, das Leben mathematisch zu erklären. Harriet setzte sich auf die Schwelle zum Schlafzimmer und schob trockene Erdplättchen mit den Zehen vor und zurück. Wie krümelig die Erde war. Leider gab es ein Rechenproblem: Es war extrem unwahrscheinlich gewesen, dass Peter überhaupt in Berlin lebte. »Fehler im System« hatte er selbst es im Krankenhaus genannt. Marias Lehrerinnenexamen trug einen Berliner Stempel, er war an seine Landeskirche gebunden, sie wollten aus Guatemala nach Deutschland zurück. Allein dank der Wende hätten die Behörden am Ende eine familienfreundliche Lösung gefunden, erst in Pankow und seit ein paar Jahren auf einer Pfarrstelle im alten Westberlin.

Bilder erschienen: Pfarrfamilie bei frommer Sonntagsmahlzeit, 19. Jahrhundert, Kinderschar. Pfarrer unter breitkrempigem Hut, wandernd, in Gottes blühender Natur. Pfarrer in Jeans und Hemd auf einem See: Ruderausflug mit der Konfirmandengruppe. Polaroidfarben, lila Pfeifenrauch. Oder war Peter in Urlaub gefahren, lag mit Maria an einem Strand, saß auf einem Schiff und ließ sich in den Norden bringen, wo kühlere Winde herrschten?

Drei Kästen hatte Harriet gerichtet. Sie fühlte sich müde und schmutzig. Auf dem Balkon regte sich kein Lüftchen, nur über ihrem Kopf trieben, zu einer Wolke geballt, alte Träume und Wünsche. Einer Handvoll Pollen nicht unähnlich landeten sie in der ozonschädlichen Luft des Tages von Neuem auf ihr.

Als sie in die Wanne kletterte, sah sie im Spiegel ihren Po. Linke Seite. Saltopus elginensis, einer der kleinsten Saurier, 200 Millionen Jahre alt, kräftig im Sprung, ein Erdbodenblitz. Die Jahre hatten ihm zugesetzt. Immerhin reckte er sein lang gezogenes Maul noch in die Höhe. Teuer war das Tattoo damals gewesen, in Norwegen. Dafür gekonnt gemacht. Der Halstuchknoten stand keck nach vorn am gebogenen Saurierhals.

Saltopus, Hingaberest, Fossil. Harriet unter einer ausrangierten Filmlampe 1986, acht Sitzungen, Bauchlage, willkommener Schmerz. Sie streute Badesalz ein und fragte sich, wie Menschen miteinander verbunden waren. Affären kannte sie, Mobbingkollegen, Schleimkollegen, Freundschaften, Beziehungen, Verwandtschaft, Mutter-Tochter (ging), Vater-Tochter (er lebte noch, saß irgendwo als Koch in Indien, immer sah sie ihn als Koch). In der Ecke über dem Waschbecken standen eine Aloe, die nie blühte, Bens Haargel sowie eine Tube Bleichcreme (gegen die Sommersprossen auf seiner Nase). Die Kristalle schimmerten in dem Licht, das von der

Konsole ins Wasser fiel, schwammen weiter, schmolzen. Ob Menschen so dahintrieben mitsamt ihren Taten, Salzkristallen gleich, die aufleuchten und sinken, klein und scharf?

Weichselbraune Bodenfliesen, cremeweiße Keramik an der Wand. Erst vor ein paar Monaten hatten Ash und sie das Bad renoviert, obwohl die Wohnung ihnen nicht gehörte. Fliege, Dämonin, Mund. Harriet rieb sich die erdigen Fußsohlen mit Seife ab. Menschen hingen in Ketten zusammen, reichten über sich hinaus, eine Beziehung, ein Verlassenwerden, eine Wiederkehr – Liebe und immer eine davor. Sie dachte an Peter, an Ash, an Kriss.

»Ich bring dir eine Neigung bei.«

Er sprach Norwegisch, sie war sich nicht sicher, was er meinte. Eine Neigung?

Lange her, Harriets drittes Jahr als Au-pair in Bergen. Mit wechselnden Kinderwagen war sie die sieben Hügel der Stadt hinaufgestapft, hinuntergerannt. Ihr Rudervierer hatte ihr »die Massage« bei Kriss geschenkt. »He's a special man!«

Kriss. Bevor er auch nur einen Finger rühre, telefonierte er mit der Rezeption. Alles bezahlt? Lachend hängte er ein, legte eine unendlich aufgeregte, verstummte Harriet, die von den vier Freundinnen am Eingang abgegeben und noch halb ins Haus geschubst worden war, aufs Bett und zog ihr – die Schuhe aus. Massage Nord.

Sie hatte gedacht, schnell müsse es gehen. Er rieb ihre Füße mit einem warmen feuchten Tuch und begann, sie zu massieren. Buttergelbes Haar, kantiges, äußerst symmetrisches Gesicht. Es war breit und hätte grob gewirkt, wäre nicht die Haut so fein gewesen. Sie gab ihm etwas Transparentes, seine Hände hingegen waren groß und gebräunt, wie seine Schultern, seine Knie.

»Geburtstagsgeschenk«, hatten die Ruderfrauen gesagt. Der Club war neu in Bergen. Kriss fing von unten an und erzählte von dem Film *Rote Laterne*. Dort wurde gezeigt, dass die Nervenenden in weiblichen Füßen sich unmittelbar mit ganz anderen Nerven im weiblichen Körper verbanden. Der gesamte Körper spiegelte sich in den Fußsohlen.

Kriss sagte: »Eben!«

Wie schön das war, erfuhr man nur, wenn man die Massage regelmäßig machen und sich entwickeln ließ. Massage Nord. Mehr nicht.

Harriet hatte Geld gespart, sie begann, es auszugeben.

Kriss Kolumbus, Entdecker der Frauen. Nun lachte sie. Eine Neigung brachte er ihr bei? Er hatte wohl eine Vorliebe gemeint. Der Winter verging rasch, kaum bemerkte sie, wie dick die Dunkelheit über den Stadthügeln lag. Kriss und sie trafen sich nun auch privat, bei ihm. Noch nie hatte sie so oft mit einer Person geschlafen. Er kam gut, streichelte besser, es ging schnell oder langsam, der Mann verfügte über eine beeindruckende Körperbeherrschung oder Medikamente oder war sexbesessen, es durfte ihr egal sein, wie schön. Er trieb ihr Peter aus dem Kopf, er bespielte ihren Körper, der Körper gewann. Peter wurde zu einer Fliege in Bernstein, eingekapselt, eine Episode, vorbei. Harriet streckte sich.

Manchmal machte Kriss ein paar Sit-ups, dehnte sich an der Wand und zog sich ein zweites Mal aus. Wie selbstverständlich er es tat, konnte Harriet den Atem rauben. Merkte er das, ließ er sie warten, cremte sich genüsslich die Hände ein, und ihre Fußsohlen juckten, bloß weil sie ihn sah. Für die Massagen im Club musste sie weiterhin bezahlen. »Bestimmt kriegst du Studentenrabatt.«

»Und was studiere ich?«

»Frau sein«, sagte er mit einem leisen, klangvollen Auflachen, die Hand auf ihrer Brust.

Danach rauchten sie zusammen, langsam, wie Dinge nur nach Sex langsam sind, der Tabak schmeckte nach Hormonen, und der Körper steckte ohne Spalt, ohne einen Millimeter Zwischenraum, pochend in seiner Haut.

In seinem Gesundheitspass sah sie, dass er zwölf Jahre älter war als sie, sie betrachtete die Aids-Kontrollstempel und begriff erst in diesem Moment, wie viele andere Menschen sie durch ihn vermutlich berührte. Gelegenheiten boten sich reichlich. Sie selbst lernte ständig neue Männer kennen. Ganz Bergen schien voller Ingenieure und Geologen. Die wenigen anderen waren Techniker. Peter, exotisches Wesen der Geisteswelt. Da dachte sie doch wieder an ihn. Denn so zufrieden der Körper auch sein mochte: Etwas fehlte ihr. Sie war sich nicht sicher, wie es nennen, Spiritualität, Metaphysik, die Auseinandersetzung mit Dingen, die man nicht sieht, nicht riecht, nicht hört. Damals war die Idee entstanden, nach Tibet zu fahren. Und, glaubte sie heute, die Physik hatte begonnen sie anzuziehen, als die philosophischste der Naturwissenschaften.

Sie kletterte aus der Wanne, wickelte sich in ein Tuch, rief bei Familie Olvaeus an.

Maria hob ab. Damit war zu rechnen gewesen. Im Hintergrund lief der Fernseher. Harriet spielte die Karte »früher«: Sie habe Fotos vom Verlobungsfest gefunden. Die sie Maria nicht mit der Post schicken wolle, damit nichts verloren ging.

Das war schwach, aber das Beste, was ihr einfallen wollte. An Marias Stimme hörte sie, dass Maria sich freute. Zu sehr, für Harriets Geschmack. Die eigenen Fotos habe die Familie bei einem Umzug in Guatemala verloren. »Ich melde mich«, sagte Maria beschwingt, »wir fahren jetzt in Urlaub. Danach kommen Sie mal bei uns vorbei.«

Ashs blaue Augen. Acht Uhr, augusthell. Er hatte Ben nicht getroffen, war in einer Kneipe, zwei oder drei Bier. Er roch danach. Sie sagte: »Beruhige dich«, und dachte an das Sinken der Badesalze. Sie dachte daran, dass er so viel mehr verdiente als sie mit ihrem Zwei-Jahres-Werkvertrag und dass sie das Bad renoviert hatten, mit seinem Geld, dass sie mit davon lebte. Sie spürte ihre Angst und die Nähe zu ihm.

4

»Muss ich jetzt Frau Dr. Mowll sagen?«

Fünfhundert Meter von Jets Fenster entfernt zeigte Brandenburg eine Reihe lichtloser Schweineställe, DDR-farbene Häuser und die Schankwirtschaft »Zur deutschen Einigkeit«. Aufgestellt, als wär's eine Installation. Hie und da verirrte sich ein Auto hinein, Gräser wilderten über die Gleise, die ein paar Mal am Tag der Regionalzug befuhr. Die Sonne hing zwischen den Rollospalten fest. Schwefelgelb, Goyagelb, Chromgelb, Kurkumarot.

»Wir möchten euch einladen, Harriet!«

Ihr Blick glitt über ihren Arbeitsplatz, als finde die Antwort sich an der Wand. Neben dem Bildschirm hing allerdings nur Bens Herzbeutel-Ausdruck, ein Geburtstagsgeschenk, umrahmt von Totenschädeln und einem schwarzen Vampirgebiss, von dessen linkem Eckzahn leuchtend rotes Blut tropfte.

Wir – euch.

Ach, du gequirlte Heiligkeit.

Das hatte sie wohl auch gesagt, obwohl sie es nur denken wollte.

»Treffer«, grummelte er, »du hast ausnahmsweise vollkommen recht. Ich habe mich dagegen gewehrt, glaub mir.«

Harriets Herz hüpfte, als habe es genau diesen Satz immer von ihm hören wollen. »Aufgeben«. Allen Widerstand. Aber in diesem Zusammenhang?

»Wunderbar«, sagte das hüpfende Herz durch den erstaunten Mund.

»Maria will unbedingt. Du mit deinem Mann. Sie findet dich sehr sympathisch. Habt ihr telefoniert?«

Sie sagte: »Nein!«

Sie meinte: Nein, wir kommen nicht.

Sie wunderte sich noch über die eigene Entschiedenheit, da musste sie niesen, und Peter sagte: »Wir möchten euch den dritten Sonntag im September vorschlagen. Da könnt ihr doch?«

Zwischen den Pappeln stand die Sonne, als wolle sie nie mehr untergehen. Die Physikerin lachte über den Ausdrucksblödsinn »Sonnenuntergang« und packte ihre Tasche. Was war das Denken langsam. Was zirpte die Pampa vorm Fenster.

Bestimmt vom Geldrhythmus undurchsichtiger EU-Regelungen lagen die Kartoffeläcker rundum, einst Preußens Ruhm, noch immer LPG-groß, auch diesen Sommer brach. Der gelblich-erdige Institutsbach wand sich träge, sie nannten seine Farbe »Marsbraun«, ein Euphemismus, das Wasser sah stark nach Chemie aus; kaum allerdings hatte das Flüsschen sich etwas entfernt, verstand es verlockend zu glitzern.

Den schwarz-roten Anrufbeantworter warf Harriet in die Tasche. Sie hätte pfeifen wollen. Lächelte Bens Splatterbild an, einen schleimgrünen Müllsack. Ausgedruckt in fünf verschiedenen Bläh-Zuständen, mit Erklärung: Aus zwei Stoffen setze der Herzbeutel sich zusammen, einem inneren, immer feuchten Blatt, und einem äußeren, grobfasrigen, das aus dem ersten hervorgehe. Am Boden des Sacks, der Radix, seien die Blätter verwachsen, man könne mit gleichem Recht sagen, hier trennten sie sich. Flüssigkeit erlaube das widerstandslose Schieben der beiden Stoffe an- und gegeneinander, so schließe der raffiniert gebaute Beutel sein Organ mehrfach ein, es gleite an ihm, er gleite in sich und an den nächsten Körperteilen; auf diese kluge Weise finde das menschliche Herz sich zur Gänze umfangen und gleichwohl beweglich.

Die Kastanie vorm Haus bog ihre Äste, blendend weißen Surfbrettern gleich trieben Wolken knapp übers Cafeteriadach, ein scharfer Wind trieb sich selbst noch einmal als Licht durch den Hof. Harriet, topp, topp, ging betont seriös über den Rasen.

»Schon wieder Waschtag?«, begrüßte sie Chen.

Von Weitem hatte sie ihn an seiner grotesken Plastiktüte erkannt. Deep pink, stark ausgebeult. Der Junge transportierte darin die Mohairpullover seiner Freundin. Er und Jaroslaw nannten Mädchen »Astrofood«: an wesentlichen Stellen binär, Silberfolie, Aufreißen reicht. Harriet zuckte die Schultern. Chens Mädchen trugen Mohair, selbst im Sommer, vermutlich auch unter den Kleidern – und er musste die Stücke waschen. Seit Monaten war die Institutsmaschine rosa verflust.

Der Kollege hingegen zeigte sich humorlos, wie immer. Es habe eine Beschwerde gegeben. Über ihre Führungen.

Wie aus der Erde gewachsen stand Jaroslaw neben ihm.

»Ach?«, sagte Harriet zu dem neuen Mobbing-Dreamteam.

Sie hielt sich strikt an van Leeuwens Anordnungen, setzte die feuerrote Kugel an den Schalenrand des Gravitations-simulators, ließ sie laufen. Bahn um Bahn hastete das Bäll-chen mit rührender Naivität seinem Ende entgegen. Es folgte der »Plopp«. Fort! Ein sattes Geräusch. Alle liebten den »Plopp«.

»Das diffamiert unser Fach, so eine …«

»Unverschämtheit«, sekundierte Jaroslaw.

Sie meinten Jets Adam-Witz über die Astrophysik. Stern-forscher seien wie Adam, der mit der Nanolupe den Apfel dazu bringen wolle, ihm in den Schoß zu fallen.

Da fehle Eva, sagte sie, Jet, dann gern. Haha. Der Witz sei nicht sonderlich gut, sagte sie jetzt, das gestehe sie ein, es gebe keinen besseren.

Das war der zweite, eigentliche Witz.

Jaroslaw und Chen ahnten davon, es war ihren Gesichtern abzulesen, nichts.

Chen: Dass die Astrophysik mit den exakten Methoden der Naturwissenschaften etwas erforschen wolle, was man nicht überprüfen könne, was also gerade für diese Methoden nicht gemacht sei, sei doch kalter Kaffee … – da gab Harriet ihm, noch bevor er zu Ende kam, aufs Freundlichste recht und ging winkend quer über die Wiese davon. Der Tag summte, summte doch.

Der Citroën stand neben einem ebenfalls roten Wagen, sie verwechselte die beiden für einen Moment und kam auf der Beifahrerseite ihres Autos an. Sie wollte um die Haube gehen, als sie etwas Helles unter dem rechten Sitz blinken sah. In den letzten Wochen war es stets bereits dunkel gewesen, wenn sie nach Hause fuhr, nun öffnete sie die Tür und bückte sich.

Weiß, ohne Aufschrift.

Eine Plastiktüte. Das offensichtlich eilig hineingeknüllte T-Shirt roch nach Schweiß. Unter ihm schwarze Leggins. In ihrer wolligen Mitte schlief wie in einem Nest, flaumig-spitzenbesetzt, ein benutzter String.

Rosa.

Größe 36.

5

Ash, Enkel einer katholischen Irin, erklärte Harriet vom Beifahrersitz aus die Pfarrerwelt: Typ eins, der Versteher, alles könne man abgeben bei ihm, nichts werde man los, der Mann sei ein Teebeutel – was drin ist, quillt auf. Nummer zwei – Ash intonierte einen Tusch: Seigneur! Intellektuell und hager, auf der Kanzel ein Lord, im Übrigen rechthaberisch. Nummer drei, der Verführer, meist jungenhaft, für viele Frauen grotesk unwiderstehlich, sie seufzten »da tut es weh«, nähmen seine Hand und legten sie sich auf die schwellende Brust. In der deutschen Unterart, 3a, sei der Mann breitschultrig, mit Vollbart und Vollbiopullover, fließender Übergang zum Typ »Müsli«, strickend im Bibelkreis.

Die Suada erstaunte sie wenig. Ash drückte damit aus, wie viel ihn der Besuch bei Olvaeus kostete. Überspielte seine Nervosität. Er hatte die Einladung keinesfalls annehmen wollen. »Im Herzen deines Herzens hast du keine Ahnung, wie sich das anfühlt«, hatte er gesagt.

Das hatte sie auch gedacht, in Bezug auf sich.

Olvaeus, auf der Liste des anglikanischen Ex-Kirchgängers Typ zwei mit Einsprengseln von drei, wartete in der Tür, während die Mowlls über einen sauber gerechten Kiesweg auf das Pfarrhaus zuschritten. Breiter, dottergelb verputzter Jahrhundertwendebau inmitten eines eingewachsenen Gartens. Bäume, Büsche, Stauden. Peter gab Harriet die Hand, so weich, dass sie nichts spürte, dann begrüßte er Ashley. Das obligatorische Halstuch sah aus wie ein Beffchenersatz.

Der Turm seiner Kirche spitzte über die Baumwipfel. Staunend hatte Harriet sich mehrfach durch die Website geklickt. Bibelkreis, Kirchenrat, Vorbereitung des Adventsbasars, Altenbetreuung zuhause, Altentreff im Gemeindehaus, Straßensammlung für die Reparatur des Dachstuhls, Vortragsreihe zur Figur des David in der Kunst des 20. Jahrhunderts, Konfirmandenunterricht. Über alles schirmte sich die Seelsorge, untergliedert in Hochzeiten, Taufen, Sterbebegleitung, Beerdigungen, Krankenbesuche, Lebenshilfe, Auferstehungserörterung, Telefondienst und und und. Dazu, selbstverständlich, der regelmäßige Gottesdienst.

Seine Frau koche noch, sie sollten hereinkommen.

Ein schmaler, beigerötlicher Flur, rechts ein Garderobenständer, links an der Küchentür, in weißer Schürze, strahlend Maria. Die Nase makellos, die Haare zu beiden Kopfseiten wieder gleich lang. Anders als im Krankenhaus kam die Pfarrfrau Harriet recht fleischig vor; die gute Polsterung schien im Alter allerdings von Vorteil, selbst im Dekolleté war Marias Haut glatt und zart. Eine nussbraune eckige Brille, zu groß im Verhältnis zu dem kirschförmigen Mund. Sehr rote Lippen. Die sagten zu Peter: »Nu mach ma voran.«

Harriets Absätze klackten über die Dielen, sie versuchte,

leiser zu gehen. Für einen Augenblick sah sie in einem Wand-
spiegel am Aufgang in den ersten Stock Ashleys Gesicht, geis-
terhaft hell schwebte es hinter ihr. Der Gang mündete in einen zum Garten gerichteten, sich nach ein paar Metern noch
einmal weitenden Raum. Im Bereich nahe der Tür standen
Bücherregale, auf dem eingedeckten Esstisch funkelten Wein-
und Wassergläser, die weißen Teller trugen zu Bischofsmüt-
zen gefaltete Servietten, zwischen deren Zipfeln jeweils eine
Orchideenblüte steckte. Das Zimmer endete in einer groß-
zügigen, bodentiefen Fensterfront, die Terrasse dahinter
schwamm bereits in moos- und umbragrünen Schatten. Links
wartete ein meerfarbenes Sofa vor einer buttrig gelben Wand,
auf dem Beistelltisch lagen zwei Tabakpfeifen. Gegenüber
fand sich ein mit Goldbordüren geschmücktes altes Klavier.
Es war geöffnet, ein leeres Glas stand darauf.

Als sie am Esstisch Platz genommen hatten, drückte Harriet verstohlen Ashleys Hand, um ihm Kraft zu geben, oder
sich selbst. Maria rief aus der Küche, man solle doch schon
etwas trinken.

Der Pfarrer und sein männlicher Gast nahmen Weißwein
und bemühten sich um Konversation. Der deutsche Ash war
Harriet weniger vertraut als der englische, und während sie
den Stimmen der beiden Männer lauschte, spürte sie mit
Freude und Wehmut, wo Ash in ihr verwurzelt war, tief, aber
deutlich abgegrenzt. Ein klarer Bezirk, alles andere gehörte
ihm nicht. Mitten in einem seiner Sätze schaute er zu ihr, unwillkürlich zuckte ihre linke Braue nach oben, und ihre
Mundwinkel lächelten. Die alte Nähe, ein Reflex im Gesicht.

Die Köchin marschierte ein, einen Korb mit dampfenden
Brötchen in der einen Hand, in der anderen eine silberne
Platte, über deren Rand feuerrote Krebsscheren und Anten-

nen ragten. Peter sagte, dass er sich manchmal fühle wie ein Radiomensch, große Sendung sonntags um zehn. »Nur die Quote, die Quote« – er lachte und wollte nicht beten, seine Frau hingegen, die neben ihm Platz genommen hatte, Ash gegenüber, wollte Dank dafür sagen, dass sie hier waren, die Umstände, die sie zusammengeführt hatten, seien denkwürdig genug.

Harriet also saß Olvaeus gegenüber.

Kommen zwei, die sich länger kennen, in einer Gruppe zusammen, gibt es nicht viele Möglichkeiten. Sie werfen sich kurze Blicke zu, ernst und beunruhigt, sehr kurze Blicke, die sich lang anfühlen. Oder sie weichen einander aus, was ebenso sehr auffällt. Meist fällt es sogar stärker auf. Als Harriet statt nach dem Brot zu ihrer ebenfalls weißgelblichen Orchideenblüte griff und kräftig hineinbiss, lachten die drei anderen überlaut. Rasch sprach man nun von der Befangenheit, die der Unfall weiterhin erzeuge, Ashley bedauerte zutiefst, man trank einen Schluck. Harriet lobte die Köchin, die Köchin fragte, unterstützt von Peter, nach Dorset, Jet schwieg und spürte Ash wie einen Schild zu ihrer Linken. Es isolierte sie von den anderen, schützte zugleich (Ash flüsternd an ihrem Ohr: »Keine Angst, Orchideen sind nicht giftig«). Das warme Echo seiner Stimme. Doch er betäubte sie auch.

Peter hatte sein Gesicht schief auf die halb geöffnete Faust gesetzt und lächelte Harriet an.

Zweiter Gang.

Lucien verdiente sich zusätzlich Geld, indem er Videos, die stolze Urlauber Geschäftskollegen, Schwiegereltern, Nachbarn oder anderen Objekten ihrer Zuneigung zu Weihnachten verehren wollten, auf Sechzig-Minuten-Filme dehnte.

Man lachte zu viert, Harriet kaute ein Stück Fasan und fragte sich, warum sie in Wirklichkeit eingeladen waren. Maria also hatte auf den Abend gedrängt? Die Fotos vom Verlobungsfest hatte sie vorhin genommen, ohne eine Miene zu verziehen. Sie singe im Kirchenchor, spiele Klavier, Herr Mowll solle von seiner Arbeit als Luftfahrtingenieur erzählen, Luft interessiere sie sehr.

Runde Flugzeuge wollte Ash bauen. Alle Berechnungen zeigten, dass eine Dose besser als eine Zigarre dahinglitte auf dem Lufttablett. Er schwärmte von Turbinentests in Karggebieten, möglichst umweltschonend natürlich, von der idealen Aridität der Gobi. Harriet hörte, wie er wieder einmal direkt aus dem Englischen übersetzte, und Maria, die bereits das dritte Glas Wein trank, sagte mit jämmerlichem Ton, bei ihnen gebe es auch nur mehr Pflanzen ohne Erde, weil Peters Asthma im letzten Jahr so schlimm geworden sei.

Harriet erschrak. Peter zog die Brauen zusammen und schüttelte den Kopf. Misi übertreibe maßlos, ein Spray habe er zudem, brav wie immer, in der Tasche.

»Wirklich?«, wollte Maria wissen.

»Natürlich«, sagte er, »oder willst du jetzt vielleicht suchen, wo genau?«

Frohgemut hörte Harriet zu. Sie verstand: hyperprotektive Ehefrau. Das hatte Peter davon. Je genauer sie hinsah, und sie sah den ganzen Abend über genauer hin, umso besser gefiel ihr Maria. Das Wangenfleisch lag durchaus schon ein wenig müde über den Knochen. Dazu der stets zu feuchte Mund. Die kurzärmelige Bluse. Ein armes Wesen in der Epoche der Hitzestaus und Krankheitshysterie.

»Schluss jetzt«, rief Peter. »Wir sollten unseren Gästen die Nachspeise anbieten.«

Maria lehnte sich in ihrem Stuhl zurück: »Schluss jetzt«, äffte sie ihn nach.

Sie lächelte freundlich dazu. Dann legte sie die Hände in den Schoß. Ashley dürfe mit ihr zum Sofa kommen, für einen Schnaps, es fahre gewiss seine Frau?

Der so absichtsvoll an seine Schuld Erinnerte beeilte sich zuzustimmen; Harriet ärgerte sich über Ashs Beflissenheit. Sie stand als Letzte auf, stellte sich neben ihn und drückte ihm einen Kuss auf die Wange. Marias wegen. Seine Sommersprossen leuchteten auf der englischmilchigen Haut, das Haar fiel locker in die Stirn. Großes Augenblau. Er war hübscher als Olvaeus. Sie drückte sich eng an ihn und küsste ihn erneut.

Peters Stimme kam von hinten, sehr nah: »Dann hilft Harriet mir beim Abtragen des Geschirrs.«

Wie ein kleines, seit Langem aufgezogenes Auto sauste Harriet durch den gekrümmten Pfarrersflur. Ihre Absätze klapperten dabei so laut, dass sie die Schuhe an der untersten Treppenstufe abstreifte. Ein Klavierton erklang, ein zweiter. Die Geschirrträgerin hörte ihren Mann zum wiederholten Mal lachen und ein Verdacht beschlich sie. Was hatte Maria gesehen, bevor sie vom Fahrrad gestürzt war? Die Plastiktütenbesitzerin? Attraktive junge Frau auf dem Vordersitz, Ben hinten, schweigend, ein bisschen rot um Wangen und Ohren?

Olvaeus schien vollkommen davon in Anspruch genommen, sich über die Spülmaschine zu beugen. Am Küchenfenster kratzten die Äste eines mit fedrigen Blättern bewehrten Busches, und das halb heruntergelassene Strohrollo bewegte sich im Luftzug wie ein kleines Gespenst.

Maria habe nur ablenken wollen von ihrer eigenen Verletzung, der Gefährdung, die der Sturz noch immer bedeute, er hingegen sei kerngesund im Vergleich – er lachte trocken –, sogar Nüsse könne er essen, Erdbeeren oder eben Äpfel, nicht viele Allergiker dürften das.

Heute Abend gebe es Bratäpfel.

Er unterbrach sich, schob der neu erworbenen Küchenhilfe vier harte Früchte hin und drehte den Backofen an. Unkonzentriert schnitt Harriet Gehäuse aus, Olvaeus wühlte im Hängeschrank neben der gurgelnden Spülmaschine, die geöffnete Tür verdeckte seinen Oberkörper, nur die schlanke Hand erschien immer wieder, stellte eine Packung Rosinen ab, ein Glas Nusscreme und eines mit Haferflocken.

Er nannte es den Herzersatz.

Für die Äpfel, versteht sich.

Dabei geschah es, einer der Teller, die nicht mehr in die Maschine gepasst hatten, rutschte auf die Steinfliesen, direkt Harriet vor die Füße, wo er zersprang.

Die Besucherin, in einem petrolblauen, über Brust und Schultern weit geschnittenen Kleid, bückte sich und hatte schon in die Scherben gegriffen, als sie ein leises »pass auf!« hörte; vor Erinnerung verlegen kam sie hoch, ohne Peter anzusehen, gab die gesammelten Splitter auf das Schneidbrett und wandte sich zur Spüle, um sich die Hände zu säubern.

Später sagte Peter, Erinnerung sei bisweilen eine Art Kängurubeutel. Habe Zitzen, nähre, was auch immer man hineinstecke, bringe dabei Dinge hervor, die man noch nie gesehen habe, nein, die es zuvor nicht gab! Vielleicht war ihm, während er Harriets hellbraune Finger nach den Splittern greifen sah, zumute, als fasse er in etwas Warmes, tierlich Vertrautes.

Er bewegte sich nicht vom Fleck. Sie trat ans Wasser, da stand er, ohne etwas dafürzukönnen, schräg hinter ihr, und als Harriet den Kopf senkte, beugte er sich über ihren Hals und küsste sie lange auf den Nacken.

Maria rief durch die Wand: »Kommt ihr zurecht?«, sie hatte wohl gehört, dass etwas auf den Boden gefallen war. Ihr Mann, noch immer hinter seinem Gast, hob den Kopf und rief: »Ja«. Seine Hände umfassten Harriets Schultern, während sie strumpfsockig in den Knien schwankte wie jemand, der auf einem Stein inmitten eines Flusses steht, mit gebeugtem Oberkörper, die Ellbogen in der Luft, und unschlüssig lacht vor Scham und Lust, ins Wasser zu fallen.

Sein Mund küsste ihre Wirbelsäule, zuerst nach unten, dann zurück und weiter zur Seite. Peter ließ sich Zeit, sein Haar strich über Harriets linkes Ohr, die Gesichter glitten aneinander, fanden sich.

Harriet kam sich klein vor (Peter war größer als Ash), begehrt und gedrängt, weich zwischen den Beinen. Im Kuss tickte der Küchenwecker, eine rote Tomate von Ikea, ein Ehestück. Der Koch hatte sie auf fünfzehn Minuten gestellt. Die Äpfel schrumpelten, der eingetropfte Honig lief aus, roch erst süß, dann verbrannt. Harriets Mund reichte bis in ihren Kopf, füllte das ganze Gehirn.

6

Ein Glas Weißwein, vier Glas Wasser. Stark erheitert, klaren Kopfes, kutschierte Jet den Citroën nach Hause. Wohlig eingelullt von Fasan, Schnaps, Marias Freundlichkeit und dem geliebten *Under the Greenwood Tree*, das sie ihm mit ihrem angenehmen Alt vorgesungen hatte, bis Jet und Peter aus der Küche kamen, saß Ash erneut auf dem Beifahrersitz während dieser Fahrt durch die dunkle Septembernacht, die, je weiter der Weg vom stillen Viertel der Familie Olvaeus in die Stadtmitte führte, von Bushaltestellen, Wagenlichtern und Werbetafeln widerschien. Im Schaufenster einer chemischen Reinigung glomm eine rot phosphoreszierende Lampe in Gestalt des Fernsehturms, gegenüber warb Sa Chu Phir mit künstlichen Brillanten, die von einem neongrünen Spiegel an der Hauswand vergrößert wurden. Es war windig, und die Bäume standen hoch, als wollten sie an den Sternen kratzen. Das Flugzeug, das aus Tempelhof stieg, hatte offensichtlich ebenfalls Mister Sa Chu Phir mit seinen falschen Juwelen geschmückt.

Harriet – Weißwein, Wasser, Regenbogenblut – versuchte, sich auf Ashley zu konzentrieren. »Netter als erwartet«, sagte er und pries »seine« Verletzte: »Großzügig und nett!«

Was sie von ihm gewollt habe, da, beim Klavierspielen?

»Ach nichts, eigentlich.«

Kleine Pause vor dem letzten Wort. Jet hörte und war sich im gleichen Moment sicher, dass Maria von der Tüte wusste. Madame Olvaeus, in pfarrfraulicher Aufrichtigkeit, hatte Mister Mowll, dem Ärmsten, klargemacht, was sie über das Mädchen auf dem Beifahrersitz aussagen werde, das ihr, Maria, wie ein erstarrtes Eichhörnchen in die Augen geschaut hatte, während sie auf es zufiel. Oder hatte sie ihre Aussage gar, hilfspfarrerlich, abgestimmt mit Ash?

Das war engherzig, borniert, und zwar von ihr, Harriet. Sie wollte eifersüchtig sein? Jetzt?

Etwas in ihr sagte: Ja, ja!

Sie hatten Glück. Das hieß: Vor der Haustür fand sich ein Parkplatz. Ash wollte das Licht im Treppenhaus nicht anschalten, die Füße nahmen die vertrauten Stufen auch im Dunkeln. Harriet und Jet machte es Spaß, auf den hohen schwarzen Sandalen übertrieben zu wackeln und sich an Ash festzukrallen, denn, Überraschung des Abends, die Schönheit des Ehemanns wurde nicht geringer durch einen küssenden O.

Perverses Herz: Es wollte besitzen, nicht teilen.

Während der letzten Wochen war es Harriet gelungen, die Plastiktüte so gut wie zu vergessen, jetzt tanzte der String ihr vor Augen, munter rosafarben, ganz selbstgefälliges, magisches Objekt. Sie biss sich auf die Zunge, schob die Zunge in Ashs Mund. Eng aneinandergeschmiegt betraten sie die Wohnung. Harriet würde das weiße Ungeheuer samt Inhalt wegwerfen. Bestimmt gehörte es irgendwie – Ben. Der war schließlich in der Pubertät. Das war mal ein guter Grund!

Wegwerfen, aber erst morgen früh …

Sie drückte Ash die Nase zwischen die Schulterknochen, wollte verschwinden in ihn. Schauer sprangen über ihre Muskeln, als werde sie mit kleinperligem Wasser besprüht. Kein Jucken diesmal zwischen den Beinen, es fühlte sich ruhiger an, sicherer, und doch gab es nur ein Ziel, mit knirschenden Flügeln und d-i-e-s-e-m gestreckten »dass ich dich will«. Saugend, fließend, alles auf einmal, doch gereizt, fast wund vor Ungeduld, lag sie unter ihm. Ihre Füße trommelten auf Ashs Po und ein nutzloses Lächeln flog vorbei, während sie sich bewegten, bis Harriet auf der Innenseite der Augenlider Blitze sah, ein Zucken aus Licht und Schweiß, Nähe und Licht, Licht und Jetzt, und vorbei.

Sie küsste ihn mit Dankbarkeit und einem Schuss eifersüchtiger Neugier. Er lag halb über ihr, sein Hemd schwitzte noch, ebenso ihr Kleid. Der Ausschnitt war weit über die nackten Brüste heruntergerutscht, dafür im Nacken bis zum Haaransatz hochgezogen. Ash atmete allmählich ruhiger an ihrem Arm, da spürte sie, dass geschützt von Kissen und Kleid ein Stück ihrer Nackenhaut, mundgroß, wieder zu kribbeln begann.

Harriet lächelte und streckte die Finger an Ash vorbei in die Dunkelheit. Draußen wühlte der Wind in den Straßenbäumen, und sie dachte daran, wie sie ihren Mann kennengelernt hatte, in Luftlöchern und Turbulenzen. Er, der Ingenieur für Luftfahrt, hatte versucht, über seine höllische Flugangst zu scherzen: »Dies ist ein absoluter Nichtraucherflug. Für unsere Raucher öffnen wir in wenigen Minuten die Tragflügelterrasse und zeigen den Film *Vom Winde verweht*.«

Harriet war von Norwegen nach Hause geflogen – über Tibet. Sieben kalte luftdünne Tage lang rannte sie um den Kailash, auf der Suche nach sich selbst. Während andere ihre Seele entdeckten, entdeckte das tibetische Essen Harriets Darm. Wochenlang lag sie krank, das Flugticket verfiel, Harriet saß in Delhi fest. Dann, endlich: neun Stunden, der Sonne voraus. Dass Luft einem gigantischen Emmentaler Käse glich, lernte sie auf diesem Flug. »Mehr Loch als Käse«, sagte der Mann neben ihr. Sie lernte, dass ein Airbus 89 000 Kilo wiegt. Da flogen sie schon gemeinsam nach Frankfurt. Der Mann mit dem Namen aus *Vom Winde verweht* erklärte, was eine Kokille ist. Mein Gott. Bis vor einer halben Stunde hatte sie das nicht im Geringsten interessiert. Und schon gar nicht auf Englisch. Allein, über der ungarischen Donau hatte sich der Yogi am Ende ihrer Sitzreihe aus seinen Schlafdecken geschält. Sommersprossen, heller Mund. Kaum größer als sie selbst, der Körper eckig, kompakt. Wuscheliges Rotblond obenauf.

Und dieser Blick.

Das intelligenteste Augenblau, das Harriet je gesehen hatte. Die Donau war dagegen nichts.

Sechzehn Stunden später erwachte sie auf einem Hotelbett in Frankfurt am Main. Sie hatte einen neuen Namen: Jet. Sie war zur Gänze angezogen. Ash roch auch nach einer Nacht in Kleidern gut und hielt sie noch im Schlaf im Arm.

Glanzvolles Nebelland des Transits: Sie spürten die Zeit- und Klimaverschiebung an den Gliedern (heiße Hände), im Gehirn (langsameres Sprechen) und im Blut. Ein zweiflügeliges Fenster, das gespiegelte Doppelbett darin, zwei Sessel, ein Tisch mit Glasplatte, die Spiegelung eines Oberkörpers, eines zweiten, Glas auf der Haut, erst kalt, dann rutschig, ein fremdes Augenpaar, das sich öffnet, das sich schließt.

Fünf Nächte, vier Tage.

Essen holten sie vom nahen Hauptbahnhof ins Bett, lauschten auf das Schergeräusch der Straßenbahnräder in ihren Schienen, verhakten sich, krochen weiter ineinander, als Körper und Bild. Keiner von ihnen kannte die Stadt, sie sahen sie nicht. In verschiedenen Posen der Verzauberung hingen Harriets Kleidungsstücke über den Möbeln.

Ihre Augen brannten von zu wenig Schlaf, das Brustbein schmerzte von Ashs Druck. Als sie einmal den Fernseher einschalteten, erkannten sie alles wieder, aber es war ihnen fremd. Die Leute im Bildschirm liefen so einzeln umher, Harriet sah jeden Menschen in seiner Einsamkeit; jeder hätte Inuitleidung gebraucht. Ash erzählte vom Alaskischen Malamute, der seit 2000 Jahren Schlitten zog.

Sie wollte wissen, was er an ihr finde. Er sagte: »Jede Menge.« Oder: »Ich weiß nicht.« Dabei sah er extrem ehrlich aus.

Wenn er log, wurde er rot um die Nase, sodass man die Sommersprossen nicht mehr erkannte. Dass er ein Kind hatte, erzählte er erst nach ein paar Tagen.

Die Beziehung zu Anka sei lange schon marode. Rotten. »Ich fahr hin und bring es zu Ende.«

Harriet vertrödelte Ashs Anka-Tag im Hotel. Sie wusste kaum mehr, wie man zwölf Stunden allein verbringt.

Schon im Eingang zu Ankas Berliner Wohnung soll Ashley anders ausgesehen haben als der Mann, der abgeflogen war. Er verhandelte um Ben und weinte am Küchentisch, als er ihn sah. Anka drehte sich weg, verstand nicht, wollte nicht verstehen. Ihr breithüftiger Körper im Rahmen der Küchentür, die spitzen Brüste, alles vertraut, alles Vergangenheit. Anka fragte, ob sie mit ihm nach England hätte kommen sollen? Darum ging es nicht; sie sagte, Lüge, das sei es gewesen; er schüttelte den Kopf. Sie beharrte, er sagte »hush!«, als wäre sie ein Kind, dabei war es doch seine, Ashs, Hilflosigkeit. Ben schlief mit offenem Mund, sein rosa Gaumen weich und empfindlich wie Gelee. Schweigend standen sie im Schlafzimmer bei ihm, und Anka wollte mehr und drängte sich an Ash.

Sie weinte, er murmelte beruhigende Laute. Da warf sie ihn raus.

Lange saß er auf dem Treppenabsatz ein halbes Stockwerk unter der Wohnungstür. Luft zog durch die Fensterritzen, stieg auf, die verschiedenen Temperaturen stießen im Treppenhaus in Strudeln zusammen. Luft spürte er immer. Schon als Knabe am Strand von St. Gabriel's hatte er sie gehört, ganz bei sich. Wie sie schaukelte am Saum zwischen Wasser und Land, rollte an den Schwingen der Möwen, wie sie über dem Sand stand, sich wiegend. Die Kiesel antworteten ihr. Sie redeten ununterbrochen, im Dorf hießen sie »die alten Frauen«.

Werft die alten Frauen nicht ins Meer. Und er? Warf eine junge ins kalte Wasser. Er war ein mieser Kerl. Warum hatte sie das nicht gesagt? Da stand er schon auf der Straße, fühlte eine tibetische Reisetasche in der Hand und war froh, gehen zu können, zu Jet.

Die ihn nach einem nervösen Tag, aufgeregt, aber noch beim ersten Blick in der Hotelzimmertür beruhigt, in die Arme schloss.

Die Opfer würden sich trösten.

Jet krabbelte unter Ashley hervor und ging zwei Whisky holen. The real stuff. Maria hatte nur amerikanischen gehabt. Ihr Luftingenieur lag mit leichtem Grunzen im Bett; es war dieses spezifische Männergeräusch danach, man hörte es nur mit Erfahrung; Jet lauschte immer darauf. Manchmal mochte sie es lieber als den Sex selbst, es war, wie wenn man nach dem Sport in der Wanne lag und die Anstrengung noch einmal durch den Körper floss, aber weich und besänftigend.

Sein klar geschnittenes Gesicht, der Haarschopf in der Stirn. Sie küsste ihn.

Zapp: Augenblau!

Seine Wimpern waren blond, vielleicht strahlten die Augen deswegen so.

Er kippte den Whisky und begann, ihren Fuß zu streicheln. Bald hätte sie, oben, unten, noch einmal Lust auf ihn gehabt; sie beugte sich zu ihm, doch da schlief er von einer Sekunde zur anderen ein, zusammengerollt wie ein Kind am Fußende des Bettes. Als er sie spürte, schmiegte er sich träumend an sie, wie einst.

Die weiße Tüte fiel ihr wieder ein.

III

Sie konzentrierte sich, wollte es genau machen, 0 0 0 (Schwarz) auf 255 255 255 (Weiß), das war die Spanne, der Flügelschlag. Millionen von Kilometern hohe Staubsäulen, die Stummel-arme gierig gestreckt, die unwahrscheinlichen Beinfortsätze ineinandergeschraubt, aalweiße, eisgraue und drusen-schwarze Schrumpfköpfe, genannt Elefantenrüssel, in grotesker Bewe-gung zueinander-gedreht. Ein neu vermessenes Himmelsfeld, wie immer: imaginär, polygenetisch, sekundär. Die Bildarbeit war Routine, aber schön. Das Wackeln des ICE störte sie beim Einfüllen der Fehlfarben nicht.

Sehen, was noch nie jemand sah: Ausschnitte, Horizonte, kosmische Alpen. Sandbeige jagte Harriet in Täler, die es erst gab, wenn sie sich auf Foto x-583tzQfg8-de in die Nacktheit des Universums bogen. Sandbeige, bis kleinste Reliefs und Unebenheiten sich zeigten. Dann ließ sie kräftiges Chrom-oxidhydratgrün in das Bild waschen, als wäre es, nein sie, Harriet, eine Wolke, ein Wetter, ein Gott. Täler und Riffe saugten auf, was auch immer sie ihnen schickte, wie lang ge-trocknete Schwämme vom Meeresgrund. Lila, Schiefergrün, dunkelviolettes Schattenmoos. Ein sinnloses Nest von Dun-kelheit, Anilinschwarz und etwas Baltischblau, baute sie an einen Hang; fast war es, als fliege mit dem Cursor sie selbst dahin.

Sie mochte diese Arbeit, nur reichte sie ihr nicht. Sehen, was noch nie jemand sah: 8413 Bewerbungen aus ganz Europa waren im Astronautencenter eingetroffen, sechs Kandidaten würden übrig bleiben, das stand nun auf der Website, wie viele sich noch im Rennen befanden, teilte man nicht mit. Man teilte wenig mit, überraschte die Bewerber, erhöhte den Stress, manchmal durchschaute sie das, manchmal wirkte es. Harriet rechnete nicht damit, alle Stufen zu bestehen; wenn sie spät ausschied, gab es zumindest gute Chancen auf einen anderen Arbeitsplatz bei der ESA; im Übrigen hoffte sie. Die letzte Mail hatte Termine für den »cognitive skills test« enthalten sowie den schönen Satz »Those who pass may some day represent the generation that will move from low earth orbit to Mars«.

ICE Berlin–Köln, alles hat sich vermischt. Erick forschte für ein paar Wochen in den USA, sie führte die Arbeit im IEP weiter, seit drei Nächten gehörte der Institutsübernachtungsrekord ihr, er war ihr egal. Die Diplomanden waren zu ihr ins Zimmer gezogen, aber kaum da. Einer hatte eine chinesische Glückskatze aufgestellt, die blinkend mit dem goldenen Kopf und den goldenen Pfoten wackelte. Harriet verstand nicht, warum man in der Mathematik etwas erfinden konnte, imaginäre Zahlen etwa, und schon öffnete sich ein Raum – die Wirklichkeit antwortete, ja folgte nach. Warum in der Mathematik die Trennung zwischen Wahrheit und Lüge so fruchtbar aufgehoben wurde. Und warum es so schmerzte, wenn man es im eigenen Leben versuchte.

Bielefeld. Bahnhöfe gab es. Sie hatte Peter nicht angelogen. Höchstens sich selbst. Und auch Ash. Ash gewiss. Er schrieb manchmal, nein, selten. Vor Kurzem hatte er eine Laborantin erwähnt. Ben erwähnte die Frau nicht, er mailte nichts über seinen Vater, vielleicht war es ihm peinlich oder ein ganz neues Zartgefühl beherrschte ihn, vielleicht hatte auch er sich nun einmal verliebt.

Ende Bielefeld. »Luff« nannte Ash, was er mit ihr hatte oder mit anderen. Sie selbst übernahm das Wort, nein, das Gefühl, »luffig« sagte sie oft, und man lachte zusammen und hatte sich doch nach etwas anderem gesehnt. Dass sie Peter traf, war Zufall. Das erste Mal. Das zweite Mal.

Sie konzentrierte sich. Ihre gesamte ICE-Umgebung roch nach Plastik. Ihr gesamter Rücken war verklebt. Ihre Oberschenkel waren verklebt. Sie roch wie eine Apotheke. Rauchpflaster auf den Hüften. Sie roch wie ein Plastikladen.

Cognitive skills. Man musste sich die Kombinationen von Zahlen mit Buchstaben oder geometrischen Formen merken; während man das Memorierte in Antwortfelder eintippte, lernte man weitere Kombinationen. Dazu Rollenspiele, Computertests, Fragebögen. Man hatte bereits gefragt: »Warum halten Sie sich für geeignet?«

Man gab sich freundlich. Ließ die Probanden selbst erzählen. So liefen sie in ihre eigenen Fallen.

Mit einem neuen englischen Wort hatte Harriet gekontert: gregariousness. Das Zusammenleben in Herden. Fast bemitleidete sie das isolierte Nikotin auf ihrer Haut. Kein Stoff, das wusste sie aus der Physik, wollte allein sein. Ash hatte, als er die Sache mit Peter allmählich mitbekam, gemeint, sie habe ein Loslassproblem. Dann hatten aber alle Elemente ein Loslassproblem! Die gesamte Materie war ein einziges Loslassproblem, wenn man sie nur recht betrachtete. Alles Herde!

Der Zug wackelte und flog schon fast. Sie spürte die Beschleunigung, wollte es schön machen diesmal, ausreizen, was die Daten boten, was man sah. Wie Peter sie ausgereizt hatte, Peter, der sie anlog, indem er schwieg. Wie pfarrerlich! Ihre Haare waren absichtlich so kurz geschnitten, dass man keinerlei Wirbel sah. Stumm saß sie da, rechnete das Rauschen von Erinnerung aus, von Fantasien über sich selbst und andere.

1

Das alte Sofa schmiegte sich an die zitronengelbe Wand, ihre linke Hand spielte, die rechte hielt das Glas, der Bodensatz war dunkel und rau.

»So-nne, So-nne.«

Ernst durfte es klingen. Es klang schlecht.

»So-nne!«

E-dis. Die Sonne hatte eine Stufe. Maria lachte. Eine Stufe, wenn sie die Menschen sah.

Da. E-dis. Der Klavierhocker drehte zu leicht. Wie von selbst. Da: alles fertig. Beruhigend. Ihre Pyramide. Da auf dem Wohnzimmertisch. Sie kniff die Augen zusammen. 16.13 Uhr. Um 17 Uhr würden sie kommen. Ihre Verkaufspyramide. Licht von überall, Licht auf Schüsseln, Dosen, Mixgefäßen, Mahl- und Schneidgeräten. Die Spitze bildete ein Becher mit silbernem Verschluss, der tat, als wolle er ein Glöckchen sein. Marias Spezial: Waghalsigkeit, Glitzern, Stapelkunst. In einer Stunde würden dreißig Frauen hier sitzen und Tupperware kaufen.

»So-«, »So-«.

Da stand sie in der Küche und streifte sich die Sandalen ab. Nicht bücken, lieber nicht. Ihr Einzugsbereich als Volksschullehrerin galt als ideal. Betrunken war sie nicht, auf keinen

Fall. Sie konnte sich bücken, wenn sie wollte. Ihr war nur heiß. Tampons sparte man auch. Zwei Fingerbreit Braungold, wenig Wasser, kein Eis, das klapperte zu sehr, am Ende hörte Peter es noch.

Sie lauschte. Im ersten Stock lag bei ihnen doch das Pfarrbüro.

Aber nichts! Die heilige Arbeit ging wohl wieder einmal ganz lautlos vonstatten. Darauf einen Schluck.

Der Kastanienbaum vorm Fenster knisterte so trocken, als wäre er eine Zelle in ihrem Mund, die Villen rundum hockten, umgekehrten Tassen gleich, auf der Erde. Schluck. Eine Spinne saß am Fensterrahmen, nachts schielten die Viecher aus ihren klebrigen Netzen neidisch in die Wärme des Hauses. Das Gras war auch schon feucht, ein scheuer Geruch stieg auf.

Da fiel ihr ein: Peter war schon fort. Sie legte die Tuppers doch immer so, dass er nicht zuhause sein konnte.

Schluck – und genug. Das leere Glas ließ sie in der Küche.

Doch da, am Klavier, stand der Amigo wieder. Auf dem Korpus. Braunorangeglitzerig. Was war der auch treu! Das rührte sie.

Sie hatte die Mowll eingeladen.

Die hieß nicht einmal Mowll.

Maria trank. Die war noch immer zu hübsch. Aber nicht mehr so hübsch wie als Mädchen. Dem war die Bewunderung für Peter aus den Augen gequollen, wie eine Wahnsinnige hatte das geschaut, Fressblicke auf Peter geworfen, affig verliebt. Und so einen hohen jungen Busen gehabt.

»Einen Pfirsich oder zwei?«, hatte sie die Liebesplage damals am Bowlenausschank gefragt. Sie hatte sie gleich erkannt.

»Ich nehme nur Wasser.«

Peter hatte erzählt, wie intelligent sie sei. Blond-grüne Haarwirbel, lächerlich. Mit ihrer Mutter hatte sie dagestanden. Die Mutter und Peter hatten sich vor Kurzem getroffen und über das Mädchen geredet. Sie, Maria, hatte Peter dann abgeholt. Sie, Maria, hatte darauf bestanden, dass die Mutter zur Verlobung mit eingeladen wurde.

»Wasser, genau«, hatte sie dieser Harriet am Bowlentisch geantwortet: »Du bist ja noch zu jung.« Mit einer kreisenden Handbewegung: »Für all dies!«

Die hatte sie nur verständnislos angestiert. Hatte nichts kapiert. Die war frauendumm. Vermutlich heute noch. Na, würde man ja sehen.

Sie saß jetzt neben dem Hocker. Absichtlich! Vorsichtig hatte sie das gemacht. Pick. Und pick. Ein Tabakfädchen. Also doch: Peter rauchte heimlich. Und sie trank heimlich und dachte über eine lang zurückliegende Verlobungsparty nach, nur weil die Mowll ihr tatsächlich ein paar Fotos von damals in die Hand gedrückt hatte bei ihrem Besuch. Was waren sie beide blöd, Peter und sie.

Pick. Die brachen einfach so in ihr Leben ein. Mit dem Mann hatte sie noch mal telefoniert. Er wollte mitsingen bei ihnen im Chor. Sie musste nachdenken. Einbruch. Stahlen die etwas? Oder machten sie nur etwas kaputt – außer ihrem Kopf?

Haha. Nicht so ernst nehmen, nicht so ernst. Das hatte sie doch schon vor Jahren entdeckt. Wer sang, bekam viel Luft in den Kopf, in den Bauch.

»So-nne.«

»So-nne.«

Ihr Rock war hochgerutscht, sie schaute ihre Beine an. Hübsch! Das Hübscheste an ihr, außer ihrem Busen.

Die Kleine hatte ihr damals auch leidgetan. Wie die schaute, weil sie, Maria, zu Peter auf die Bühne ging. Alles klatschte, sie küssten sich und steckten sich die Ringe an. Das Gartenfest war Peters Idee gewesen. So viele Freunde. Und dann dieser Blick aus der Ferne, den sie nicht vergaß: so waidwund-junges-Reh. Da wollte man gleich weglaufen oder sagen »nimm ihn doch«.

Jetzt soll sie ruhig kommen. Sie will sie sich genauer ansehen, ohne Männer drumherum. Das hat noch immer geholfen. Vielleicht schenkt sie Harriet Saramandipur reinen Wein ein. Geflirtet hat Peter immer gern. Kein Heiliger! Das hatte sie sich gleich gedacht, schon beim Skifahren in der Schweiz. Hüttengeweih, oh ja.

Darauf einen Schluck.

Was stieß die Wand schräg in den Boden. Ein wenig zittrig zog Maria sich hoch, das Tapetenmuster schwärmte durcheinander, die Streifen jagten sich wie schlanke Insekten, verschlangen sich gierig. Widerwärtig. Sie senkte die Augen und ließ sie reglos auf den vertrauten Tasten ruhen.

Dreißig Gäste. Das letzte Mal hatte man über Handicaps geredet. Nur in Bezug auf die Tierwelt, versteht sich. Nur in Bezug auf freiwillige Einschränkungen. Eine Schülermutter hatte gelacht: Fallen bauten sie einander, ununterbrochen, die Weibchen wie Männchen der warmblütigen, kaltblütigen und blutlosen Welt.

Jetzt war das Glas aber weg. Maria rief: »Putt putt«. An der Terrassentür saß schon wieder eine Spinne. »Amigo!«

Pling.

Sie hatte wohl einen Eiswürfel geworfen. Ein Eiswürfel schlitterte über die Terrassensteine. Ein zweites Mal schaffst du das aber nicht!

Pling.

Amor sui, hatte Peter vor Kurzem gesagt. Neu entdeckt. Erst ich, dann du. Nicht sehr romantisch, hatte er gesagt und sie gequält angesehen. Sie wusste nicht, was er meinte. Als sie lachte, lachte er auch. Ihre Ehe war aus nicht-romantischen Gründen gut. Das wussten sie doch.

Beim Essen im September hatte die Mowll über ihr Leben als Physikerin erzählt. Forschen, Reisen, Zimmer in Spanien, Mexiko, China, alle gleich verwanzt. Zum Trost habe sie Taschen ersteigert bei eBay. Einen Taschenersteigerungsspleen entwickelt. Erst wieder aufgehört, als sie pleite war. Habe eben etwas für sich haben wollen, etwas Weibliches gebraucht.

Peter hatte leider nicht mitleidig geschaut, gar nicht. Am Stuhl der Mowll hatte eine alte Gucci gehangen. Wer sich auskannte, sah, dass sie echt war und etwas wert. Maria kannte sich aus.

Pling.

Sie setzte sich auf das Sofa. Sehr ordentlich. Beine zusammen. Sie dachte an ihren Kopf. Die Wochen im Krankenhaus. Luciens Praktikum bei Frau Dr. Saramandipur.

Pause.

Gott musste eine Spinne sein. Klebrige Netze überall. Unsichtbar in der Luft, überall. Dann fuhr man noch mit dem Fahrrad dagegen.

Dabei war sie ein Fisch! Die Sterne sagten: ein reagierendes, anschmiegsames Wesen. Sie schwamm gern hinterher, half gern mit. Schon beim Skifahren war sie seiner Spur gefolgt. Pfarrfrau: ideal. Sie unterrichtete auch Religion. Manchmal hatte sie viel Kraft, manchmal keine. Peter kannte das. Sie schwamm im Schwarm. Weiter unten. Richtung unsichtbar. Aber als Fundament. Sie wusste: Peter hatte etwas verloren über all die Jahre, sie etwas gewonnen. Sie glaubte, dass es Sinn machte. Peter schimpfte schon, wenn sie so sagte: Sinn-machen.

Gleich würden die Ersten klingeln. Sie summte. Dis-e. Stufe – Licht. So groß sahen seine Pfeifen aus in ihrer Hand. Angenagt, übervertraut.

Die Mowll kam bestimmt nicht. Die begriff es nicht.

»So-nne.«

Als blaues Licht lief ein kleiner Schluck Marias Kehle hinab.

Die Wohnung war nun in einem fantastischen Zustand: Alles bog sich aufeinander zu. Mühelos schwamm sie zurück zum Klavier. Eine Wolke, beschützend über Lucien gestülpt. Beschützend über Peter.

Er war krank. Sie wussten es seit einem Jahr.

Seit ihrem Sturz war ihr klar, was es wirklich hieß. Seit dem Sturz fühlte sie sich eingekapselt in einen Glaskolben. An seinem anderen Ende saß nur einer, sehr klein: Ashley Mowll. Peter war in seinem Glaskolben allein. Maria wusste jetzt: Wissen konnte man gemeinsam, teilen ließ das Körperzeug sich nicht.

Der Amigo – weg. Die Flasche stand da. Fast leer. Sie griff nach ihr, hielt sie aber nur fest.

Manchmal war ihr, als sei die Zukunft schon da. Ihr Bauch schwappte. In ihr, Maria, saß die Zukunft und lachte sich eins.

2

»War das möglicherweise so was wie ein verschleiertes mea culpa?«

»Du meinst: Könnte er damit gemeint haben, ich bin ein Vollidiot, bitte vergib mir, weil ich mit einer anderen Frau zum Essen war.«

»Ja, genau das.«

»Wär möglich.«

»Oh nein, das würde ja bedeuten, dass alles, was er je gesagt hat, und das für mich ganz aufrichtig klang, auch komplett anders interpretiert werden kann, das heißt, dass meine Interpretation seiner Gefühle für mich in Wirklichkeit bloß projektierte Reflexionen meiner Gefühle für ihn wären.«

Fast hätte Carrie die Locken in den Pastateller gehängt. Zwei dicke Falten standen zwischen ihren Augenbrauen. Sie liebte Mister Big, aber Mister Big ging mit anderen Frauen essen. Eben hatte er aus dem Taxi angerufen. Wie hatte seine kanariengelbe Krawatte geleuchtet. Das hatte natürlich nur der Zuschauer gesehen. Carrie saß mit Freundin Miranda beim Ersatzessen. Eben hatte man noch fröhlich Blowjobs verhandelt, von Frau zu Frau.

Miranda sagte: »Was? Jetzt tickst du aus.«

Mit einem Seufzer blickte Harriet zum Fenster hinaus. Zehn Uhr morgens, gesättigtes Nebelgrau, 119, 136, 153, Brandenburg. Und: Pause vorbei.

Fernsehen subsumierte Harriet in ihrem Tagesplan aber auch unter Weiterbildung: Es brachte Sternforscher mit Realität in Berührung. Jedes TV-Programm war mühelos realer, als die Daten im IEP es je würden.

Sie rief das internationale Astro-Kontaktprogramm auf. Während es sich im Schneckentempo lud, beobachtete sie die Institutsenten beim Treuesport. Stets paddelten die Vögel paarweise, einträchtig, wie es schien; der häufige Nieselregen über Preußens einstiger Kartoffelglorie störte sie nicht. Alles nur Enten-Soap, hatte ein überraschender Erick gestern beim Mittagskaffee erklärt. Enteriche seien notorische Vergewaltiger! Nach der frühjährlichen Begattung seiner eigenen, bis dato sorgsam bewachten Ente laufe der dumme Hormonerpel sogleich zur nächsten und gebe die eigene Frau jedem anderen preis.

Alle hatten gelacht. Hormonerpel! Das passte perfekt auf van Leeuwen, den Chef.

Es gelang ihr, entspannt mit den Kollegen in La Silla, im DSAZ auf dem Calar Alto in Spanien und im kalifornischen Lick-Observatorium zu telefonieren, das selbst in der Warteschleife mit seiner Entdeckung einiger Jupitermonde prahlte. Ihr Plutoid. Sie musste sich beeilen. Man musste sich immer beeilen. Als Erster publizieren. Fast egal was – hinpinkeln. Erick rechnete, die Verhandlungen mit Kollegen führte naturgemäß sie. Den Himmel hatte man an Institute und Nationen verschachert, Satelliten waren Eigentum, Sterne, die durch Daten entstanden, konnte man tauschen.

Erst nachdem sie aufgelegt hatte, las sie ihre Mails. Peter schrieb jeden dritten Tag.

Sonnenstudiobraun, Safarichef im Wildlifepark der Astroindustrie, erfüllt von der letzten Sponsoringtour: Haans van Leeuwen saß der Institutskonferenz vor. War er unterwegs, war die Konferenz sinnlos; war er da, war sie sinnlos und dauerte länger. Jet rückte sich noch den Stuhl zurecht, da kam schon das Mantra: ZweiDingeerfüllendasGemütmitimmer neuerundzunehmenderBewunderungundEhrfurcht,jeöfter undanhaltendersichdasNachdenkendamitbeschäftigt.Der bestirnteHimmelübermirunddasmoralischeGesetzinmir-Jet schaltete ab.

Hormonerpel.

Sie suchte Ericks Blick. Die Halswirbelsäule des Wunder-kollegen schien aus Gummi zu sein, Rücken steif, Kopf nach unten saß er ihr gegenüber. Das Papier, das zwischen seinen Händen lag, war leer. Sie war sich sicher, dass er auf seinem strahlenden Weiß Zahlen sah und sie in Gedanken in For-meln bewegte.

Van Leeuwen sprach noch immer: die schmerzliche Ein-samkeit, die übersteigerten Reaktionsbildungen, die emotio-nalen Erfahrungsdefizite des postmedialen, verschalteten Menschen – »im Gegenzug die Nichtverschaltung und Nicht-verschaltbarkeit des Weltraums«.

Die weiteren Stichworte klickerten durch Jet hindurch, als wäre sie eine Murmelbahn: Der Traum. Die Notwendigkeit. Die Gefahr. Das Kommen der Sonne. Mental unerfüllt. Das Herz der Materie: Neue Werte, neue Emotionalität.

Sie seufzte, unhörbar. Das musste alles noch hinein! Seit Wochen lag van Leeuwens Vortrag »Stars and Man«, unter-titelt »Zur schönen Schlangenlinie, dem unübertroffenen S« auf ihrem Schreibtisch. Gelbes Post-it: »Update«. Sie kannten sich lange, hatten beim gleichen Doktorvater promoviert, vor fast zwei Jahren hatte Haans sie zurückgeholt ans Institut, sie war ihm ja auch dankbar dafür. Der Untertitel des Vortrags zitierte William Hogarth, 18. Jahrhundert. Van Leeuwen liebte das S. »S« war der Buchstabe, mit dem das Wort Sponsoring begann. »S« war seine Pointe zum Schluss. Er hatte sich verändert. Das Fach veränderte sich. Sie spürte, dass sie traurig war.

»Jet Saramandipur«, sagte der Chef, »nicht bei der Sache, dennoch Mitarbeiterin des Monats.«

Natürlich stand sie auf, lächelte. Die anderen klatschten. Van Leeuwen drückte ihr einen Gutschein für die Hauscafeteria in die Hand. Teil des neuen Marketings, das Konzept hieß »Mimetische Ansteckung«. Es war so blöde, dass es schon fast wieder rührend war. Ausgezeichnet wurde das von ihr erdachte Preisausschreiben »Alles Ultra«, der meistgeklickte Button der Website, ein Goethezitat.

Da saß sie wieder, drehte den Gutschein zwischen den Fingern, hörte das Wort »Spacecamp« und schaute auf.

Mit gespitzten Lippen saß der Löwe da: Komme der Mensch nicht in den Weltraum, werde der Weltraum zum Menschen kommen. Die Zukunft heiße hochauflösendes Fernsehen, also Live-Übertragung von Raumstationen auf dem Mond oder Mars. Und für hier unten: Spacecamp. Schon jetzt werde man beginnen, Geld einzuwerben: Spacecamp Brandenburg.

Alle waren wach. Der Chef hatte eine Idee. Das konnte die nächste Katastrophe sein.

Brandenburg eigne sich hervorragend: Leere. Billiger Grund. Unfruchtbarkeit. Think it big! Mit künstlichen Kratern, Steinmeeren, Spacehotel, einer Piste aus Mondgestein. Heute bereits könne man Besuchern als Zuckerl anbieten, einen alten Satelliten zu steuern und ein Bild ihres Gartens aufzunehmen.

Sie rechnete. Schlau war Haans schon immer. Jetzt setzte er seine Schläue ein, um sein Gehalt zu sichern.

»Raumfahreranzüge für alle«, sagte van Leeuwen.

So weit habe nicht einmal der Sozialismus gedacht.

Man lachte, es klang echt, sogar Erick wirkte aufgeregt. Nur Jet schien zu beobachten. Fast war ihr, als gehörte sie nicht mehr dazu.

Chen stand, sein Gesicht leuchtete vor Begeisterung: zum Maß für die von den Gästen selbst geschossenen und vom Institut gegen einen stolzen, sogenannten Exklusivpreis ausgedruckten Aufnahmen nehme man am besten eine Waschmaschinenfront.

Diesmal lachte Jet mit. Der Fan mohairtragender Mädchen, institutsweit bekannt als pink-fluffer, betonte, er meine es ernst. Größe entscheide.

Van Leeuwen sagte: »Wer das noch nicht weiß, kann gleich gehen.«

Chen klickte. In den USA sei von den Künstlern Komar & Melamid nach dem schönsten Bild gesucht worden. Das Ergebnis: Die nunmehr bewiesene Einheitlichkeit des weltweiten Geschmacks. Ob sie es glaubten oder nicht. Ein schönstes Bild für die Menschheit existiere tatsächlich.

Er ließ sie raten: Ein Gesicht?

Ein Körper?

Ein Blumenstrauß?

Er ruckelte sogar am Kabelanschluss.

Der Beamer warf Grasboden, alte Einzelbäume, einen Wasserlauf und Strauchwerk an die Wand. Die Erde sanft gewellt. Freie Sicht in die Ferne, Horizont milchig blau.

Eine Steppenlandschaft. Unbedrohlich, uralt.

»Wunderbar«, rief Hans Löwe. Das auf den Weltraumbildern des IEP nachstellen. Mondlandschaft mit Baumschatten. Mulden. Vertrauter Krümmungshorizont. Ab sofort die Daten entsprechend anordnen. Nur mehr schönste Bilder, aus diesem Haus.

»Bitteschön«, rief er, »Marschbefehl.«

Er kam aus den Niederlanden. Wenn er sich aufregte, benutzte er »deutsche« Wörter.

Wie blöd.

»Jet«, sagte er, »du machst uns das.«

Das Grasbild sollte an der Wand stehen bleiben. Sie hörte Blätter rascheln, ein Notebook piepte.

»Nächster Punkt.«

Sie sagte »nein«.

Erick schaute sie an. Wie weiß sein Gesicht aussah. Wie schmal.

Es war still jetzt. Sie bemerkte, dass vor den langen Fenstern die Sonne schien. Blauer Boden. Staub schwamm in der Luft. Das alte All.

Sie habe nicht Astrophysik studiert, um Werbung zu machen. Sie stelle sich ihr Leben anders vor.

Sie schluckte und wurde rot, weil sie merkte, dass sie wirklich meinte, was sie sagte.

Jaroslaw hüstelte, der Teint des Löwen schien einen Schatten dunkler.

Ohne den Blick zu senken, stand Harriet auf. Der peinliche Abgang einer Frau aus einer Männer-Konferenz? Diese Freude würde sie ihnen nicht machen. Sie schob einen Termin vor, höflich. Beim Hinausgehen legte sie kurz Erick die Hand auf die Schulter, eigentlich, um ihn zu beruhigen, man konnte ihre Geste indes, wie ihr später klar wurde, als Drohung verstehen, ein »den nehm ich mit«. Leise, wenn auch entschieden, schloss sie die Tür.

Pleck-pleck, pleck-pleck. Sie stieß den Kugelschreiber kopfüber auf den Tisch. Dr. Saramandipur, seit Neuestem spontan. Der Löwe musste ihr nicht einmal kündigen. Wenn er wollte, wurde er sie los, indem er in aller Freundlichkeit den nächsten Zeitvertrag nicht unterschrieb.

Am Parkplatz sprangen unsinnigerweise die Bogenlampen an; jemand fuhr auf einem Fahrrad davon, dann war es wieder still.

»Nein.« Es war schlecht, wenn man seine Stelle verlor. Man durfte nicht aus dem System fallen. Wer einmal rausfiel, hatte das ganze Spiel verloren.

Pleck. Die andere Hand klickte das Caelotop auf: zähes Schwarz. Harriet starrte auf die Zahlen, als erwarte sie, die Lösung für bitte-schön-alles zwischen ihnen umherkriechen zu sehen.

Nichts verstehen, drübersehen. Peter schrieb jeden dritten Tag, dass man sich mailen könne. Aber nicht sich sehen. Nach einer Pause vielleicht, etc. Aber er schrieb. Es wirkte unentschlossen, zögerlich. Wütend dachte sie: Er ist an allem schuld.

Er trieb sie doch an.

Netscape bot chartreuse, cornsilk, darkslateblue. Feuerziegel, dunkelmeergrün, schieferblau.

Erick stand in der Tür. Er grinste, das hatte noch gefehlt.

Drübersehen, weitergehen.

Jet sagte: »Jetzt schmeißt er mich raus!«

Erick: Sie sei ... nicht so l...eicht zu ersetzen. Sie solle sich k k...eine Sorgen machen. Nur sie ... so ungesch...schickt wie ...

»Danke«, sagte Jet, »was für ein Trost!«

»Hn«, machte Erick. Mehr war für die nächsten zehn Minuten nicht zu erwarten. Er musste erst rechnen. Der Einzige hier, den sie mochte. Ein langsames, anlehnungsbedürftiges Gespenst.

Sie drückte die Sleep-Taste, packte ihre Tasche. Leider musste sie sich schnäuzen, das war die Grasallergie, tmm, im Herbst, also war es der Hausstaub – war Löwenhaar. Im Flur drehte sie sich noch einmal um: Selbst das primitivste Eubakterium sei komplexer gebaut als so ein dämlicher Stern!

Erick grinste und sagte, obwohl erst sieben Minuten vergangen waren, nicht nur einen vollständigen, sondern einen vollständig überraschenden Satz: »Siehst du, du liebst diese Arbeit eben doch. Weißt du nicht mal das?«

Hügelabwärts in einem ihr fremden Teil der Stadt. Betäubt von Verkehrsgerüchen wanderte Harriet auf dem trockenen Gehweg dahin. Ab und an berührte sie die raue Oberfläche eines Pfostens, den Zweig eines Strauchs – holte sich den Bescheid der Materie: noch da.

Diffus spiegelte ihr Körper sich in einem Schaufenster. Die Puppen hinter der Scheibe trugen Haare wie Seegras, ihre Augen leuchteten neonorange. Harriet stolperte auf Peter zu, als Fünfzehnjährige. Hirn, Herz, Haar, Hand, Haut. Wie blöd sie war. Im Deutschen hatten alle Umkleidungen ein »H«: Hemd, Hose, Haus. Das hatte Ash entdeckt und »Arriet!« gelacht.

Arriet. 37 Jahre alt. »Die Zukunft, ein Spacecamp.«

Sie wollte weiter, etwas zog an ihrer Jacke: künstliche Mauszähne, ein Grinsen. Ja, sie wusste den Weg ins Café. Das Schild sah man ja schon. Die Frau, tausend S-Linien im Gesicht, rührte sich nicht. Vermutlich war sie unglücklich; Harriet, danke, war es auch und hatte keinerlei Rettungskapazitäten frei. Sie griff nach dem Arm der Alten, um sie abzuschütteln. Das Fleisch der Frau lag lose um den Knochen wie bei einem zu lange gekochten Suppenhuhn.

Fast muss sie lachen. Soll sie Süßholz raspeln, den Löwen anrufen, rasch?

An der Kreuzung, die ein Wasserrohrbruch vor einigen Monaten in einen silbrigen Stadtsee verwandelt hatte, stand unvermittelt die Sonne so zittrig am Himmel, als habe sie, ein alter Stern, ebenfalls bereits Parkinson. Langen Löffeln gleich senkten sich die Kellen der Polizisten in den Verkehr, eine Politkolonne sollte passieren, quer auf der Straße stehende Motorräder summten, alles andere stockte. Die Erfahrenen schalteten den Motor ab. Harriet sagte zu der Alten: »Die Zukunft ist ein Spacecamp.«

Der Polizist neben ihnen hörte nichts, bewegungslos stand er mit seinem Verkehrsstab vor den gebremsten Karosserien. Sie hätte ihm ins Ohr flüstern wollen: Wissen Sie, was hier vor sich geht? Haben Sie eine Ahnung, wie Ressourcen, menschliche Ressourcen in diesem Land verschleudert werden? Wie Menschen an die Wand gepresst? Haben Sie sich je darum gekümmert? Statt im Verkehr zu rühren! Er war jünger als sie, ein glatt rasiertes Gesicht, er hatte jemanden angepfiffen, nun lächelte er. Frau zuhause und ein kleines Kind, beide Eheleute unter dreißig, Leben mit Kita, gesichertes Einkommen, viel Zeit. In zehn Jahren wären sie nicht mehr zusammen, vermutlich wussten sie auch das, aber ihr Kind wäre aus dem Gröbsten heraus, dann könnten sie aufbrechen, alles noch einmal anfangen, und plötzlich beneidete Harriet die Frau des Polizisten, weil sie erst in zehn Jahren neu überlegen würde müssen, wer sie sein wollte, und sie musste es jetzt schon tun.

Die Alte gab sie an einem Seniorentisch ab. Alle Tische des Cafés, auch die kühlen vor den Scheiben, waren mit Senioren besetzt. Wie Laborbakterien an runden Futterstationen saßen sie da. Nie mehr sah Harriet gemütliche Alte Torte mit Sahne essen – diese hier tranken Milchkaffee, saßen in der Kälte und glühten wie Teufel.

Die Zukunft war ein Stein. Zerrieb sich, ging auf, verschwand. Mehrfach hatte sie bei Peter zuhause angerufen, aber nichts auf den Anrufbeantworter gesprochen. In der Kirche hob die Sekretärin ab. Einmal ging Maria ans Telefon, einmal Lucien, beide Male legte Frau Saramandipur auf.

Es dämmerte, die U-Bahn fuhr über der Erde entlang. Dunkelheit war in dieser Stadt ein eigener, sich der Luft beisetzender Stoff. Er kroch aus den Dächern der Häuser, schwamm an den Mauern langsam hinab. Harriet sah Reflexionsstreifen an Kleidern, Scheinwerfer, Werbung. Vor einer Ladentür wehten BHs an einem Ständer, nach Farben geordnet, im Wind.

Ein guter Physikerinnenjahrgang waren sie gewesen, die Mädchen mit dem Hippie-Gen, den halb emanzipierten Singlemüttern, den flippigen, später konservativen Vätern. Jugend in Kommune-Kindergärten, alles bunt, schönste Aussichten, nur dass die sogenannten geburten-starken Jahrgänge vor ihnen alles verstopften, die 60er hingen über und verursachten einen immensen Rückstau, Menschen, die sich persönlich bei Mister Djerassi für seine Langsamkeit bei der Entwicklung der Pille bedanken mussten, während Kinder wie Harriet Wunschkinder waren. Nun ja. Einkalkulierte Unfälle. Die Schule reagierte mit Tabellen, auch Werte erschienen in Tabellen, Sozialvertrag, Rente, Gesundheitssystem. Nur Peter hatte geschimpft, bei »Selbstpflege« werde allenthalben an Feinrasur und Duschgel gedacht. Die Sechzehnjährige, vor der er klagte, war sogleich zum Drogeriemarkt gegangen, wo sie entdeckte, dass es eine nach Himbeer duftende Haarentfernungscreme gab. Unwiderstehlich. Der weiße Spatel lag gratis bei.

Von ihrem Koreaner schickte Jet eine SMS an Erick: Die nächsten Tage arbeite sie zuhause, ob er es bitte dem Chef sagen könne. Zu einem vernünftigen Preis fand sie nur Äpfel. Gaunerrot. Hot pink. Deep pink.

In den Wohnungen gingen Küchenlampen und Fernsehapparate an. Ein Liebespaar überholte Harriet, die verflochtenen Hände schwebten wie ein Seestern im Dämmer der Straßenleuchten vor ihr her.

Manchmal kratzte die Welt an den Augen.

In ihrer eigenen Wohnung brannte Licht. Zwei schwarze Rollkoffer standen im Flur.

Jet rief nach Ash, sie hörte, dass ihre Stimme ängstlich klang; sie erwartete das Schlimmste an diesem Tag. Was das wäre, wusste sie nicht. Verschlafen steckte ihr Mann den Kopf aus dem Wohnzimmer.

»Ach du.«

Als wäre das eine Überraschung.

Ob etwas passiert sei?

»Nein«, sagte sie. »Ich habe mich nur erschreckt.«

Sie schaute ihn an, zog die Nase kraus. »Du ... du fährst?«

»... nach London, ya.«

»Viel Gepäck.«

Er taperte ihr in die Küche nach. Sie hatte Himbeeren gekauft.

Ja, Marmelade gekocht habe sie noch nie. Sie wurde etwas rot. Sie sagte: »Ich hatte einen Scheißtag.«

Er sagte: »Olvaeus hat angerufen.«

Jet zählte bis fünf: »Was wollte er denn?«

»Ach«, sagte Ash. »Er?«

»Es war seine Frau. Ich singe jetzt in ihrem Chor.«

Die Beeren lagen wie Eisperlen in Harriets Hand. »Ich wusste gar nicht, dass du die Stimme dafür hast.«

»Nicht das Einzige, was du nicht weißt.«

Wie sagte Carrie in *Sex and the City*: Ihre Gefühle für ihn waren projektierte Reflexionen der Interpretation seiner Gefühle für sie – nein: Ihre Interpretation seiner Gefühle war die projektierte Gefühlsreaktion seiner …

Ash lachte und öffnete den Mund so weit, als wolle er jetzt schon singen. Sie drückte ihm die Handvoll Beeren zwischen die Zähne, kalt und hart, und überraschte sich zum dritten Mal an diesem Tag selbst, als sie sagte: »Weil du eh fahren musst.«

3

Sie ließ sich treiben, blieb zum Arbeiten zuhause, abends dröhnte ihr Kopf, sie musste raus. Ziellos fuhr sie mit der Bahn durch die Stadt, Peters Viertel zog sie an, irgendwo stieg sie aus, lief kreuz und quer, es war Zufall, dass sie auf das Gemeindehaus stieß, das nicht direkt bei der Kirche lag, Zufall, dass die offene Tür alle einlud.

Der Terminplan im Schaukasten sagte: *Wir lesen*

Darunter, klein: *Die Heilige Schrift*

Darunter, größer: *Pfarrer Dr. A. Birkeneder*

Unentschlossen stand Harriet da. Sie erinnerte sich, Peter hatte seinen zweiten Pfarrer bei ihrem Abendessen im September erwähnt. Um im Zahlenraum etwas herauszufinden, wandte man manchmal die Strategie des »entgegengesetztesten Weges« an. Ein Bibelkreis. Sie hatte gar nicht gewusst, dass es so etwas im Leben noch gab.

Krumme rote Kerzen mit grünen Flammen, die Glanzpapierarbeiten einer Kindergruppe, zogen sich über die Fenster. Pfarrer Birkeneder streckte ihr die Hand hin. Schenkelringe, Hüftringe, Bauchringe, kein Hals. Unter der gewölbten Stirn große Augenhöhlen und eine geradezu schön geratene Nase. Die Handbewegung war wellenförmig, wie die Brillenbügel. In der anderen Hand hielt er eine Scheibe Puffreis. Sie sah wie eine Riesenoblate aus.

Es werde heute Abend nicht gelesen, sondern gebastelt.

Ehe Harriet sich versah, saß sie an einem naturbelassenen Kiefertisch. Strohsterne für den Weihnachtsbasar.

»Der Renner«, sagte Birkeneder. »Unverwüstlich. Nie aus der Mode. Das schafft jede.«

Just neben Harriet, die versuchte, möglichst unauffällig wieder aufzustehen, baute er sich auf, um Halme und Wollfäden zu verteilen. Schlitzen, schneiden, kreuzen, wickeln.

Bloß gut, dass niemand aus dem Institut wusste, wo sie war. Dass niemand es je erfahren musste.

Sie hatte gesagt, sie sei Raumforscherin. Birkeneder dachte kurz nach: »Psalm 104,1 f., 1 Timotheus 6,15 f., 1 Johannes 1,5. Gott, unermesslich, unerforschlich, kommt von außen und innen, aus allen Dimensionen zugleich.«

Harriet grinste: Das theologische Arbeiten mit Paradoxa verstehe sie. Und wie: als hilflosen Ausweg.

Sie hatte ihn ärgern wollen, die Augen in dem fetten Gesicht strahlten aber auf: Die Theologie arbeite im indirekten Symbolischen, das natürlich dem Erfahrbaren entnommen sei, indes die Aufgabe habe, das Geheimnis Gottes zu schützen, die Theologie sei eine rationale Wissenschaft der Irrationalität, eine ständige Speisung der Fünftausend.

Die Frauen saßen mit gespitzten Mündern da. Wie Raupen

kamen sie Harriet vor: Speisung, oh ja. Egal womit: Nachrichten. Gott.

Birkeneder schnaufte: »Jesus, zwei Fische, fünf Brote – alle satt. Soweit das Wunder«, sagte er mit heller Stimme, die Bibel aber – Kunstpause – überspiele es. Konzentriere sich ganz auf den Umstand, dass Krumen übrig blieben. Zwölf Handkörbe, aufs Genaueste gebe sie das an. Eine rationale und klare Aussage, nicht wahr?

»All unser Wissen und Verstehen ist Krume von Gottes Gabentisch.«

Die Angesprochene nickte leichthin. Manchmal war ihr, als krieche, was sie im All beobachtete, in Form der Daten zwar auf sie zu, zugleich aber mit einem trockenen, hüstelnden Lachen von ihr fort. Als dehne sie die Zahlen aus, das beweglichste Instrument, das sie kannte, erobere mit ihnen den Raum und ein Stück Geschichte und schiebe doch eben den Raum damit weiter von sich fort. Als spüre er ihre Gedanken – den Satelliten, die Zahlen, darunter das weiche Gehirn.

»Birke, lenk nicht ab«, rief eine ältere Dame. »Warum müssen wir hier wieder für euch arbeiten? Die Gemeindekasse muss doch proppenvoll sein!«

Harriet hatte die Raupen unterschätzt.

»Wir stechen uns hier die Finger wund«, sekundierte eine andere, »und die Kirche verdient jede Menge Geld damit.«

»Dazu seid ihr da«, sagte der Zweitpfarrer und aß ein Stück Reiswaffel. »Sonst müsst ihr abspülen.«

Man lachte, unterhielt sich, legte Stroh. Kaum saß Birkeneder an einem anderen Tisch, klärten die Nachbarinnen den Neuzugang auf: das Geld! Die Lage im letzten Jahr sei desolat gewesen. Pfarrer Olvaeus habe Verantwortung dafür übernommen. Allein dank einer hartnäckigen Nachfrage des Kirchenrats sei im letzten Herbst offenbar geworden, was sie alle längst ahnten, alle bis auf Olvaeus: die Buchführung der Gemeindefinanzen stimmte nicht. Es fehlte eine beträchtliche Summe. Erst nach Wochen sowohl niederträchtiger wie auch beschämender Spannung habe der Vikar zugegeben, sich selbst kleine Portionen, Portiönchen, wie er sagte, insgesamt leider 25 000 Euro, überwiesen zu haben. Spielschulden! Der sei jetzt in Behandlung, sagten die Frauen. Pfarrer Olvaeus aber, sagten die Frauen, traf eine Mitschuld, viel zu lange hatte er bei der Prüfung der Bücher die Fehlbeträge übersehen. Der Superintendent habe daher eine zweite Kraft in die Gemeinde entsandt, einen Geldfachmann, Birke eben. Der habe alles saniert. Man sammele nun für die Verlängerung seiner Stelle, auch Harriets Spende sei willkommen.

Spende schien ein Stichwort zu sein. Kaffee und Kekse wurden verteilt, Birkeneder selbst schenkte aus. Eine kleine Braunhaarige, deren Stern schon fertig war, flüsterte inbrünstig: Birke werde den Schöpfungsgott rehabilitieren.

»Den Gott der Wunder«, lächelte eine hübsche Blonde vom Nachbartisch.

Aufgeregt und ernst ging es nun durcheinander: Schluss mit dem Lückenbüßergott. Dem Gott, der im Lauf des letzten Jahrhunderts immer kleiner geworden war, den man nur brauchte, um zu erklären, was die Naturwissenschaften noch nicht zu erklären vermochten, und wenn die Wissenschaft wieder etwas verstand, etwa wie man eine Maus dazu brachte, sich ein menschliches Ohr aus dem Rücken wachsen zu lassen, schrumpfte dieser Gott erneut. Inzwischen sei er für manche so klein wie Ohrenschmalz in ebendiesem Mausmenschenohr!

Harriet sagte, das könne wohl sein, sie müsse aufs Klo. Ihren fertigen Stern ließ sie liegen. Er war rund. Den würde niemand kaufen. Sollte die Kirche nur sitzen bleiben auf diesem Schöpfungswunder. An der Garderobe brummte ihr Kopf auf nie gekannte Weise. Da dachten Physiker, *sie* machten Experimente! Die Kosmosexpertin schlüpfte in ihren Mantel und hörte, dass im Gemeinderaum nun über einen australischen Pfarrer diskutiert wurde, der auf dem Sterbebett verlangt hatte, zur Datumsgrenze gebracht zu werden. Dort sei er, den Kopf in dem einen Tag, die Füße im nächsten, gestorben. Den Eintrag ins Guinnessbuch habe man ihm ...

Von innen breiter als von außen: Hauptschiff, zwei Seitenschiffe, neoromanische Bögen, die Kassettendecke maisgelb. In drei fast gleich mächtigen Strahlen drang vom Eingang Tageslicht auf die Wandmalereien des Altarraums, die in naiv-protestantischem Stil den See Genezareth, den Sinai und Golgatha wiedergaben. Als Mensch trieb einzig ein Fischer in der umstrittenen Landschaft, sein Boot lag so tief in dem chromgrünen Wasser, dass die Tiere ihm in die Hände schwimmen wollten.

»Du warfest mich in die Tiefe mitten im Meer, dass die Fluten mich umgaben. Alle deine Wogen und Wellen gingen über mich.«

Jona gelobte. Und floh. Gott machte eine Tiefe. Und verzieh. Olvaeus' Sonntagsgottesdienst. »Wasser umfingen mich bis an die Seele, die Tiefe umschloss mich, Seetang schlang sich um mein Haar. Zu den Gründen der Berge sank ich hinab.«

Es war ein Fehler, ihn nie so erlebt zu haben. Fern sah er in der Kanzel aus; jünger. Gelübde waren das Thema seiner

Predigt. Er hatte nicht wissen können, dass sie kommen würde. Peter sagte: »Sehen Sie, wie schön Jona sinkt.« Das Schiff steche in See und gerate in Gottes Sturm. Von nun an führe Jonas Weg immer tiefer hinab. Er wandere vom Deck in den Bauch des Gefährts, falle in tiefen Schlaf, werde über Bord geworfen, sinke durch das gesamte Meer auf den untersten Meeresgrund, werde geschluckt, falle noch einmal, hinab in den Magen des Wals.

Es konnte immer noch dunkler werden. Immer neue Häute, Taschen und Kästen umschlossen den Menschen.

Harriet, zuerst erschrocken, begriff, während sie Peter zuhörte, dass der Prophet in einen Kokon gesteckt wurde. Er sollte also verwandelt sein. Da musste er freilich wieder ausgespien werden. Unlogisch hingegen, was dann passierte: Das frisch veränderte, noch nach Fischtran stinkende Menschlein widersetzte sich Gott von Neuem.

Beinah hätte sie geklatscht. Das war eine Geschichte. Jona verkündete Gottes Gericht in Ninive, die Bewohner der Stadt bekehrten sich, Jahwe verschonte sie. Da grollte Jona, ganz der Alte, mit Gott. Und Gott, weniger streng als sein Mensch, gab dem Trotzigen eine prophetische Nachhilfestunde: Er erschien ihm in der Wüste. Als Kürbis.

Harriet hatte nicht geahnt, dass die Bibel so unterhaltsam war. Im Religionsunterricht war das immer unterdrückt worden. Nun bewunderte sie den Beharrensmut auf beiden Seiten, und ihre Gedanken schweiften zurück zu dem Wal. Ob der verstanden hatte, was vor sich ging? Tiefrotes, an manchen Stellen ins Bläuliche changierendes, kurzgefasertes Fleisch, das schmeckte wie eine Mischung aus Rind und Fisch. Sie sah den Fischmarkt von Bergen vor sich, die 21-jährige Harriet, die Walfleisch kostete und sich schüttelte. Peter sagte, der Wal sei eine Art U-Boot für Jona gewesen. Zugleich könne man ihn als unwahrscheinliche und doch unheimlich konkrete Fleischwerdung von Jonas Trotz verstehen.

Auch dies gefiel Harriet.

Peters Klugheit gefiel ihr. Er sprach weder betont langsam noch gefühlig, wie Harriet es von den Pfarrern aus ihrer Jugend kannte, sondern entwickelte Gedanken, wenn auch auf ihr unvertraute Weise. Sie bestanden aus Bildern in Worten.

Peter sagte, dass Schiff, Wal und Kokon einander logisch folgten, wenn man sie sich nur hinreichend deutlich vorstellte. Ebenso folgten einander Wissen, Stummheit und Traum. Auch sie, alle, seien Gefäße.

Peter sagte: Wie ein Wal, länglich-rund und sehr groß, wächst der Kürbis auf der Erde. Im Kürbis erinnert Gott Jona an den Fisch. Im Wal treffen sich Jona und Gott. Der Raum ist dunkel und laut. Wie eine Mühle. Keine Tür. So etwas macht Angst. Und doch wissen wir: Wir können hoffen in allem. Am Ende steht Jona auf der Erde, ist weiterhin Jona und diskutiert mit einem lebendigen Gott.

Seine aufmerksamste Zuhörerin hatte ganz hinten gesessen, von einer Säule verborgen, nun wartete sie an der Kirchenpforte. Peter schüttelte Hände, auch Harriets, andere standen dabei. Wie ein »Schäfer« wirkte Olvaeus nicht, er schien zufrieden, aber auch nachdenklich; allmählich zerstreute die Gemeinde sich.

Das kleine Zimmer hinter dem Altarraum roch muffig, der Schrank für die Talare knarrte. Holzstühle, Holztisch, vergilbte Wände, ein Fenster. Es war ein Zimmer, in dem man Butterbrote aß und redete.

Sie redeten. Kürbisse, Masken, Gott.

Außen fingen sie an. Im Jetzt. Es schien am unverfäng-lichsten.

Peter sagte, er habe über Harriets Arbeit nachgedacht, und sie wurde vor Freude rot auf Hals und Wangen; jeden Fleck spürte sie einzeln.

Sie handele doch mit Frequenzen. Ob sie sich Gott je als schlaue Substanz vorgestellt habe, die den Menschen in vie-lerlei Richtungen durchlaufe?

Harriet war Peter dankbar dafür, dass er so tat, als bemerke er die Hitze in ihrem Gesicht nicht. Seine Überlegungen klan-gen formell und beeindruckend, aber als er ihr in die Augen sah, war das nicht mehr formell, und kaum noch höflich.

Sie presste ein »meine Bilder sind irreal« hervor.

»Du nicht«, sagte er schnell, zu schnell vielleicht, er schien selbst davon überrascht und verzog halb lachend, halb schmerzlich das Gesicht. Das Mittagslicht schwamm milchig in dem kleinen, angegilbten Zimmer, es war braun, ockrig, etwas pudrig, selbst die Luft schien von Wünschen gefüllt.

»Was denn für eine Substanz«, fragte sie, plötzlich sicherer.

Er stand auf; sein Stuhl rutschte geräuschvoll zur Seite, wo-raufhin er ihn böse ansah, sodass Harriet lachen musste. Peter hatte es noch nie gemocht, wenn ihm etwas im Weg stand.

Ihre Augen folgten ihm zu dem kleinen Regal neben dem Schrank. Der Talar machte ihn hager und offiziell. Er beru-higte Harriet aber auch: Dieser Peter hatte mit der Wohnzim-meratmosphäre Marias nichts zu tun. Ob auch er manchmal nachts wach lag und sich fragte, wie er zu dem Leben gekom-men war, das er jetzt führte?

Mit einem Buch trat er zurück an den Tisch. Er schien zu-frieden, nur seine Lippen waren angespannt.

Nach kurzem Suchen las er vor:

»Es ist derselbe Spiegel:

beweglich, blitzend, nennen wir ihn Dichtung,

um eine Mitte gerichtet, nennen wir ihn Religion,

und Gott ist die Dichtung, die in jeder Religion gefangen wird,

gefangen, nicht eingesperrt.«

Sie sah, dass er unsicher war, wie sie reagieren würde, und dass ihm daran lag.

»Ich höre dir gern zu«, sagte sie, »es ist wie früher.«

»Nichts ist wie früher«, sagte er, seine Stimme klang rau. Sie griff nach seiner Hand. Er ließ sie ihr.

Sie erzählte ihm, dass sie den Bibelkreis besucht hatte. Dass sie wusste, was im vergangenen Jahr in seinem Leben los war. Er schien zu erschrecken, in seinen Augen flackerte etwas, das sie nicht kannte. Als sie den Vikar und die Finanzen erwähnte, beruhigte sich der Blick, nur Peters Mund sagte »furchtbar«.

Er meine die Rechnerei, nicht die Mathematik. Die alltägliche Verwalterei. »So funktional bin ich nicht.«

Ihre Hand war noch immer um einiges kleiner als seine. Wie fest Peter sich anfühlte. Die Hände sagten, dass sie sich nicht kannten. Dass es sich gut anfühlte.

Sie schaute ihm in die Augen: »Ich schon?«

»Was?«

»So funktional?«

»Du bist ehrgeizig«, sagte er, »das habe ich hinter mir.«

Kurz wanderten Harriets Gedanken zu Ash, wie er zuhause saß über seinen ehrgeizigen Bauplänen, seinen Bildern. Die galten als wirklich. Sie bewegte die Finger.

Jemand, der zugesehen hätte, hätte vielleicht gesagt, dass es lange dauerte, bis die Hände sich wieder lösten. Sie lösten sich, aber Harriet dachte, dass ihnen niemand zusah. Dass

Peter offensichtlich nicht dachte, Gott sehe zu. Oder dass Peter, falls Gott zusah, nicht glaubte, dass es Gott stören würde, sie beide hier zu sehen. Sie wurde wieder ein bisschen rot, weil sie bemerkte, wie kindlich sie über Gott dachte.

»Soll ich dich nach draußen bringen?«, fragte Peter.

Sie schüttelte den Kopf und erhob sich, für Sekunden standen sie voreinander, und da sie nicht wussten, wie sie sich verabschieden sollten, ließen sie es ganz sein. Rasch ging Harriet durch die mittäglich dämmrige Kirche, in der noch oder wieder ein paar Menschen saßen, hinaus.

4

Es war ihr ein Rätsel, wie man, kaum aus dem Bett gekrochen, Schinken, Käse und Eier essen konnte. Ash nahm gern noch Kartoffeln dazu. Eben am Telefon hatte er sehr beschäftigt geklungen, unterwegs zu einem Treffen mit Ben und Anka, des Kung-Fu-Kurses wegen. Da mischte sie sich besser nicht ein.

Die Menschen um sie lärmten, Kinder turnten über Bänke und Eltern, als wäre zwischen beidem kein Unterschied. Manche Gäste sahen wirklich noch bettwarm aus. Es war Harriet recht, allein und fast wie unsichtbar zwischen ihnen zu sitzen. Nach einer Viertelstunde servierte man ihr einen lauwarmen Kakao; er schmeckte nach H-Milch, und sie hätte sich geärgert, hätte nicht Peters »nichts ist wie früher« so schmeichlerisch nachgeklungen in ihr.

Früher war: Heimlich im Hof neben der blauen Papiertonne rauchen. Nach einer Karte fischen, Foto und zwei handschriftliche Zeilen: »Besten Dank für das unvergessliche

Hochzeitsgeschenk.« An das unvergessliche Geschenk denken: eine friedliche, mit hellen Barthaaren zitternde, mit blutrotem Halsband geschmückte Überlebende – eine schwarze Ratte samt Freikauf-Zertifikat aus einem medizinischen Labor. Die Zigarette auf Marias Fotogesicht ausdrücken. Nachdrücken.

Früher war: Dich will ich nie mehr wiedersehen.

War: Das zahl ich dir zurück.

Harriet schob den Unterkiefer nach vorn und flüsterte, bis das »s« im Auslaut scharf klang: »Olvaeus«, »heiß«, »fies«.

Allmählich vermischten sich die Stimmen rundum mit dem Gemurmel einer anderen, hungrig-munteren Menschenmenge.

Da sah sie ihn wieder, Peter von einst: ihr Motor, der Kern des heißen Tages, sein leuchtendstes Bild.

Dem Mädchen Harriet, das in einem grün schimmernden Taftkleid auf hohen Schuhen mit Acrylsohlen, in denen Rosenköpfchen schwebten, in der Schlange am Bowlenausschank wartete, hatte er nur von der Mitte des Rasens zugewinkt, wo gerade Boxen auf eine Bühne gehievt wurden.

Dabei hatte er sie zuletzt geküsst! Brachte sie nach der Nachhilfestunde zum Tor, wickelte ihr den Schal um den Hals, schielte den Datschenweg hinunter. Todesmutig hatte sie sich in seine Arme gestürzt.

Und Olvaeus? Hatte geflüstert: »Deine Haare sind ja ganz warm«, und seine neugierige Nase hineingesteckt.

Seine Arme umfassten ihre Schultern. Sie spürte und roch ihn, und ihr Mund wollte sich öffnen, ganz wie der seine.

Hätte sie gedacht. Mit einem kleinen Grunzer, mit einem unfreiwillig komischen Lachen, hatte der Pfarrer sie fortgeschoben.

Die Bedienung redete dauernd, endlich hielt Harriet ein Glas Wasser und ein Glas Bowle für den beschäftigten Gastgeber in der Hand, tippelte davon. Der Fotoapparat, den sie eigens für diesen Anlass gekauft hatte (zum Glück verdiente sie mit Physiknachhilfe seit Jahren Geld), schlug ihr gegen die Hüfte, der Anfang von *Mamma Mia* scholl aus den Lautsprechern. Bevor Harriet sich noch wunderte, brach die Musik schon ab. Das Mädchen hörte Rufe wie »los«, »wurde auch Zeit«, und endlich den klangvollen, in der Schweiz kirchengeschulten Bariton des Gastgebers: »Maria, wo steckst du denn?«

»Anner Bowle, wo'n sonst.«

In Zeitlupe drehte Harriet, die eben fotografierte, sich um. Eine Schürze fiel, ein üppig berüschter feuerroter Ausschnitt erschien. Sie hörte Rauschen, sah Feuerschein. Rote Sandalen unter einem in die Höhe gerafften roten Rock.

Und wie die fetten Füßchen liefen.

Ihr Blick suchte Karolin, die sprach ein paar Meter entfernt mit einer Frau und einem glatzköpfigen Tomatenstrauch: hitzeroter Kopf, grünes Hemd, Kugelbauch. Auch diese Gruppe drehte sich bereits Richtung Bühne, der Lärmpegel sank, einige Gäste tupften sich Schweiß ab, andere reckten den Kopf. Harriet fand einen Baumstamm, um sich anzulehnen.

Peter trug nun auch ein Jackett, die Fliege stach keck hervor, er streckte den Hals und blickte von der Bühne in die ihm zugewandten Gesichter. Diese Maria stand neben ihm, ihr dunkles Haar schien an der Stirn zu kleben, ihr Ausschnitt hob und senkte sich.

Hitze. Weit und breit kein Horizont. Der Garten eine Art flüssiges Licht.

Harriet war schlecht. Ihr Herz versuchte, sich aus dem Körper zu stehlen. Ein paar Vögel piepten, als vermissten sie die Musik.

Aus der Mitte des Bilderbuchhimmels tropfte Peters Stimme, von der Harriet nicht genug haben konnte, bei der es ihr sonst immer besser ging; eben jetzt klang sie besonders warm, wenn auch etwas offiziell, und Peter räusperte sich: Ein Vorreiter der Ökumene wolle er werden.

Pause, mucksmäuschenstill.

»Jawohl!« Mit verschmitztem Gesichtsausdruck griff er nach der Hand neben sich, »ein Vorreiter der Ökumene, als evangelischer Pfarrer, mit Maria als Braut«.

Applaus.

In sechs Wochen sei Hochzeit.

Pfiffe, Applaus.

»Denn«, sagte Olvaeus und wartete, bis es ruhiger wurde, »man soll« – klangvolles Aufflackern der Stimme –, »man soll die Nachspeise nicht vor der Hauptspeise essen.«

Alles lachte, und Maria errötete, und Harriet presste die Hand mit der Fensternarbe gegen den Baum.

Das frische Paar steckte sich die Verlobungsringe an. Maria, die aus Berlin kam und ins Mikro sagte, sie sei schüchtern, Maria, die rief, wie glücklich sie sei, und ein Hoch ausbrachte aufs Skifahren in der Schweiz.

Harriet hätte den feisten Himbeerlolly gern gesprengt.

Mit jeder Faser verfolgte sie das Geschehen. Die küssten sich. Peters Linke lag auf Marias kräftigem Arm, seine wohlgeformte Handwurzel, seine Fingerglieder. Das Ringgold daran.

Zwei Mal bereits war Harriet aus diesem Garten fortgerannt, sie erkannte, welch Glück das bedeutet hatte: Wer rannte, hoffte. Nun ging sie langsam, sie schlich. Was sie über

Verlobungen wusste, wirbelte ihr durch den Kopf: abge-
schafft, altmodisch, nützlich der Geschenke wegen, ein Versprechen, doch auflösbar.

War das ein Trost?

Sie ließ das Gartentürchen hinter sich ins Schloss fallen.
Ein kleines »klong«, das unterging. Nur sie hörte es, es klang
ihr noch in den Ohren, da war es lange vorbei, in Träumen
klang es manchmal auf, Jahre später, als sie in Norwegen lebte,
oder in Berlin.

Sie hatte das Gefühl, im Gehen immer kleiner zu werden.

Erschöpft, mit wackligen Beinen, fiel sie ein Stück abseits
ins Gras, das trocken unter ihr knirschte. Der Baum nahebei
musste eine der Bonsaikirschen sein; erstaunlich gewachsen,
dabei lag Harriets erster Besuch in der Gartenkolonie nicht
einmal ein Jahr zurück. Schöne Bilanz: ein Jahr, zehn Mal gesehen, für Hunderte von Mark telefoniert, ein Fest besucht.

Sie weinte nicht, ihre Augen wurden nur rot und ihre Nase
verstopfte sich. Sie weinte nicht, nur Wasser lief, und sie zog
sich die Schuhe von den Füßen, wobei sie nicht weinte, als sie
aufstand, nur der Baum schwamm, dennoch traf sie ihn und
schlug weiter auf ihn ein, erst mit dem einen Schuh, dann mit
dem anderen, erst mit dem anderen, dann mit dem einen,
denn sie weinte nicht, nur durch das Acryl liefen allmählich
feine Sprünge wie durch ein weinendes Gesicht, es brach an
den Rosenblättern, die Risse verzweigten sich, endlich platzte
sogar etwas Rinde ab, als weine der Baum, und die Brüche in
den Schuhen liefen lautlos weiter und tiefer in das Rosenplas-
tik hinein. Harriet schlug, bis die Schuhe labbrig in ihren
Händen hingen, sie hatte sie ins Gebüsch schleudern wollen,
über seinen Zaun, aber ließ sie nun einfach in das tote Gras
fallen neben dem Baum.

Sie ging ein Stück.

Dann sah sie sich wieder sitzen, nur fünf Meter weiter. Die Sonne schien ihr auf den Kopf. Harriet schwitzte nicht einmal.

Sie wollte einen Sonnenstich.

Er hatte sie ernst genommen. Mit ihr war er Motorrad gefahren. Sie hatte ihn gespürt, sich an ihm festgehalten, ihm den Rücken gewärmt. Er hatte gelobt, wie gut sie sich ihm und der Maschine anzupassen wusste, wie sie beide sich zusammen bewegten. Und jetzt – das? Was sollte sie denn gewesen sein? Ein Vorwand, Materiallieferantin, Studienobjekt (so ticken die Kleinen, die ich bald unterrichten muss …). Wie feige er war. Sie hörte Peters Zitronenuhr über seinem Eingang, die tickte laut, tickte sie an. Das ins Gras geworfene Muster aus Blattschatten und Sonnenlicht flackerte nur halb so schnell wie ihr Herz. Jetzt dachte sie nach über sich und Ha-diese-Liebe; jetzt brannte die Sonne hindurch!

Sie sah alles in größter Einfachheit vor sich. Sie war es, die gegen die Regeln verstieß, ein sechzehnjähriges Mädchen stellte einem 36-Jährigen nach, schadete ihm vielleicht noch in seiner Karriere, pubertär, unberechenbar, verknallt – liebenswert unreif, solange es stillhielt, ansonsten ein Fall, den man mit Kopfschütteln ignorierte, entsorgte, fallen ließ.

Später krabbelte ein Käfer über ihren nackten Fuß. Nicht einmal das konnte sie sehen, ohne an Peter zu denken, einmal am Gartentisch hatte er erzählt, ein berühmter Naturforscher, danach gefragt, was er dank seines lebenslangen Studiums der Pflanzen und Tiere über den Schöpfer aller Dinge erkannt habe, habe nach langem Schweigen geantwortet: »Er hat eine übermäßige Vorliebe für Käfer.«

Peter hatte gelacht, sein fröhliches Lachen.

Die Wege in ihm, die sie ohne nachzudenken verstand. Hatte sie gedacht. Schönes Bild. Jetzt sah sie Türen, für die sie blind gewesen war, dahinter verborgene Räume, verschlossen vor ihr, und eine rote runde Sonne, von deren Existenz sie nichts geahnt hatte.

Später hörte sie sich gehen. Die nackten Füße auf dem heißen Asphalt. Arme und Nacken brannten. Der Kopf schwamm, groß wie ein Ballon, auf einem dünnen Hals. Die Straßenbahn wollte sie auf keinen Fall nehmen.

Gegen zehn Uhr abends schloss endlich Karolin, leicht betrunken, wenig besorgt, die Wohnungstür auf. Die Nacht, aus der sie kam, war warm und voller Musik.

»Du bist ja ganz rot im Gesicht.«

»Küken«, sagte sie. »Dauernd habe ich angerufen, warum hast du denn erst so spät abgehoben? Wo warst du bloß davor? Da mach ich mir doch Sorgen.«

Das wusste Harriet schon. Stumm kauerte sie im Sessel vor dem stumm gestellten Fernseher. Ihre Mutter setzte sich aufs Sofa und streifte sich mit leichtem Seufzen die Pumps von den Füßen.

Sogar das Büfett habe Retta versäumt.

Salate, eingelegte Gemüse, Fleischplatten, und erst die Nachspeisen: Mousse au Chocolat, Zitronencreme, Charlotte russe, alles selbst gemacht, und am Ende eine mehrstöckige Erdbeer-Kirsch-Verlobungstorte, eine patente Frau!

»Ich kriege einen Sonnenbrand«, krächzte Harriet. Dabei trug sie eigens ein langärmeliges Hemd, um den Brand zu verbergen. Das Taftkleid hatte einen Harzfleck. Pechmarie. Es lag unter Pechmaries Bett.

Ihre Mutter, die wohl noch Tanzmusik hörte, murmelte: »Glück gehabt!«, und zog die Füße aufs Sofa. An den Absätzen ihrer Schuhe klebte Gras. Olvaeusgras. Die Tochter schaute weg.

Sie hörte, dass Karolin sich die Fußsohlen rieb.

Sie habe jemanden kennengelernt, einen interessanten Mann, ja, der Glatzkopf, erst 42, »nicht was du denkst, Retta«, nein, ein Geschäftskontakt. Großhandel für indischen Tee!

Harriet erwartete einen Vyomesh-Kommentar, die für ein »Ich-finde-Indien-gut« nötige Alkoholmenge (2,3 Gläser Rotwein oder 3,6 Weißwein) hatte diese abendlich animierte Single-Schneider-Mutter eindeutig genossen.

Stattdessen, mit überraschend versöhnlicher, fast zärtlicher Stimme: »Einer wie er muss vermutlich heiraten, wenn's passiert ist.«

Passiert?

Es?

Verloben war doch auflösbar. Daran klammerte sich Harriets Restherz. Oder was für eine Art von Unglücksrabe wollte ihre Mutter heute Abend sein?

Scheuer Blick Richtung Diwan. Karolin, Wunder der Helligkeit in Kerala, sah aus wie immer nach einem Partyabend, Wangen gerötet (Rouge), im Übrigen milchfarbener Pfirsich, die Augen blitzend hellgrau. Sie schien froh, sich ausruhen zu können, hatte sich einen Martini geholt und mischte Wasser aus einer Karaffe hinein.

Sie schätze, noch diesen Herbst.

Was?

»Na, das Kind.«

Harriets Kopf rollte in einer weichen Bewegung vor und zurück.

»Ki-ind, mein Kind«, sagte die Mutter, vielleicht merkte sie, die Beschwingte, doch etwas, Harriets verweinte Augen waren, Sonnenbrand hin oder her, nicht wirklich zu übersehen, vielleicht dachte Karolin: Jetzt herausschneiden, jetzt die Radikalkur, fort mit dieser Kälberliebe; und leichthin sagte sie: »Hast du das nicht gesehen? Die ist schwanger, vierter oder fünfter Monat, würd ich denken. Nach Guatemala gehen sie, wurde auf der Party erzählt, er hat da eine Stelle, aber erst, wenn das Baby da ist.«

5

Was für eine schwachsinnige Idee.

Schwachsinniger war nur eines: Das Bad hatte geöffnet. Mitte Oktober. »Global warming«, hatte Ash gesagt, »so haben wir wenigstens was davon.«

Sie wanderten den fast leeren Strand hinauf, Ben trottete hinterher. Als dünner Holzfinger streckte sich der Hauptsteg ins Wasser, eine alte, grotesk eckige Uhr bewachte den Aufgang. Quer über den See tuckerte ein einzelner Dampfer. Als das erste Stück der Pfaueninsel sich ins Blickfeld schob, erzählte Ash von Pfauenmännchen: Ein japanischer Forscher habe jüngst am Beispiel ihrer Glanz-und-Glorienenden eine gegen Darwin gerichtete Handicap-These entwickelt. Ihr zufolge nahmen die Hennen diese Männchen weder, weil die Schwänze einen Fortschritt darstellten (sie waren kein Fortschritt), noch, weil sie die Schwänze schön fanden, sondern weil die Hähne zeigten, dass sie trotz dieser immensen, sie auf den Boden verdammenden Behinderung noch immer lebten.

Weder Jet noch Ben lachten. Gut, Ash hatte sie zu diesem Ausflug so gut wie gezwungen. Die Eintrittskarte für ein »Familienbad« einfach auf den Frühstückstisch gelegt. Etwas Britisches wollte er ihnen beibringen, Ben vor allem. Jet hob einen blauen Spielzeugrechen auf. Sie hatte es ruckzuck »die englische Abhärtung« genannt.

Ruckzuck. Das »Great-Brits-Programm«.

Sie spottete gern in letzter Zeit, fand er.

Sie fand, er jammerte gern. »Ich friere« hätte er jetzt aber auf keinen Fall gesagt. Es stimmte nur. Offensichtlich hatte er sich an vieles in Deutschland gewöhnt, unfreundliche Busfahrer, nicht endende Vergangenheitsdiskussionen, den eigenen Plätzchenbauch im Dezember, die Deutsche Bundesbahn. Und deutsche Heizungen. Ben, demonstrativ nur in Shorts und kurzärmeligem T-Shirt, bezog etwas abseits auf einem Handtuch Position. Ganz Trizeps-Bizeps. Ash ärgerte sich doppelt, ohne zu wissen, warum.

Jet stand im Wasser. Zwischen dem halbgrauen Himmel und der leicht gekräuselten silbergrauen Fläche des Sees sah sie braunhäutiger aus als sonst.

Sie rief: »Es ist warm! Probier's doch.«

Er lächelte ihr zu.

Sie watete auf und ab, tiefer in den See, drehte sich noch einmal um: »Warum glaubst du eigentlich, dass es für dich immer gut ausgeht?«

Ihre Stimme klang neutral, ja hell. Überraschend weit trug sie über das Wasser. In das Harriet so mühelos eintauchte, als plansche sie in einer Badewanne. Sie schwamm Richtung Steg.

Ob sie eine Antwort erwartet hatte? Er saß auf einem dicken Frotteetuch, die Waden vor Kälte rot. Dabei wurden in

England schon Einjährige ab November in kurzen Hosen ausgefahren, also aufs Leben vorbereitet. Vergebens. Ein paar Jahre Deutschland, und man war ein Weichei. A soft egg. Auf Englisch klang das nach Irrsinn. Oder einem bösen teutonischen Trick.

Missmutig rief er Jet nach: »Ben kommt vielleicht.«

Aber sie hörte nicht mehr (tat, als höre sie nicht?), und der Sohn hatte Stöpsel in den Ohren. Er schien so wenig wie Ash daran zu denken, den Wannsee und seine Haut miteinander bekannt zu machen. Torpedierte das Ziel des Ausflugs.

Unvermutet fühlte Ash sich getröstet.

Nach einer Weile stand er auf und folgte Jets Schwimmweg. Das Metalltürchen zu Beginn des Stegs ließ sich mühelos öffnen, am anderen Ende der Holzkonstruktion wurde der See anscheinend doch tiefer, das angerostete Eisengestell eines Sprungturms ragte auf. Jets Arme teilten kraftvoll das Wasser, sie schwamm Brust, tauchte nach jedem Atemholen unter, dabei drückte sich ihr Hintern nach oben. Ihr Körper gefiel ihm noch immer, fast ärgerte ihn auch das. Er konnte nicht wegsehen.

Wieder tauchte sie ein; sie trug einen schwarzen Badeanzug, der ihre Wölbungen umspannte, Ash musste an den Saltopus auf der linken Pobacke denken und etwas Bitteres saß für einen Augenblick in seiner Kehle. Jet streckte ihre Rückseite noch weiter heraus und verschwand; kurz darauf sah er ihre Füße, schmal und sehr weiß, knapp unter dem Wasserspiegel gehen.

Ein altes Spiel. Harriet war stolz darauf, wie lange sie Luft anhalten konnte, und lief auf Händen über den Grund des Sees. Die zum Himmel gerichteten Sohlen, so hell und seltsam länglich, mussten knapp unter Wasser bleiben. Erst wartete man, dass die zu den Füßen gehörende Person auftauche, dann gewöhnte man sich an das Bild und glaubte allmählich an ein Tier, eine Art Unterwasservogel oder eine unerhörte Seekrabbe mit feinen, knochenlosen Beinen.

Er stellte sich vor, wie die Nässe in jede ihrer Ritzen drang; der See machte die Haut glatt, alle Spuren nahm er fort. Jet wurde so rein davon. Ash war stolz auf sie und wollte zu ihr eilen, ihre Füße küssen, sie an den Füßen zu sich ziehen und sagen: Habe ich dich wiedergefunden, endlich, da bist du ja.

Wie seltsam.

Aber so hatte er es gedacht. Der See spülte an den Strand. In St. Gabriel's hatte er noch im Bett gehört, wie das Meer rauschte, und die Kiesel antworteten. Der dumme Spruch: Wirf die alten Frauen nicht in die See. Ein Bach aus teeblattfarbener und goldbraun gefleckter Erde rieselte in die Wellen, Luft stieg an der kalten salzigen Flut. Weiter innen, in den Hügeln, lagen Gesteinsbrocken in bizarren Formationen, fossile Rasenplätze aus fast kreisrundem schwerem Basalt, rau anzufassen oder vom Salzwasser geglättet, ein primitiver Tisch. Überall dort hatte er Luft gehört. Nicht als Wind, als Brise, als Säuseln. Nicht in Büschen, nicht als Vogelton. Sollte man in Japan ruhig Nadeln aus Pinienzweigen zupfen, damit die Begegnung des Baums mit dem Luftmeer reicher klang.

Er hörte Luft bei sich.

Stille Luft.

Nun war er Luftfahrtingenieur. Dünne Höhenwinde schnitten sich an Flügeln und strömten, berechnet spielend, verwirbelt nach unten und oben davon.

Zurück am Platz setzte er sich auf sein Tuch. Ben hatte sich nicht gerührt. In Büscheln standen seine stark gegelten, rotgoldenen Haare nach oben. Die Sommersprossen und sein Englisch hatte er erfolgreich weggebleicht. Und jetzt die Badehose vergessen – Ben. Hübscher Kopf, die Hirnmasse eines Ochsen. Ein Kind, aber sechzig Kilo, dicke Muskeln und … Ash war sich sicher, dass sein Sohn nicht schlief.

Einer Fata Morgana gleich waren zwei Mädchen ganz in ihrer Nähe auf dem kühlen Sand erschienen. Die eine, schwarzer Pferdeschwanz, hellblauer Bikini, schaute auf Ben, die andere blinzelte zu Ash herüber. Beide hatten riesige Brüste, schon mit fünfzehn war angeblich die Hälfte der Pflänzchen operiert. Der umfangreiche Bikini der Zweiten glänzte rot und orange – wie Werbung für die Sonne selbst hatten die Mädchen sich installiert, und wirklich cremten sie sich unsinnigerweise nun sogar die Beine ein – strecken, biegen, Höschenränder lüften.

25 Jahre Unterschied. Manche erregte das. Ash sah sich an, was zu sehen war.

Eine uralte vertraute Wärme durchflutete ihn. Sand, Steine, Frauen am Ufer. Das schräg fallende Herbstlicht brachte den gelben Klinker der lang gestreckten, frisch sanierten Bade- und Sonnengebäude zum Leuchten. Er musste die Augen zusammenkneifen, um Einzelheiten zu erkennen.

Jet winkte, rief etwas. Die Mädchen bauten einen Steinkreis. Ben lag, als hätte man ihn gefällt. Ash wäre jede Wette eingegangen, dass er eine Erektion hatte, einen verdammten jugendlich harten Ständer, und nicht wusste, wie er je wieder aufstehen sollte. Eine der Nixen schien das Gleiche zu denken, jedenfalls saß sie so, dass es nicht besser werden konnte für Ben. Sie war dunkelgolden und rosa, kräftig, doch nicht dick oder formlos. Sie rauchte, graue Asche fiel auf den cremefarbenen Sand.

Am Wasser sah und dachte er Dinge, von denen er sonst nur in Heathrow las. In Heathrow kaufte er sich immer eine *Sun*.

Möwen, vom ständigen Fischfressen selbst fast fischförmig, trieben in Aufwinden über dem warmen See.

Dass er, Ash, aus Sehnsucht hier saß?

Sein Sohn hatte sich ihm also angeschlossen. Frauen ansehen, eine uralte, gute Sache. Frau um Frau. Die Sache mit Jet war anders. Keine Flüssigkeit, die sich einfach umgießen ließ in ein frisches Gefäß. Eher etwas, das aus dem Eimer schwappte, kaum hob man ihn an.

Er beschloss, ein Eis kaufen zu gehen. Vielleicht würde ihm davon wärmer. Die Sandfläche, hubbelig wie ein nass gewordenes Buch, lief nach hinten auf einen lichten Wald von Kiefern und verfärbten Laubbäumen zu, der bald näher ans Ufer kam, bald als schmalerer Saum Richtung Straße zog. Geschlossene Strandkörbe standen verstreut, niemand kümmerte sich darum. Jet, seine Jet, war zu einem kleinen Punkt im Wasser geschrumpft. Er erkannte sie nur mehr mit Mühe; seit ein paar Wochen, ja eigentlich seit seinem Unfall, war sie extrem sportlich. Kaum zuhause, stürzte sie fort zum Joggen oder ins Fitnessstudio. »Herzsportlich«, hatte sie zu ihm gesagt. Das Ergebnis ließ sich sehen. Hübscher denn je, er dachte: »in Fahrt gesetzt«, aber das kam wohl nur von dem Dampfer, der auf seinem Weg zurück Ash tuckernd überholte.

In den hellen Arkaden flackerte ein einsames, rot-weißes Langnese-Schild. Alles andere schien leer, weder Mensch noch Tier. Die sachlich gehaltenen Gebäude schmiegten sich erstaunlich unauffällig in das ansteigende Seeufer. Auf den Sonnenplateaus knatterten die Fahnen der Bäderbetriebe im ewigen Berliner Wind, eine Gruppe alter Weiden begrenzte den Blick nach Süden. Der Zeiger am Steg ruckelte voran, die Uhr musste noch original aus den 6oern sein. Damals war Jet nicht einmal geboren – für Sekunden brachte dieser Gedanke ihn angenehm weit fort von ihr. Immerhin hatten die Nazis hier keine Spuren hinterlassen, zu spät gekommen für das alte Volksbad, da hatte das Wort nicht diesen blutigen Beigeschmack. Aber gegenüber lag die Schreckliche Villa, da hatte es ihn.

Seit achtzehn Jahren lebte er in Berlin, benutzte die Stadt, ohne ständig an ihre Vergangenheit zu denken, ein derartiges »ständig« machte jeden Gedanken leer und war ein Unrecht eigener Art, das hatte er gelernt. Er leb-zappte wie die meisten anderen auch, *lifezapping*, ein User, einer, der Fenster öffnet und schließt, ohne dazuzugehören, und kaum saß er in London, erging es ihm dort ebenso, und alles war glatt geworden, glich sich, war schnell.

Was für Zeug in seinem Kopf! Er wollte sich zusammenreißen. »Zusammen« und »reißen« – auch so ein deutsches Wort. Er hingegen hatte gestern gedacht, er sei ein Eimer, bis zum Rand mit Wasser gefüllt. Hing an einem Seil, mit den Jahren hatte es sich eingedreht, seit dem Sommer drehte es sich aus, sein Wasser stieg an den Rand, schwappte über. Reißen? Er brauchte eine Kur!

Als er sein Handtuch erreichte, die kalten Eispackungen in den Händen, war Jet wieder da.

Ihre Brüste hatten sich gestrafft. Das Wasser war also doch kalt. Sie wickelte sich in Frottee, setzte sich auf Ashs Matte und rief: »Oh, ein Eis.«

Die Haare lagen ihr eng am Kopf. Es machte sie ernster. Erneut lächelte sie ihm entgegen.

Er hatte nur zwei Eis gekauft.

Dachte er, dass sie keines wollte? Er bot ihr seines an, aber natürlich hatte sie bemerkt, dass er sie vergessen hatte. Dass er sie vielleicht hatte vergessen wollen.

Sie überspielten es. Wozu war man erwachsen. Sie sagte, »bleib«, und griff nach seiner Hand.

Es gab keinen Grund, unglücklich zu sein.

Ben, auf seiner Decke, genoss sein Magnum allein. Vorsichtig – der Schokoguss brach immer in zu großen Scherben – biss Jet ab und reichte den Stiel an Ash. Kurz streiften ihre Finger die seinen. Es war Mittag; der Boden roch nach warmem Sand, und der Duft des vergangenen Sommers stieg durch die ausgebreitete Wolldecke zu ihnen hinauf. Gute Augenblicke – wie es gewesen war.

Dieser Gedanke erschreckte Ash so sehr, dass er das Eis in den Sand fallen ließ.

Jet zog einen Schmollmund, und Ben gab ihr, gönnerhaft, etwas von seinem ab. Frau und Sohn schauten Ash nun an wie Feinde. Die Wolken rissen immer weiter auf, und Sonnenschein, der alte Clown, stürzte sich auf die Szene.

Ben klickte sein Piercing mehrfach laut gegen die Schneidezähne und schleckte an dem bereits abgenagten Stiel. Die Mädchen schauten.

»Hör auf zu schmatzen, wenn du mit uns zusammensitzt.«

Sofort streckte sich Ash das Hölzchen entgegen, eingespeicheltes Ende voran. Bens Uhr glitzerte auf, wasserfest, stoßfest, Weltzeit. Ash hasste dieses Geprotze, diesen schlechten Geschmack, dieses Anka-Gen. Sein eigenes Eis machte einen nassen Fleck in den Sand.

Jet zog sich an. »Lass Ben doch, Männer schmatzen nun mal gern.«

»Damit kennst du dich ja aus«, sagte Ash.

Sie stand, er saß neben ihren Knien. Ihr Busen, von unten. Man konnte einen Bleistift darunter einklemmen. Kein Silikon. Er hätte gern hingelangt.

»Ich hoffe doch«, sagte sie.

Ihre Augen spotteten auf ihn herunter.

Ben ließ den Eisstiel in den Sand fallen. Reine Provokation. Offensichtlich hatte der Vater es mit einem Fünfjährigen zu tun.

»Seine Badehose hat er auch zuhause vergessen«, jammerte Ash. »Und das Englischbuch!«

Jets Augen blitzten. »Hast du Angst, dass er mir aus Schusseligkeit noch von der Tüte im Citroën erzählt?«

»Oh, die Tüte«, sagte Ash.

Kippender Horizont. Die Tüte. Der Horizont: ein auf einer Rolle fixiertes Brett, dessen Ränder auf- und abschwangen wie Flügel.

»Du hast sie ...«, murmelte er.

Seitenblick auf Ben. Der Junge hatte sich aufgesetzt, die Ohrstöpsel in der Hand, und sah auf die Erwachsenen wie ein Preisrichter. Für ihn waren sie wohl zwei Pfauen, im Ringkampf.

»Sie gehört also dir?«, fragte Jet in dem Versuch, das Blatt zu wenden. Ihre Stimme klang deutlich kleiner als zuvor.

Ash lächelte.

Die Nixen rückten näher. Auf dem matt glänzenden, braunen und grünlichen Sand hatten sie flache Zickzackmuster aus Steinen gelegt.

»Also«, sagte Jet heiser, »du hast ... so einen ... Flamingo!«

Das Wort schoss auf ihn zu. Im Englischen hießen schöne Frauen »birds«. Aber Flamingos? Die waren zu groß.

Ben grinste. Er schien Punkte zu vergeben. Er hatte sich noch nie wirklich verliebt.

Beide schauten ihn an. Jet wiederholte sich, als sie flüsterte: »Warum glaubst du, dass es für dich besser ausgeht als für mich?«

Alles fällt ihm zur Antwort ein, und nichts. Er könnte zurückfragen. Retourkutsche. Dieses Wort hat er früh in Deutschland gelernt, von Anka noch. Am Wassersaum liegen Kleckse von dunkelbraunem und rötlichem Gallert, Tüten, Plastikfetzen, nicht sehr sauber, der Wind hat in den Körben gewühlt. Das Bad ist schäbig, plötzlich sieht er es.

Jets Augen werden blass. Als folge sie seinen Gedanken. Das hat er früher öfter geglaubt; jetzt überrascht es ihn.

Ben lachte, d-a-s also nenne sich Familienbad. Perfekt!

Drei Minuten später saß er auf dem Nixenhandtuch, ein Mädchen links, das andere rechts, und zeigte seine Uhr.

Ash räusperte sich. Er machte einen ernsthaften Anlauf. Sein rechtes Lid zuckte, als hänge es an einem Angelhaken. Wenn er nervös war – er hasste das. Seine Turbinen liefen so viel runder und zwangloser als er selbst.

Das hellere Hautdreieck zwischen Harriets Brauen spöttelte ihn schon wieder an.

Er verstand nicht, wie sie die Situation erneut gedreht hatte. Eben noch die Plastiktüte, ihre Eifersucht, und er, der nicht antwortete, das war doch »der längere Hebel«, so hieß das doch. Die deutsche Sprache war voller Mechanik, ihre Benutzer schickten sich Antworten als Kutschen, hatten »lange Leitungen«, auf denen sie gern standen, oder gingen einander auf den Wecker, wobei »Wecker« war, wie sie ihre Nerven begriffen. Das gefiel ihm, sogar jetzt.

Der Dampfer ruckelte wieder aus der Anlegestelle, das

graugrüne Wasser spiegelte die weiße Silhouette. Jets Augen schienen verändert, seit Wochen schon.

Am Wasser dachte man Dinge, die man nicht einmal in der *Sun* gern las.

Und was sagte man?

Er konnte eins und eins zusammenzählen. Er wollte nicht, er wollte nicht.

Ein einzelnes Flugzeug kreiste, als solle es Fische fangen, über dem See. Ash wandte den Kopf, das Wasser blendete, nach oben stieß es immer neue Wolken aus, die einen glichen den Locken übergroßer Schafe, andere trieben Flamingohälse hervor. Was für Alternativen.

Jet hatte sich hingelegt und die Augen geschlossen. Ihr Gesicht war, aus dieser Nähe besehen, aus breiten Hautflächen gefügt, das herbstliche Licht legte einen grünlichen Glanz darüber, etwas Mineralisches, das Gewicht eines klaren, ungemaserten Steins, von einem Tempel herbeigeholt. Etwas war aus seinem Leben gewichen.

Unwillkürlich schüttelte er den Kopf. Unsinn!

Wenn er die Lider schloss, konnte er Jet riechen. Doch das Gefühl wurde nur stärker. Etwas war dahin; wie sehr er auch danach greifen mochte, er würde es nicht mehr finden.

Er rollte sich in sein Handtuch. Ben ging zum Ausgang des Bads, kurz darauf folgten ihm die Mädchen; Ash wusste nicht, ob sie sich vor dem Tor wieder treffen wollten. Ihre silbrigen Silhouetten vorm Sandhorizont schrumpften zu dünnen Strichen, für Sekunden wollte ihm scheinen, alle drei hätten einmal zu ihnen gehört.

Seine Frau raschelte in ihrer blumigen Einkaufstasche. Früher hätte er es als Verbundenheit verstanden, dass sie ein englisches Buch hervorzog; jetzt wies selbst das von ihm fort.

Das Buch hieß *Eureka*, er hatte davon gehört, ein astronomischer Essay. Warum es nachts dunkel war. Warum man nicht in Sternenlicht schwamm. Gewiss, wenn man sich den Himmel vorstellte wie einen deutschen Wald mit Sternen statt Bäumen, blieb das unbegreiflich.

Wolken, vereinzeltes Bübchenblau. Aufrechnen war sinnlos, weil nie jemals nichts, nein, nichts jemals nach Rechnungen funktionierte. Never ever anything. Weit hinten leiser Verkehr, ab und an das Gluckern seines Bauchs, das Rascheln unhörbar atmender Amseln im Gebüsch. Eine flog auf mit kurz gehacktem Winterruf. Links am Taghimmel stand, sehr hell, fast unsichtbar, der Mond.

Fast war ihm, als wolle er weinen. Am Himmel interessierte ihn, wie man darunter vorankam. Am Eimer, wie das Wasser sich noch immer anschmiegte an die eiserne Form, auch wenn es bereits hinausflog. Jet lag in gekünstelter Haltung auf ihrer Decke, mit dem Rücken zu ihm. Er hatte sich zur Seite gedreht, fuhr mit dem plastikblauen Kinderrechen durch den Sand. Sie gab nur vor zu lesen, er durchschaute sie leicht.

Erst als sie das Buch zuklappte und begann, ihre Sachen zu packen, rappelte auch Ash sich auf. Er bückte sich vornüber, um sein Handtuch zu falten, die Haltung quetschte den Atem, er fürchtete, dass Jet ihn keuchen hörte.

»Als ich Anka verließ, habe ich etwas gelernt.«

Ein desinteressiertes »und?«; weit fort, wie von der anderen Seite des Sees.

»Bei einem Paar ist immer der Schwächere um den Stärkeren gegossen. Eine Form. Zerstörst du den einen, zerstörst du den anderen.«

Er hatte lange darüber nachgedacht, wie er es sagen sollte. Es klang noch immer ein wenig nach Kokillenguss.

Sie richtete sich auf. Ihr Blick war jetzt dunkelgrün, wasserfarben. Für einen Moment kam ihre rosa Zungenspitze zwischen den Lippen hervor.

Er hatte das Gefühl, sich selbst mit ihren Augen stehen zu sehen: hohe Stirn, kurze Nase, Sommersprossenrot. Ein paar Falten auf der Stirn. Eureka? Der alte Ash.

»Ich meine nur«, sagte er leise, »wenn du es auflöst, komme ich nie mehr zurück.«

6

Jet arbeitete zuhause. Sie war erkältet (zu lange im Wannsee geblieben aus Angst, was passieren würde, wenn sie herauskam), und Ash hatte gesagt, sie sei ein Kühlschrank! Fridge Harriet, ein Rechenwesen, das Bilder liebe, deren falsche Schönheit es akribisch überwache. Fahren wir mit dem Simulator mal kurz um den Saturn. Dabei wusste er, der Ingenieur, genau, dass Kältemaschinen mehr Wärme als Kälte erzeugten.

Sie musste sich schnäuzen. Dauernd klingelte es: Handy, Festnetz, Werbung, Post, nur nicht das erwartete Paket für Ashley, das kam wohl jetzt.

Der Austräger stapfte, er schien schon älter, ein breitkrempiger schwarzer Hut tauchte zwischen den Geländerstäben auf wie ein U-Boot in einem alten Film.

Außer Atem stand er in ihrer Tür.

»Das vierte Mal!«

Jeden Donnerstag um diese Zeit habe er es versucht. Jeden Donnerstag gehe er zu einem Gemeindemitglied in der Klinik zehn Minuten von hier, einen Umweg mache er nicht.

»Reinen Gewissens also«, sagte sie und ließ ihn in der Tür stehen.

Als sie zurückkam, wartete er im Flur, als habe er ihren Spott nicht gehört, und putzte seine beschlagene Brille.

Sie habe den Herd ausschalten müssen.

»Du kochst?«

»Marmelade.«

Seine unbewehrten Augen lächelten sie an. »Bekomm ich was ab?«

Er trug ein Halstuch wie immer, dunkle Hose, weißes Hemd. Seine Schultern waren schmal – er hatte sich vor ihr zu seiner Aktentasche gebückt, um das Handy wegzustecken. Sie sah den sorgsam gefalteten Talar zwischen Papieren und einem abgegriffenen Lederetui und hängte Peters Mantel auf.

»Hast du Steine in den Taschen?«

»Sorgen.«

Sie zog den Bauch ein und presste die Arme seitlich an die Wand, um ihn an sich vorbeizulassen. Was nicht nötig gewesen wäre, es gab genug Platz im Flur.

Er warf sich auf die Mitte des kleinen Sofas in ihrem Arbeitszimmer, trank von dem Kräutertee, den sie ihm eingeschenkt hatte, und schnaubte: »Pah.«

Zwei Falten zwischen Nase und Mund. Das schmaler gewordene Gesicht.

»Krankenhaus«, zischte er, er gehe da nicht gern hin, er gehe da dauernd hin, gehe da dauernd ungern hin, immer dasselbe, die Leute halb tot, fast ganz tot, an den Notschläuchen, mehr tot als lebendig, und?

Kurz schaute er sie an: Leisteten sich einen wie ihn. Befahlen ihn herbei.

Künstliche Hüftgelenke, an der Blutmaschine, zuckerkrank,

alkoholabhängig, Arm weg, Fuß offen, Fettleber, Schrumpf-
niere, Krebs – und – woran dächten sie?

Nur an sich selbst.

»Bist du deswegen da?«

Peter ruckte ein wenig mit dem Hals, sie verstand plötzlich,
dass er es aus Verlegenheit tat. Leider schellte es erneut an der
Tür. Diesmal entschuldigte Harriet sich, bevor sie ging: Es
musste das Paket für Ashley sein. Peter rief ihr noch etwas
hinterher, es klang wie »exakt« und »Egoisten« oder wie »Lie-
besegoisten«, aber dieses Wort stammte vielleicht doch von
später, von ihr.

Es war Ashleys Sohn.

Er federte ins Zimmer, bestens gelaunt (eine Vier in
Französisch), und streckte die Hand aus: »Sie sind also der
Pfarrer.«

Seine Hosenbeine schleiften am Boden, der Hintern glich
einem Kängurusack. Der Junge nahm den Sessel, Harriet
musste auf die Couch zu Peter, sie achtete auf den richtigen
Abstand.

»Was wollen Sie hier?«, fragte Ben. »Jungs wie dir Rede und
Antwort stehen.« »Sehr gut«, lächelte Ben. »Ich war dabei,
das wissen Sie. Und ich kann Ihnen sagen: Ihre Frau ist un-
vorsichtig gefahren. Völlig verträumt. Oder sonst wie wegge-
treten. Nimmt die was?«

Jet traute ihren Ohren nicht.

Peter zögerte. »Sie trinkt manchmal. Wie kommst du darauf?«

»Männliche Intuition.«

»Aber nicht morgens, nicht um diese Uhrzeit, da kannst du
sicher sein.«

Ben machte eine Pause, Jet sah, dass er es mit Absicht tat. »Sie auch. Da können Sie Gift drauf nehmen: Mein Vater und ich, wir waren zu zweit im Auto, keiner sonst, keine sonst.«

Er stand auf, streckte erneut die Hand aus und grinste, als komme er gerade von einer höchst erfolgreichen Show. Selbst ausgedacht. Er ging. Sein Gesicht sah ganz und gar erwachsen aus.

Also doch, dachte Harriet. Gab es nun eine dritte Person im Wagen? Ben war eingeweiht in ihre Existenz oder zumindest ihre mögliche Existenz und allemal in die Geschichte der Plastiktüte. Ben mit den kleinen Autos im Regal und der Unterhosensammlung unterm Bett.

Peter: »Was war denn das?«

Mit gewaltsam frohem Ton: »Dabei ist er gar nicht der deine!«

Was sollte sie sagen. Petergeruch. Leichter gegrillter Zusatz. Er musste etwas Fettiges gegessen haben. Weil sie immer noch nicht wusste, was sie sagen sollte, und auch Peter ratlos dasaß, die Hände im Schoß, sagte sie: »Ash ist in London.« Ihr Computer tuckerte, als habe wenigstens er sozialen Verstand und wolle beruhigendes Murmeln beisteuern. Der Himmel hing wolkenlos im Fenster, eine glatte, gelbliche, schwebende Feuchtigkeit; es regnete nicht mehr.

»Fährst du noch Motorrad?« Das war sehr leise gewesen. Sie sah an seinen Augen, dass er es gehört hatte.

Er schaute weg, auf seine Tasse. »Hab das alles ich getrunken?«

Sie nickte. Seine Finger auf dem Porzellan. Sie hätte ihn gern berührt.

»Gut«, sagte er, lehnte sich ins Sofa zurück und drückte den braunlockigen Kopf gegen die Wand. Ein erschöpfter Zug erschien um Nase und Wangen. Es sei unmöglich. Der Verstand erkenne das klar. Der Liebesverstand.

Er sah sie an, aber sie wollte ihn gar nicht unterbrechen.

Den gebe es. Etwa bei Buber. Wenn zwei sich mochten, waren mindestens vier beteiligt, oder gar acht.

»Ach ja?«

Ungeduldig: »Ich, meine Vorstellung von mir, meine Vorstellung in mir von dir, meine Vorstellung von mir in dir, also davon, wie du dir mich vorstellst« – Atmen –, »dann du, deine Vorstellung von dir, deine Vorstellung in dir von mir, deine Vorstellung …«

»… von dir, in mir«, ergänzte sie.

»Ich meine«, setzte Harriet an, »hups«, ihre Serviette war zu Boden geglitten, sie hob sie auf – »… ich …, das …, das ist doch immer … so.«

Er, nach vorn gebeugt: »Täuschung. Mumpitz. Humbug.«

»Nein.«

»Doch.«

»Nein.«

»Doch.«

Sie waren immer leiser geworden.

Harriet kratzte den letzten Rest Erinnerung an den frühen Religionsunterricht zusammen. »Die Bibel verzeiht.«

Er, seufzend: »Erst, wenn es passiert ist.«

Jet machte mit dem Kopf eine harsche Bewegung: Ihr Verhältnis zu Ashley gehe ihn nichts an. Zudem sei sie nicht verheiratet.

Leise, von der anderen Seite: »Aber ich.«

Der Computer summte auf, schaltete sich ab. Harriet lachte, es klang härter als gewollt: »Sag bloß, du warst ihr all die Jahre hindurch treu.«

Kein Wort glaube sie. Sie erinnere sich an Charlotten, Camillas und Matratzensorgen.

Gezielter Blick in seine goldbraunen Augen. »Ich kenne dich.«

Jetzt lächelte sie.

Peter blinzelte. Schwierigkeiten gebe es schon genug. Seine Gemeinde. Die Zahlen. Die Buchführung. Sie habe sich Birkeneder ja angesehen. Ihr Verhältnis zu Ashley gehe ihn nichts an. Aber er, Pfarrer, Ehemann. Ja, die alten Kategorien.

Er senkte den Blick, sah sie erneut an: Das werde alles wiederkommen, als Wert, sie werde schon sehen, das ...

Er schluckte: Müsse er noch mehr erklären? Er habe sich ...

»Du schluckst ja«, sagte er zu ihr.

Vertraulich, die trockenen Lippen aufeinandergepresst: »Versteh, bitte. Mädchen« – und hob die Hand.

Sie fror und sog doch seine Nähe ein. Peter schien es zu spüren, musterte sie mit einem seltsam weichen und zugleich verletzten Ausdruck und sagte, indem er aufstand: »Kurzum, Dinos fliegen nicht.«

Sie stöhnte: »Fang nicht damit an ...«, rief: »Willst du schon gehen?«, und noch bevor er antworten konnte, sagte sie bitter: »Warum kommst du überhaupt, wenn du so schlechter Laune bist?«

Laut atmete er ein: Sie stelle Fragen, vermutlich würde sie noch fragen, ob es brenne, wenn die Flammen schon zum Dach hinausschlugen. Zudem: Er sei keineswegs schlecht gelaunt, schon gar nicht erscheine er mit schlechter Laune, im Gegenteil, wenn überhaupt, bekomme er sie bei ihr, »weil, weil ich hier bin, du dummes Heu!«

Sie hörte, dass er im Flur seinen Mantel vom Haken nahm. Bestimmt war sie bleich, jedenfalls innen, weiß wie eine Wand, nach außen hatte sie wenigstens noch eine Stimme, die rief ihm nach, »was?«, tiefer als sonst, die Wohnungstür schlug.

Sie blieb sitzen, das Blut war ihr in die Füße gesackt, Regentropfen schlugen auf den Balkon. In Gedanken hörte sie Peter wieder reden, hörte sein »weil« – und begriff.

Da rannte er davon, der dumme Mann. Und sie, das ebenso dumme Heu? Hätte beinah die Segel gestrichen? »Weil.« Weil er bei ihr war. Weil er kam. Weil alles nichts half. Das Dach brannte – das wenigstens war jetzt klar.

Sie saß in der Küche, die Hände um seine kalte Tasse gelegt. Wie Landebahnen streckten sich die gebleichten Tücher vor Ruisdaels Häusern in die Wiesen, ihr Grün schimmerte unter akrobatischen Wolken, und Harriet hüpfte, obwohl sie still saß, innerlich hüpfte sie wie ihr Herz. Sie hätte es Ashley erzählen wollen, Ashley, wem sonst, mit Ash teilen wollen, was wenig verwunderlich ist, weil man zwei Menschen lieben kann, in zwei unterschiedlichen, aber gleichzeitigen Leben. Das kannte fast jeder, man sprach nur nicht darüber, es war nicht vorgesehen, nicht erwünscht, obwohl es dauernd passierte, und Harriet fühlte sich zufrieden, da, still auf dem Küchenstuhl. Sie schloss die Augen und umarmte die Lehne, die war Olvaeus vorm Fernsehturm, war Ashley, wie er abends in der Tür stand. Und die Liebe war eine Steckdose, am besten fasste man hinein. Sie küsste das kalte, glatte Holz.

»Was ist denn hier los?«

Mit dem Gesichtsausdruck »wieder wahnsinnigen Erwachsenen ausgeliefert« schlurfte Ben in die Küche.

Harriet sagte: »Ich übe fantasieren. Du kannst es ja schon.«

Unglaublich sei er, Ben, gewesen. So kenne sie ihn überhaupt nicht.

Er stand mit dem Rücken zu ihr vor der Spüle und suchte nach seiner Kakaotasse.

»Ich übe für die bar.«

»Was?«

Rechtsanwalt in England.

Jet sagte, Rechtsanwälte seien aber höflich. Ben drehte sich um und grinste, offensichtlich hatte er einen »coolen« Tag. Milch und Schokopulver, männlicher Hormonschub auf hundert.

Sie mache einen Vorschlag: Er erzähle ihr von der Plastiktüte im Citroën, und sie erzähle seinem Vater nichts von seinem unverschämten Auftritt.

Er trank, wobei er sein halbes Gesicht in der Tasse versteckte. Als er wieder auftauchte, versuchte er einen Gegenangriff. »Du hast meine Frage nicht beantwortet.«

Sie lachte: Daran könne der Jurist in ihm sich schon mal gewöhnen.

Tatsächlich schaute er erstaunt. Die Haut auf seiner Nase schuppte sich.

»Kennst du das Strategiebuch von Tan Daoji?«

Es gebe, sagte Jet, Raffinierteres, als eine Frage mit einer Frage zu beantworten. Etwa den Tiger vom Berg in die Ebene locken. Sehr schön auch: Die Zikade verhüllt ihr Gesicht.

Sie könne ihm das Buch leihen.

»Und«, sagte sie, »hör bloß mit der Bleichcreme auf deiner Nase auf! Und …«, sie machte eine Pause (der Schmetterling denkt an die Raupe zurück): »Erzähl deinem Vater, dass Olvaeus hier war. Sag es ihm ruhig!«

7

Drei Wochen später stellte die European Space Agency eine höchst ungewöhnliche Ausschreibung auf die Website, ein Angebot, das es seit zwanzig Jahren nicht mehr gegeben hatte. Ash besuchte für eine gute Woche den russischen Flugzeugbauer Suchoi in Komsomolsk, und Harriet schlief über Ulf Merbolds Flug ins All auf dem Sofa ein. Je älter sie wurde, umso weniger verstand sie »die Welt«. Sie wurde jetzt jeden Tag mächtig älter. Dem Gesetz des entgegengesetztesten Weges stand jenes des skifahrerischen Parallelschwungs zur Seite. Kaum achtete man auf etwas, kam einem dieses Etwas von überall entgegen. Kaum achtete man auf etwas, richtete die Welt sich auf dieses Etwas aus. Wenn sie gute Laune hatte.

Sie hatte gute Laune.

Flug ins All. Die wissenschaftlichen Ausführungen fand Harriet selbstverständlich dünn, umso schöner die Fotodetails: bleiche Astronauten nach Drehstuhltests, Essensstückchen samt Sauce vorm Gesicht eines verzweifelt schnappenden Kosmoskapitäns. Der Start belaste, schrieb Deutschlands berühmtester Astronaut, danach aber griffen fast wie auf der Erde die mächtigen Gesetze des Äußeren einfach durch die Fliegenden hindurch.

Die Gesetze des Äußeren waren Harriet aus der eigenen Arbeit vertraut: Allein in dem Rahmen, den sie vorgaben, allein dank dessen, was sie duldeten, machte man Experimente, kleine Experimente mit Dingen, mit Atomen (die keine Dinge waren) und immer mit sich, weil es nicht anders ging, weil der Mensch sich einmischte in den Stoff, den er berührte, weil er selbst nichts war als solcher Stoff.

Sie suchte nach einer Zigarette. Von Astronauten wurden Schnelligkeit, Stabilität, Stressresistenz, Gefühlsbeständigkeit, Teamfähigkeit, Intelligenz jeder Art und Bescheidenheit (dein Ersatzmann fliegt) verlangt. Dann: endlose Touren um die Erde, die helle und die dunkle Seite, Temperaturstürze von 252 Grad Celsius, wahnsinniges Strahlen. Maschinen flogen einen, Maschinen setzte man sich an die Haut, ans Gehirn. Der Mensch als Versuchshäschen im Raketenstall. Wer das auf sich nahm, musste an etwas glauben, das über ihn hinausging.

Sie lächelte. Hatte wirklich sie das eben gedacht? Der Gedanke tat ihr gut. In ihrem extraterrestrischen Institut kam der Kosmos nur »terrestrisch« vor: heruntergerechnet, zurechtgestutzt.

Hinauffliegen? Träumerin.

Sie beschloss, nicht zu rauchen, nahm ihre Decke und schaltete die Lichter aus. So zart würde die Erde vor der Dunkelheit hängen. Da schlierig, umfangen von einem aus Wolkenbändern gewebten Schleier, dort blinkend von Lichtern. Alle Berichte warnten: Die blaue Atmosphäre war dünn, die Erde ein embryonales Zellhäufchen im Kosmos, fast noch Ei, geschützt von fast nichts.

Wie klein man wäre. Ein Säckchen Blut-Wärme-Nerven inmitten der kalten, unverständlichen »Natur«. Einer Natur ohne Sonne, nur voller Sonnen. Nun lag sie im Bett, streckte sich. Parallelschwung. Sie schlief jetzt hervorragend. Schlief gut ein, mit angenehmen Gedanken. Spürte der Schwere eines Körpers nach. Spürte die geheimnisvollste Kraft der Physik. Wenn man darauf achtete, konnte man sie immer fühlen. Das leichte Ziehen der Erde am Körper. Unsere Erdenblödigkeit, dachte Jet.

»Erdenblödigkeit.«

Das hatte sie von ihrer Träumerei.

Sie joggte jetzt fünf Mal die Woche. Man konnte eine »Own Zone« definieren und die Werte nach dem Laufen ins Netz eingeben: Altersskalen, Steigerungsraten, Fitnessgrad. Der Saltopus spannte sich kräftig, doch nicht seinetwegen trainierte sie. Der Pulsgürtel war neu.

Leider schüttete ihr Körper beim Laufen im Park weder Adrenalin noch Endorphine aus, das machte er nur bei wirklich schönen oder aufregenden Dingen – Abgase, Kondome, Hundedreck gehörten nicht dazu. Am schlimmsten allerdings fand Harriet die Rennsüchtigen rundum. Musik konnte sie nicht hören, weil sie so schwitzte, dass ihr die Stöpsel aus den Ohren rutschten. Ihr Mund schmeckte nach Eisen, ihre Gedanken zerflossen in ihrem überhitzten Hirn zu Brei.

Er enthielt Heu, Jet, Harriet. Er enthielt ihre Neugier, ihren Ehrgeiz, ihr Zahlenleben. Er enthielt ihre Unzufriedenheit im Institut, ihr Gefühl: Ich muss gehen. Er enthielt ihre Bequemlichkeit, die Eingerichtetheit, die Fühllosigkeit, die so praktisch gewesen war. Er enthielt eine Kapsel, in der Peter saß, und sie hatte sich geöffnet, was die anderen Planeten, die in diesem Brei schwebten, nicht störte, im Gegenteil, die Ellipsen der Bahnen verschärften sich, Anziehungen und Abstoßungen wurden deutlicher. Dazwischen rotierte eine dünne silberne Stange. Sie war sehr lang, aus härtestem Metall, und verband Harriet mit Peter. Sie hielt sie auf ihren Plätzen fest und verband sie doch, wie weit entfernt voneinander sie sich auch fanden. Harriet konnte es körperlich spüren, die Stange stützte sich auf ihre Herzgrube, dort erzeugte sie Druck. Er schwankte; manchmal wurde er zu einem silbernen zärtli-

chen Sirren, etwas ganz Leichtem, als könnten ihr und Peters
Herz wie zwei Schwärme kleiner Schmetterlinge ineinander-
flattern.

Das Bild war ihr peinlich. Aber sie dachte es ja nur für sich
selbst. Anlass gab es auch. Stellte sie sich die Schmetterlinge
als kleine Spinner vor, fand sie es akzeptabel. Sie hatte sich
noch nicht daran gewöhnt, so viel zu fühlen, normalerweise
schaute man es doch nur an, bei anderen, in Filmen und Zeit-
schriften und Agenturen und Blogs. Ihr aber summte der
Kopf, Affenliebe, Vorliebe, Zwischenliebe, sie lief, der Brei
blubberte und spuckte das Wort »Sparbuch« aus.

Peters Geld!

Seit einer Ewigkeit hatte sie nicht mehr daran gedacht.
Nach dem Examen war Peter in die Schweiz verschwunden.
Am Telefon erzählte Harriet ihm von Mirko (verliebt, hat ein
Mokick, wir fahren rum), Peter schickte Geld für einen Helm.
Mirko gab es nicht, mit Peter wollte sie fahren, sein Geld trug
sie gleich damals zur Bank.

Sie beschleunigte, Endspurt, wollte zuhause das Sparbuch
suchen; die Joggergruppe in RBB-Radioshirts überholte sie
mühelos.

Die Telefonzelle damals jeden Mittwochnachmittag, die
Wärme des Kleingelds in ihrer Hand. Peter erzählte, dass er
acht war, als sein Vater an einem Herzinfarkt starb. Dass er
jetzt Ski fahre. Die Schweiz sei sehr weiß, der Himmel blau, er
suche Predigtmaterial.

»Nimm doch den Himmel«, hatte Harriet sofort gesagt.
Er entstehe, weil das eintreffende Sonnenlicht den Luftmole-
külen der Erdatmosphäre einen Stoß versetze, die Elektronen
von ihrem Atomniveau auf ein anderes sprängen, ein kleiner
Lichtblitz freikomme.

Peter schimpfte (Gehopse!), erwähnte Leibniz und die beste aller möglichen Welten (Leibniz kannte Harriet nur als Keks); sie führte den Lateinlehrer ins Feld (Himmel sei das riesige, um die Menschheit geklappte einzige Blatt einer blauen Blume). Kowalski, Physik, sage dazu aber nur »virtuell«.

»Virtuell« stammte aus dem Zahlenraum. Ein Wort für etwas, das im Zahlenraum und seinen Wirkungen auf Menschen real war, im Übrigen ein Bild.

»Papperlapapp«, sagte Peter. »Der Himmel ist kein Bild. Und warum blau? Gib zu, dass deine ganze Physik nicht reicht, um das zu erklären!«

Papperlapapp, echote ihr rennender Kopf. Sie musste anhalten, das Zwerchfell stach. Natürlich reichte die Physik nicht. Naturwissenschaftler erzählten in Mengen und Kurven, rechneten Kommas und Stellen hinter den Kommas, erweiterten den Zahlenraum um seine Negation, die Negation der Negation und seine Fantastik, und die Wirklichkeit sickerte dem, was sie dachten, als dünnes Rinnsal hinterher. Es reichte nicht. Sie waren nicht dumm, sie wussten, wie fiktiv war, nein, sein musste, was sie taten.

Da trafen sie sich. Peter und sie. Da stimmten sie überein. Hätte sie gedacht.

Die RBB-Jogger zogen an ihr vorbei. Einige grinsten.

Früher hätte sie sich darüber geärgert.

Jetzt stand sie still. Sah den Park. Man hatte frisch die Blätter von den Wegen gekehrt, die Bäume lebten ohne Laub, ganz Struktur. Zahlen kreiselten in ruhigen Bögen um Harriet. Sie war verschwitzt, fühlte sich schön. Peter und sie trafen sich inzwischen auch anders, wohl wahr.

IV Das Märchen

Die Locken unter einem Helm verborgen, ein Tuch gegen den kalten Wind um den Nacken, fuhr er, obwohl er wusste, dass der Weg nicht ungefährlich war, Tag um Tag mit Brot und Wein durch den Wald, um arme Menschen auf der anderen Seite der Stadt zu besuchen. Bei den Beschenkten hieß er »das Rotkäppchen«, weil man seinen zinnoberroten Motorroller von Weitem kommen sah, und »das«, da er neutral war wie ein Engel. Männer und Frauen verstand er, Alte und Kinder. Rotkäppchen kam immer durch.

Eines Morgens freilich sah die alte Frau, die Käppchen auf seiner Runde stets als Letzte versorgte, anders aus als sonst. Sie lag im Bett, machte Augen, so groß, als habe sie Tollkirschen gegessen, und groß waren auch ihre Zähne, als sie lachte. Vielleicht hatte sie noch nie gelacht für ihn, jetzt tat sie es, sprang mit einem Satz aus dem Bett und wollte ihn fressen. Er erschrak, ließ den wie immer von seiner Gattin gerichteten Korb mit den Speisen und dem wertvollen Geschirr fallen. Rotkäppchen zuckte sehr und schnappte nach Luft, und plötzlich hatte jemand ein Einsehen und die Geschichte ging anders weiter, als zu erwarten war.

Ja, es ist der Wolf. Er sieht zum Lachen und Erbarmen aus in seiner Verkleidung als Mütterchen, nimmt sein weißes Käppchen ab und sagt brav seinen Namen. Er ist stark und eifrig, aber seine Haare zittern, und die Augenbrauen sind wirbelig braun. Es ist ein geschmeidiger Wolf, der jetzt ordentlich auf allen vieren geht, kleiner als Rotkäppchen, es erreicht und sich anschmiegt, obwohl er verdammt nach Wolf riecht.

Und Käppchen?

Hat für einen Augenblick seinen Verstand beisammen, anders als in den Geschichten, die Mutter und Vater erzählen, nein, für dieses eine Mal hat es Körper und Herz auf dem rechten Fleck – es setzt sich zu der Wölfin auf den Boden und umarmt sie.

Oh weiches Wolfsfell. Oh sanfte Wolfszunge. Unendlicher Wolfsblick. Da sitzt Rotkäppchen, seine feine Kleidung ist ihm egal, und Wolf beginnt, langsam, Pfote um Pfote, Rotkäppchen auf den Schoß zu klettern. Nun zittern beide, denn das ist in der Geschichte zwischen Mensch und Tier noch nie geschehen, und die feste schwere Wölfin, eine ausgewachsene Wölfin, die sehr wohl weiß, was sie riskiert, setzt sich auf Käppchens Schoß, obwohl sie dort kaum Platz hat, und lehnt ihren langen Rücken an seine Brust. Die zwielichtigen, schwarzgrauen Augen blitzen, wie nur Tieraugen blitzen können, die Augen eines Raubtieres, das flach atmet und einsaugt, was geschieht. Mit vollkommener Klarheit sieht sie den Wald, die winzigen Blütenstände der Moosflecken, die weit geöffneten Schuppen der Zapfen, die grünblauen, grauen und braunen, glatten und borkigen Stämme der Bäume. Ihre dunkel glänzende Nase, deren Nüstern geschnitten sind wie ein feines S, zuckt ohne Unterlass. Und welcher Mensch wüsste, was sie riecht.

Rotkäppchens Lider sind geschlossen. Wie es ihm geht? Es sitzt ganz still und ist kein Käppchen und kein Knäbchen mehr, sondern bei sich, ohne Gedanken, ohne Verwirrung, ohne Aber und Wenn.

Den Jäger gibt es nichtsdestotrotz.

Nichts-desto-trotz.

Er wird durch den Wald streifen, auf die Moose treten, den roten Motorroller stehen sehen; vielleicht riecht er den Braten auch. Gewehr und Schere, die sanftere und die andere Methode, hat er dabei.

Jetzt aber schnell: Sonst wird dem Wolf der Bauch mit Steinen gefüllt und er muss jämmerlich im Brunnen ertrinken.

Ob jemand eingreift? Den Wolf rettet? Oder ob es auch damit anders kommt: Der Wolf rudert vor romantischer Bergkulisse auf unsichtbaren Wellen davon?

Der dunkle Flur roch nach Äpfeln, leere Paletten stapelten sich an einer Wand. Erick forschte für drei Monate in Cerro Tololo. Ein Zimmer barg seine Sachen, das andere stand leer. Harriet hatte eine Matratze gekauft, bald roch die Wohnung nach Äpfeln und Peter. Ein kleiner CD-Spieler wartete neben dem Bett. Mittags sahen sie sich, offiziell ging Peter, wenn seine Besprechungen vorüber waren, Besuche machen oder in eine Bibliothek. Harriet bestellte die Gruppen, die sie durchs IEP führte, für den Vor- oder späten Nachmittag.

Das Märchen – entstand damals. Vielleicht mit einem anderen Ende. Das Nest war fremd, aber bequem; Pläne gab es nicht. Als Peter den Saltopus sah, lachte er, um ihn nicht erkennen zu müssen, aber dann erkannte er sich doch wieder in dem Tier, die bernsteinfarbenen Augen, das grüne Halstuch, und Harriet erzählte ihm, wie sie zu der Zeichnung gekommen war.

Peter saß neben ihr auf der Matratze. Unvermittelt legte er die Hände vors Gesicht.

Es war das einzige Mal, dass sie ihn weinen sah.

V

Dem Psychologen im Flug-Assessment-Center brachte sie ihre Diagnose gleich mit: frühe orale Fixierung, verstärkt durch Vaterverlust, Fixierung auf älteren Mann, Gefühl, die Erde habe ein Loch, also der Planet, etwas reiche darüber aber hinaus, eine Art Stachelkranz aus Zahlen. Mit fünfzehn Zigaretten als Ersatz.

»Ihre Mutter kommt nicht vor?«

Er war glatt rasiert, auch am Kopf. Große graue Augen, Stimme sanft. Seine Hände hätten zu einem Bauern gepasst.

Es fiel Harriet nicht schwer, über die Brüste ihrer Mutter zu sprechen. »Hippiemutter« Karolin – Harriet hatte viel, vielleicht zu viel Brust gesehen. Ja, sie saugte gern, aber nur freiwillig. Das war nicht weiter auffällig. Man hätte sie etwas zeichnen lassen können. Für zwei Stunden nach der Sitzung rührte sie keine Zigarette an. Was sie dadurch versäumte, holte sie am Abend rasend schnell wieder auf. Fragebogen der Raumfahrtzentrale: Können Sie sich vorstellen, fünf Monate ohne Sex zu leben? Wie gehen Sie mit den entstehenden Spannungen um?

Die hatten Probleme.

Sie suchte eine Heilpraktikerin auf; die Praxis arbeitete mit Elektroimpulsen, die auf die Akupunkturmeridiane gesetzt wurden, suchte Parasiten im Körper. Verschiedene Verfahren wurden kombiniert, ein geniales phobisches System – es berührte das Rauchen überhaupt nicht, verbesserte aber alle Körperwerte Harriets. Es waren allerdings fast nur Werte, die allein in dieser Praxis gemessen wurden. Harriets Stimmung stieg dennoch: Sie rauchte und hatte zum ersten Mal kein schlechtes Gewissen. Das hatte sie nun, wenn sie Bananen aß (weltweit von Schimmel befallen) oder Teebeutel verwendete (Lösungsmittel). Sie schluckte Wurmtabletten und stand an vorderster medizinischer Front. Manchmal rauchte sie tatsächlich weniger, weil sie auf so viele Einnahmen achten musste, dass sie darüber ihren Vorsatz, weniger zu rauchen, vergaß. Mit gutem Gefühl bezahlte Harriet die hohe Endrechnung, und die tatsächlich bucklige, alte Ärztin sagte, dass Rauchen längst nicht so schädlich sei wie heutzutage behauptet; Essen sei viel schädlicher, wer rauche, esse aber weniger, lebe also gesünder.

Sie rauchte gerade, als ein dicker Umschlag der ESA kam. Schickte man die Bewerbungsunterlagen zurück? Normalerweise lief alles digital. Im Kuvert steckten Kopien ihrer Gesundheitsdaten, insbesondere des Pilotenattestes, und ein Anschreiben, das gratulierte und von »visual perception speed« sprach. Weitere medizinische Tests Anfang des kommenden Jahres, auch invasiv. »Rechnen Sie mit fünf Tagen.« Sie bedankte sich umgehend und bekundete ihre Bereitschaft, alles zu geben, alles zu tun.

Dann dachte sie über »alles« nach. Eine Viertelstunde später rief sie in einer österreichischen Raucher-Entzugsklinik an und ließ sich für die Weihnachtswoche eintragen. Die Weihnachtswoche war bereits stark ausgebucht, offensichtlich wollten viele Menschen einem Familienweihnachten entfliehen. Harriet hatte sich für das Vorarlberger Haus mit dem Motto »Luft macht fröhlich« entschieden, weil es hervorragende Trainingsmöglichkeiten bot. Sogar ein Sportraum mit Höhenluft war eingerichtet, die Gerätearbeit hier verbesserte den Sauerstoffanteil im Blut signifikant. Harriet beschloss, dass ihr das guttun würde. Es tat ihr jetzt schon gut. Für eineinhalb Stunden hatte sie weder geraucht noch an Pi gedacht.

1

Sie schaukelten auf und ab, ihm wurde schlecht, wenn er es nur sah, auch der Auferstandene hatte ihm immer leidgetan, zumindest in den Bebilderungen, ein eben doch ungewisses Schweben und wieder Niederfahren, denken durfte er das, denken durfte man viel, und darin, was man glaubte, blieb man auch allein. Die Figuren vor ihm hingegen wechselten im Stundentakt, während Videoclips über die von den Decken hängenden übergroßen Bildschirme flogen, und er selbst hätte mitlaufen und schwitzen sollen, so Dr. Sandfuchs bei jeder Messung der Blutwerte. Allmählich hatte er Angst, das nächste Baumblatt auf dem Gehweg werde, kaum trete er darauf, einen mahnenden Aerobicsong spielen. Wie die Karten, die er gern von Gemeindemitgliedern bekam; öffnete er sie, klimperten ein paar schreckliche Töne *Stille Nacht* hervor, oder *Macht hoch die Tür, die Tor macht weit*.

Weihnachten war vorbei, Gott sei Dank! Da war, einmal im Jahr, ein »Gott sei Dank« erlaubt. Gottesdienst, Gottesdienst, Gottesdienst. Die Menge an Arbeit vertrieb jede Gefühligkeit. An Kerzen sah er, ob sie funktionierten, an Christbäumen, ob

sie umzukippen drohten. Als Peter die Haustür endlich aufbe-
kam – im Winter klemmte sie ständig –, schoss der Kater, der
offensichtlich im Busch neben der Tür gewartet hatte, wie ein
Blitz noch vor ihm ins Warme. Der Flur war kalt und schwarz.
Peter rief nach Maria. Keine Antwort.

Im Wohnzimmer auf dem Klavierstuhl fand er sie: runder
Hinterkopf, stummer Rücken. Sie saß im Dunkeln, nur aus
dem Flur fiel etwas Licht auf ihre Gestalt.

Maria, seine vertraute Maria.

Manchmal war sie ihm unerträglich in ihrem Phlegma.

Nichts gekocht, nichts eingekauft, nichts aufgeräumt. Seit
Jahren lebten sie so, jetzt hatte sie den Unfall und seine Folgen
als Grund, er dachte aber »als Vorwand« – schämte sich des
Gedankens und eilte zu ihrer stummen Silhouette, getrieben
von jener übersteigerten Fürsorglichkeit, die sogenannte Affären wohl seit Urzeiten auslösten. Lange hatte er sie bei Paa-
ren beobachtet, die in die Sprechstunde kamen, jetzt wusste
er, wie es sich von innen anfühlte.

Sie saß da wie eine Figur aus einem Gemälde, den Kopf ge-
neigt, die Haare eng angelegt.

»Misi?«

Als er sie berührte, öffnete sie die Augen und hob sich ein
wenig an. Etwas so Laszives ging von dieser Bewegung aus,
dass er erschrak. Er beugte sich tiefer zu ihr hinab, doch sie
roch nur nach Tannenzweigen und Seife. Ein Auto fuhr am
Garten vorbei und der milchige Lichtkreis seiner Scheinwerfer wanderte durch den Raum. Marias Haar lag unter seiner
Hand; noch immer sprachen sie nicht. Es gab etwas Weiches,
Nachgiebiges in ihr, nach dem ihn verlangte, sie hatten noch
Sex, trotz all der Jahre, und es war in den letzten Wochen
nicht einmal weniger geworden. Fast versöhnt knipste er die

Lampe am Sofa an, drehte sich zu seiner Frau zurück und dachte es wieder: »Pferdegesicht.« Das Wort tat ihm weh, ständig tauchte es in letzter Zeit auf, ließ sich nicht verscheuchen. »Jetzt zieht sie wieder das Pferdegesicht.«

Nicht der fransig in die Stirn gekämmten Haare oder der Zähne wegen (die waren hübsch), sondern weil sie so traurig dreinsah wie ein Pferd, das mit weit gestrecktem Hals am Zaun wartet, nach Süßem verlangt und den Menschen mit dem Zucker fortgehen sieht.

Was konnte er tun.

Ein Heiliger war er nicht, war es nie gewesen. Musste es nicht sein.

Er stand neben ihr, streichelte ihre schwere Hand. Weihnachtsferien – den ganzen Tag hatte sie hier gesessen. Der Esstisch leer, der Kühlschrank ebenfalls, da brauchte er gar nicht erst nachzusehen. Nach einer Weile sagte er: »Hol ich uns eben was vom Kiosk.«

Es fiel ihm nicht so schwer. Den Mantel hatte er noch an. Als er im Hinausgehen über den Fernseher strich, knisterte der Bildschirm.

Peter musste eine Ewigkeit vor dem Laden im U-Bahnhof warten, seine Füße wurden kalt. Am Ende entschied er sich für eine Mozzarella-Spinat-Quiche und für ein Stück Salamipizza. Er hatte beobachtet, dass Fleisch Maria guttat, wenn sie so bewegungslos war.

Er biss sofort zu. Solange es heiß war. Aus Neugier probierte er auch Marias Stück. Sehr salzig. Harriet wollte nach Brüssel mit ihm.

Und er wollte es auch. Wenigstens das. Jetzt, wo sie nicht mehr sechzehn war.

Eine Stunde später lehnte er an der Wand seines Büros, direkt über dem Wohnzimmer, in dem Maria vermutlich wieder im Dunkeln saß, drehte die Lautstärke auf und wunderte sich, wie wenig das fettige Essen diesmal im Magen drückte. Orpheus' *Quel nouveau ciel pare les lieux*, gesungen im Hades zwischen den glücklichen Schatten, floss ihm über die Kopfhörer ohne Umweg ins Gehirn.

Sie hatte also wieder eine ihrer »Phasen«. »Phase« nannte sie selbst es. Mit dem Besuch der Mowlls hatte es das letzte Mal begonnen, Maria hatte noch am selben Abend im Bett »blöde Maulwürfe« geflüstert und sich stark an ihn gedrückt. »Alles aufgraben«, hatte sie später gesagt, »dabei blind sein.« Peter hatte gewusst, was sie meinte, wie er wusste, was es hieß, wenn sie von ihrem »Amigo« sprach. Wochenlang blieb sie trocken, dann fand er Flaschen im Putzschrank, schlecht versteckt, oder unter dem bösen Joseph, so nannten sie die Treppe in den ersten Stock, weil sie so steif war und man sich ständig daran stieß.

Beim Essen hatte sie nicht angeheitert gewirkt, sondern zielsicher gespottet. Wie gehorsam tagein, tagaus im Fernsehen das Loveprogramm gelehrt werde. Familiensoaps, Gerichtssoaps, die Sendung mit der Maus. Ob er das Loveprogramm kenne? Ob er seine Gemeinde nun auch darin unterweise?

Er konzentrierte sich auf seinen Teller.

Sie zählte die beliebtesten Schlafzimmernamen der Deutschen auf: Psychohuhn. Schatz Zwei. Endorphinchen. Bauchi. Dröhni. Pechvogel. Schnullerbacke. Wanze. Himmelfahrt.

»Peter!«

Er war zusammengezuckt.

Sie kicherte. Am Morgen sei wieder ein Schulheft ins Spülbecken geschwebt. Sie habe es sofort herausgefischt, sozusagen noch im Flug, dummerweise habe es bereits getroffen. Getrieft. Na ja, getropft.

Glucksen: »Hat mich – aufs Schönste – an dich vor ein paar Tagen erinnert!«

Wie er sie Anfang der Woche, als sie verspätet nach Hause gekommen war, beschimpft hatte. Dabei sei sie nüchtern gewesen. Nüchtern, dass es knisterte. Schließlich sei sie von einem Elternabend gekommen. Und er – ekelhaft zu ihr. Nur weil er sich einmal beeilt hatte, pünktlich im Pfarrhaus zu sein. Böse geschaut habe er, wie ein … ein Pavian! Und gut gerochen, frisch geduscht. Dabei dusche er doch nur morgens. So gut gerochen. So frisch. Und so feucht hinter den Ohren.

Sie hatte eine Pause gemacht und gesagt, er solle verschwinden. Diese Weihnachtsferien hießen »Marias Sendepause«. In der Küche. Im Bett.

Als er aus dem Zimmer gegangen war, wie sie verlangt hatte, hatte sie ihm noch nachgerufen: dies sei eine Klimax gewesen.

Er ärgerte sich und setzte sich an den Schreibtisch. Ärger war schlecht. Dabei hatte er sein Herz die Adventswochen hindurch so gut wie nicht gespürt. 150 zu 95 – für ihn war das gut. So gefielen ihm Zahlen, und jene, die er auf der Website sah, gefielen ihm fast noch mehr: 1190 RC8.

»Lustobjekt, spontan, beherzt, knallt wie angestochen die Drehzahlleiter hoch.« Klasse der Supersportler von KTM. Drehzahl 10 000/min, Drehmoment 120 Nm. Schwarz-weiß, fast wie seine alte Maschine.

Traute er sich das noch zu? Manchmal, wenn Harriet ihn umarmte, staunte er, wie kräftig sie war im Vergleich zu ihm.

Sie trieb Sport und hatte sich mit Sandfuchs verbündet, obwohl sie von Sandfuchs nichts wusste. Sie wollte, dass er ebenfalls trainierte. Er spürte ihre Muskeln aber oft genug als eine Panzerung, als solle da kein Durchdringen sein. Und vorne dann ihre weichen Brüste, so voll und weiblich, das warf ihn fast um. Geschmeichelt war er auch, das konnte er sich eingestehen. Was sie wohl an ihm fand?

Er war genial, gewiss.

Vor allem: gewesen. Haha. Und jetzt der Doktor mit seinem »Etagenwechsel« von der Nase in die Lunge. Dass er nicht lachte. Wie lange nahm er die Allergie- und Asthmamittel schon? Vierzig Jahre und mehr. »Etagenwechsel.« Wenn es darum ging, musste er irgendwann mal ein Hochhaus gewesen sein.

Im Netz gab es eine Gebrauchte für 12 980 Euro. Er markierte das Angebot, surfte weiter, fand nichts oder nicht viel, schaute Nachrichten (langweilig), wechselte zur Landeskirche und druckte den Reiseantrag aus. Ein Pfarrer durfte sich unabgemeldet höchstens 24 Stunden von der Gemeinde entfernen. Das wisse sie doch, hatte er Harriet vorgehalten. Aber sie – nach Brüssel. Damals, als sie sich am Fernsehturm begegneten, sei sie auf dem Weg dorthin gewesen. Dorthin habe sie ausreißen wollen. Und die Stadt nie erreicht.

»Und warum sollten wir fahren?«

»Weil ich dich bitte.«

Sie sah ihn an.

»Weil ich dich …«

Und leise, vertraulich, die Augenbrauen hochziehend, die trocknen Lippen kräuselnd, hatte sie ihm mit leichter Ironie, einer Spur Überheblichkeit, nicht ohne Zärtlichkeit, ins Gesicht gelacht: »Weil ich dir was beichten muss!«

Er dachte: Jetzt kommt's. Ein wenig komisch eingeleitet, aber jetzt kommt's. Die drei Worte. Er wusste nicht, ob er sich freuen oder davor fürchten sollte. Er bemerkte, dass er sich bereits freute.

Sie sagte: »Mirko, Mokick, fünfzig Mark.«

Er konnte sich nicht helfen und musste lachen.

Nachdem sie alles erzählt hatte, sagte er: »Ich habe zwar kein Motorrad mehr, aber vielleicht sollten wir Helme kaufen!«

Sie hob die Augenbrauen: »Ich dachte, du willst auf keinen Fall mehr fahren?«

Einen Helm hätte er manchmal gern aufgesetzt. Gegen alles.

»Gegen Steinschlag, zum Beispiel«, murmelte er.

Wie dumm. Manchmal war er ein Bibelautomat.

Was Hänschen lernt, vergaß der arme Hans nimmermehr. *Ich werde ihm einen weißen Stein geben und, auf den Stein geschrieben, einen neuen Namen.*

»Fehlt dir was?«, fragte Harriet.

»Nicht im Geringsten.«

Er hatte begonnen, sich die Socken überzustreifen. Die kleinen Lügen – ein Segen eigener Art. Und die größeren erst. Harriet lag auf der Seite, Ellbogen aufgestützt, unangezündete Zigarette in der Hand. Auch angezogen viel zu hübsch. Manchmal war er jetzt eifersüchtig, hätte sie am liebsten gar nicht auf die Straße gelassen. Als könne er mit ihr aufsaugen, was verpasst war. Das Mädchen mit den Haarwirbeln und den Zahlen in den Augen erkannte er noch in ihr. Verwuschelt und ungeschminkt. Wie jetzt.

Sie hatte gesagt, sie wolle wenigstens einmal eine ganze Nacht mit ihm verbringen, sonst werde er ihr nie real.

Er zog noch einmal an seinem linken Strumpf, obwohl der bereits perfekt saß. »Liebst du mich?«

Sie schaute ihn an, als wäre er der letzte Idiot. War er ja auch.

Sogar den zweiten Vornamen musste er auf dem Reiseformular eintragen. In der Familie Olvaeus waren seit 1873 nur mehr Knaben zur Welt gekommen, sie alle hießen Rudolf, weil Rudolf zu dem ungewöhnlichen Nachnamen passte, einzig Lucien hieß nirgends mehr »Rudolf«; Peter selbst war ein Rudolf an der zweiten Namensstelle. Unvermittelt sah er sich wackelnd als Zweijährigen zwischen den Eltern, links und rechts an ihren Händen in die Höhe gezogen, ein kleines Olvaeus-Rudolf-Rudel unterwegs durch die 50er in lodengrünen Mänteln und beigen Gummistiefeln.

Und so sollte das Leben weitergegangen sein? Kein einziger Sprung barfuß in eine Pfütze, immer die lodengrüne Krempe auf dem Kopf gegen Erkältungen, gegen Wärme, gegen Licht, gegen gegen …? Ein ganzes Leben aufrecht und beschützt, auf dem richtigen Pfad.

Er unterschrieb, nahm die Kopfhörer ab und öffnete das Fenster. Noch immer schwangen gegenüber Leute auf Crosstrainern auf und ab. Etagenwechsel! Die frische Winterluft tat »unserem stursten Patienten« ganz ohne Sport gut, und als er sich aus dem Fenster beugte, entdeckte er, dass im Wohnzimmer Licht brannte. Auch Maria musste es besser gehen.

Er atmete tief ein und aus, starrte auf die Kopfhörer und die Briefmarke in seiner Hand. Meist saugte sein Blick sich kurz vor einem Asthmaanfall an Winzigem fest, jede Bewegung wurde schmaler, die Welt baute sich klein und schneidend vor den Augen auf. *Ich werde deine Säume aufdecken bis über dein Gesicht.*

Er tastete nach dem Spray, doch die Beengung in den Adern löste sich von selbst.

Still war es jetzt. Die Luft roch ein wenig nach Schnee. Mit sieben hatte er einen Gott gehabt wie einen Kaugummispender! Gebet rein, Trost raus. Man kaute und war zufrieden. Lange noch war ihm Gott als Schöpfer fühlbar gewesen, über Jahre hatte er innerlich gewusst, dass Gott in seinen Händen hielt, was auch immer geschah, dass er es umfasste wie ein Gefäß, größer als der Himmel, weiter als das All.

Die Kirche hatte ihn gerettet. Nach dem frühen Tod seines Vaters fingen die Jugendgruppe ihn auf, die Studienfahrten und Zeltlager, Pfarrer Morkatsch.

Die Frauen dann. Die auch.

Im Studium hieß es, Gott fehle wohl manchmal, werde aber kommen. Bereit müsse man sein, ein Pfeil auf der Sehne, der darauf warte, losgelassen zu werden. Peter hatte gewartet. War er Pfarrer, weil er Romantiker war? Es hatte etwas Romantisches, so zu leben – und wenigstens zu versuchen zu glauben. Der Gott in ihm aber schien anderer Meinung: Er verwandelte sich in ein Wesen im Zustand rückwärtiger Beschleunigung. Kleiner und kleiner wurde er, als wolle er alles widerlegen (alles? was?), und eines Morgens beim Aufwachen neben Maria hatte Peter schlagartig gewusst, dass dieser Gott verschwunden war.

Er arbeitete: deutete Lehren und Regeln, Geschichten, Bilder, Glauben und Angst, den Teufel und die Rettung, das Heil. Es war anstrengend, er verlor sich dabei. Harriet zeigte ihm nun, wie voll der Himmel hing. Gerade das Schwärzeste durfte das Dichteste und Unbegreiflichste sein. Solange sie sprach, solange sie da war und ihn anschaute mit ihren runden Zahlenaugen, stimmte es. Und dann war der Himmel wieder leer.

Peter nahm das CD-Booklet zur Hand, setzte die Kopfhörer auf und hörte den Schluss. Fremde Fehler bemerkte man gern und schnell: auch Gluck hatte für seine Oper das Ende geschönt. Gerettet saßen Orpheus und Eurydike auf einer blühenden Wiese, Sonne auf dem Kopf. Unten hingegen war Persephone von Neuem allein, nur der verliebte Hades hing ihr am Rock. Ob der Kerl dann auch ein wenig nach Moschus roch? Ob der sein Herz schlagen fühlte?

Zum Teufel mit der Kardiologie!

Peter lächelte über seinen Gedanken. Am besten waren die Witze, die man ganz für sich selbst machte. Hatte er sein Blutdruckmittel für den Abend schon genommen? Letzte Woche hatte Harriet zugesehen, wie er es schluckte, aber nicht nachgefragt. Manchmal freute ihn, dass sie nichts wusste: keine heimlich mitleidigen Blicke, keine übertriebene Rücksicht. Dann wieder wunderte er sich, dass sie es nicht merkte. Sie wollte wohl nicht. Oder machte sich auch darin der Altersunterschied bemerkbar? Der zoomte: war riesengroß, dann wieder klein wie eine Falte, je nach Umgebung, mal unüberwindlich – drehte Peter sich um, sah er Harriets Jugend überall –, dann, unvermittelt, blieb er für Stunden oder Tage verschwunden. Er empfand dieses Auf und Ab stärker als Harriet, es war vielleicht eines der Privilegien der Jüngeren, dafür blind zu sein.

Es gab wohl auch Privilegien des Alters, damit hatte er noch keine Erfahrungen gemacht. Über den Optimismus dieses Satzes lächelte er ebenfalls.

Er schaltete den Computer aus. Zum ersten Mal in seinem Leben wusste er, warum Orpheus sich, da alles gerettet schien, ja nur mehr wenige Schritte fehlten, nach Eurydike umwandte. Seit über zwanzig Jahren arbeitete Peter in der Seel-

sorge – mehrfach hatte er diese Bewegung bei anderen gesehen. Nun stand er selbst an ebendieser Stelle. Wo im Menschen
Gewinnen und Verlieren beginnen, ununterscheidbar ineinander überzugehen.

Die Musselinvorhänge, die Maria zuzog, wenn sie sich »lau«
fühlte, verdichteten den Eindruck, das Wohnzimmer der
Familie wirke anheimelnd nur um den Preis, darin einge-
schlossen zu sein. Gesenkten Gesichts, die Arme verschränkt,
saß sie am Esstisch, vor sich eine Flasche Bionade.

Wie lustig: Eben habe sie mit Ashley Mowll telefoniert,
und nun sei Peter gekommen, um mit ihr über Mowll & Co
zu reden.

Während er sprach, betrachtete sie die Riemen ihrer Sandalen. Peter bemerkte, dass die Schuhe neu waren. Also hatte
Maria das Haus doch verlassen!

Das überraschte ihn fast mehr als der Umstand, dass sie
nicht wirklich überrascht davon schien, was er ihr sagte.

Etwas schien leicht geworden zu sein, zwischen ihnen. Zu
leicht.

2

Wellenrändern gleich trieben Pulversäume über den milch-
rauchigen Himmel, für Sekunden hingen Quallen in allen
Farben still zwischen den Wolken, wuchsen, fächerten sich
in leuchtende Arme, sanken leuchtend herab. Als Schleier
lilablauer und golden vergehender Funkenstreifen rieselte
ihre Glut in Gebäude und schien zugleich in einem anderen

Feuerregen, bunt und windzerzaust, neu zu erstehen. Blitze in den Dunkelzellen der Pupillen, rhythmisches Feuern alkohol-ummäntelter Synapsen. Was nicht verglühte, fiel brennend herab.

Jet lief voraus, bewehrt mit Rucksack (Partyschuhe) und Handtasche (Geldbörse, Handy, Kreditkarte, drei Lippen-stifte, Kondome, Memorystick, Autoschlüssel, Aspirin, In-stitutsschlüssel, Reserveunterhose, Reisepass, Zahnbürste). Passanten wurden gezielt mit Böllern beschossen, das hatte Tradition; spielwütig und aggressiv drehte die Stadt sich um sich selbst und versuchte, sich in den Schwanz zu beißen. Harriet spürte, wie das Ding auf dem Wulst ihres Rucksacks landete, hektisch versuchte sie, die Arme aus den Trägern zu ziehen, rief: »Hilf mir doch«, doch Ash lachte nur und über-holte sie.

Zehn Minuten später ließ sie sich keuchend in den Citroën fallen. Nach Rotwein, zwei Gläsern Sekt, pappigem Silvester-kuss von Ash, SMS an Erick, Gedanken an Peter, hatte dieser letzte Spurt ihr noch gefehlt. Ash saß bereits – hinterm Steuer. Er roch nach Bier und Schnaps. Er grinste noch immer. Er fuhr wieder!

Sie verkniff sich einen Kommentar.

Und wie er fuhr.

Am Adlon flogen sie fast aus der Kurve. Eine Versammlung meterhoher, aus Eis geschlagener Skulpturen drohte einander in die schmelzenden Glieder zu sinken, der Pariser Platz schwamm, Alutüten, Konfetti und Wurstpellen stritten da-rum, wer trauriger aussah. Plötzlich hing ein glitzernd saphir-grüner Mauskopf schräg über der Windschutzscheibe, Har-riet schrie auf, Ashley hupte, als nütze es, und ließ den Wagen um die nächste Ecke schleudern.

Das und die Kälte machten Jet nüchtern.

Sie unterdrückte die naheliegende Bemerkung »solltest du nicht vorsichtiger fahren?«, nein, sie amüsierte sich köstlich über Bekannte von der Party und glitt elegant zum nächsten Thema.

Er werde lachen, sie müsse nun auch einmal nach Brüssel. Zu einem Kongress, Ende Februar, EU-Gelder für das alte giftige Röntgenthema, obwohl seit ROSAT …

Ashley sagte: »Olvaeus fährt auch.«

»Oh«, machte Harriets Mund, das gab ihr eine Sekunde Zeit, »ich dachte, ein Pfarrer müsse immer in seiner Gemeinde …«, … »alles über 24 Stunden ist doch« … – sie schluckte. »Wer hat das gesagt?«

»Maria«, antwortete Ashley. »Ihr fahrt gleichzeitig, sagt sie.«

Harriet flüsterte: »Sie hat dir alles erzählt.«

Ash lachte auf. »Aha.«

Kurve.

»Hab ich's wieder falsch verstanden! Sie meinte also, ihr fahrt zusammen.«

Tischleuchte gedimmt, Musik aufgedreht: Mister I-know-what-I-do fläzte in der Couch und verlangte einen Drink. Harriet stand am Fenster, ein paar Männer ließen Raketen flach durch die Straße fliegen, spielend nahmen die zischenden Körper den Asphalt in Besitz. Jet drehte sich um: »Was Scharfes?«

Dorset-Lachen – so ein Mittelding zwischen Shanty und schnaubender Kuh: »Wie hättest du's denn gern?«

Schlechte Laune musste man sich leisten können. Jet war bester Laune, setzte sich in einen der alten Sessel und trank einen Obstler mit Ash. Er hatte es wohl längst gespürt. Seit Wochen verhielt er sich in der Wohnung wie ein Fremder. Fragte: »Haben wir eine Zitronenpresse?« oder: »Darf ich den Emmentaler aufessen«, als gehöre aller Käse inzwischen Jet allein. Vielen Dank.

Er reiste und schlief immer öfter im Wohnzimmer, das Bettzeug durfte allerdings Jet besorgen. Ihr Mann schien eine neuartige Sorte Hotel bezogen zu haben; noch eigenartiger fand Harriet nur, dass auch sie das Gefühl hatte, zuhause in einem Hotel zu wohnen. Bei Peter und Maria lief es – besser. Fast zwei Jahrzehnte hatte das Paar neben dem Kinderzimmer verbracht, aber als Harriet darüber spotten wollte, triumphierte Peter, es war, als rückten seine Augen ein wenig auseinander. Offensichtlich erinnerte er sich an etwas wirklich Angenehmes, Harriet hatte lieber nicht weiter nachgefragt, sondern ihm den Mund mit einem großen Bissen ihres Kuchens gestopft, sie hatten in einem Café gesessen, neidisch hatte der Asthmatiker auf Harriets Cappuccino geschaut, weil er keinen trinken durfte, »vorbeugend«, hatte er gesagt.

Für Vorbeugung war es bei Ash zu spät.

Er schlürfte den letzten Schluck aus seinem Glas und sagte: »Elisabeth.«

Er hatte sich bemüht, es französisch auszusprechen. Es war ihm gelungen.

Jet sah String-Rosa.

Die kenne er schon länger.

Englischer Schenkelklopfer.

»Jedes Mal in Brüssel!«

Sie saß ihm gegenüber. Auf der Sesselkante. Die Beine aneinandergepresst. Als sitze sie in einem Bewerbungsgespräch.

Grotesk! Dabei wusste sie nicht einmal, ob sie aufatmen sollte oder traurig werden.

Halt, traurig war sie schon.

»Confiserie Elisabeth, am Grote Markt«, sagte Ash. Die werde sie finden, auch wenn sie wenig Zeit habe, es sei ja ein Kongress.

Er wollte gar nicht mehr aufhören zu lachen. Kaum hatte er sich beruhigt, bestellte er ein Pfund Nussschokolade. Die bittere. Den Bruch.

Lachte, »den Bruch!«, und ging aufs Klo.

Mechanisch zog »his woman, not wife« sich aus. Die Winterluft, die zur Balkontür hereindrang, roch stark nach jenem Mix aus Pulver, Sektrülpsern und Erbrochenem, der unfehlbar ein neues Jahr einleitete. Alles wie immer: Die sogenannte Liebe zerrte Menschen hinter sich her wie ein Hund Blechbüchsen, die man an seinen Schwanz gebunden hat. Schnell und schneller rennt das Tier, die Liebenden hängen fest, suchen die Liebe, doch die rennt ja voraus, und irgendwann wirft sie die Liebenden ab, dong, und immer erst den einen und dann den anderen, ding, und da kam Ashley zurück, und sie gingen, Ashley und Jet, in dasselbe Bett.

Wenn sie die Augen schloss, hatte sie in den letzten Wochen manchmal mit zwei Männern zugleich geschlafen. Jetzt sollte es wohl mit offenen Augen passieren. Ashley kniete über ihr, die Arme dicht neben ihren Kopf gestützt, sie konnte sich kaum bewegen. Er roch nach Alkohol und Zahnpasta, die wahrlich eklige Mischung, und lallte ihr seit Minuten Peter the Meter ins Gesicht, »ein Lull-latsch«, »Lull-latsch«, das Wort brachte Ash kaum über die Lippen. Er griff ihr ans Kinn, »hier ist noch ein Lolli für dich«, drängte ihr seinen Schwanz in den Mund. Es ging nicht gut, Ashley war zu betrunken, um noch irgendetwas in etwas zu stecken, nicht einmal mit einem Strohhalm hätte er in ein großes Fass getroffen, und das zweite Problem war, dass sein Schwanz sich verhielt wie ein aufgeweichter Strohhalm.

Sie nahm ihn in die Hand, da fiel er ganz in sich zusammen. Danach lagen sie jeder auf seiner Seite des vertrauten Bettes, Rücken an Rücken. Harriet atmete schlechte Gedanken aus und neue Luft für hoffentlich bessere Gedanken ein. Ash schnarchte bereits.

Es war noch dunkel, als sie davon erwachte, dass sie ihn wieder über sich spürte. Sie lag auf der Seite, die Beine angezogen wie oft im Schlaf, der Po rund. Gewaltsam schob er his stupid prick, der ihr riesig vorkam, viel größer als sonst, von hinten zwischen ihre trockenen Häute. Hatte er was genommen? Ash lallte noch immer, es klang wie »Muckemäuschen«, das habe Maria erzählt, »Dröhni«, »Wanze«, »Schatz Zwei«, Harriet hörte es nur undeutlich, denn er lag hinter ihr und sprach in ihren Nacken. Sie versuchte, sich seinem Griff zu entwinden, indem sie sich auf den Rücken drehte, aber ihr Mann hielt sie fest. Weil sie sich bewegt hatte, musste sie unten etwas weiter geöffnet sein, Ash jedenfalls stieß zu. Es rieb und brannte, sie schrie, er drückte ihr den Kopf ins Kissen und zwang mit der anderen Hand ihre Hüfte noch enger gegen die seine. Jede Bewegung tat ihr weh, ihm aber schien die trockene Enge besonders zu gefallen, schneller wurde er und härter und drückte auch ihren Oberkörper, Gesicht voran, tiefer in das Bettzeug. Stoff quoll Harriet in den Mund, Ashs Hand presste sie weiter hinab. Erneut versuchte sie auszubrechen, ihre Lungen brannten, unter Wasser konnte sie drei Minuten die Luft anhalten – dies hier war anders. Sie zuckte und erinnerte sich später nur daran, dass er ihr irgendwann den Kopf nach hinten riss, sodass sie etwas in ihrem Hals knacken spürte und wieder atmete, und allmählich ließ die Panik in jeder ihrer Zellen nach und die Schwärze des Zimmers, statt jener der eigenen Augen, kehrte zurück. Sie kam zu sich, spürte, wie verdreht sie lag. Mit jedem Atemzug wurde der Schmerz zwischen den Beinen schlimmer, Ashleys Hand presste gegen ihren Mund, ihre linke Brust klemmte zwischen seinen und ihren Rippen, und wie eine lächerliche Nussschale fuhr ihr zerstochenes Becken auf Ashs verdammtem Schwanz auf und nieder.

Er fickte auf sie ein.

Sie schwitzte, keuchte, fand es abscheulich.

Er ließ in einer geschickten Bewegung ihre Hüfte los, zog ihren Körper von vorn an sich und legte sich mit all seinem Gewicht darauf. Ein Auszucken seines Arms: Die Nachttischlampe ging an. Angenagelt musste Harriet unter ihm liegen, steif und heiß. Er schaute sie an. Wie nah er war. Seine gleichgültigen, rohen Augen. Er machte weiter in ihr. Nageln. Benutzen. Sie sollte es nicht nur spüren, sondern in seinem Gesicht auch sehen.

Sie sah es.

Zwei Stunden später öffnete sie wieder die Augen, sie brannten und wollten schlafen, aber Harriet war unruhig. Die Morgendämmerung ätzte ein wirres Netz schwarzer Linien ins Betttuch. Ashs Decke war zurückgeschlagen, seine Betthälfte leer.

Sie atmete tief durch.

»I love you.« Gestern noch – nein, heute – also vorhin. Auf sie heruntergeschleudert. Oder hatte es »I loved you« geheißen? Etwas Hämisches lag darin.

Am Ende hatte Ash auf dem Rücken gelegen und hatte beide Hände in die Luft gestreckt, die Nachttischlampe hatte noch immer gebrannt. Jeden seiner Finger sah sie gegen die Dunkelheit der Zimmerwand, er spreizte sie wie zum Zählen, eins, zwei, und sie, Jet, lag reglos neben ihm, so reglos, als habe sie vergessen, wie sich bewegen nach diesem – eins zwei, da hatte er etwas von »Vorliebe« gemurmelt, irgendetwas von Vorliebe gewusst, das »r« sprach er zu hoch, hell, fast wollte es Jet klingen wie »for Liebe« – »für Liebe« in Pseudoenglisch, »hast mir ein Wort beigebracht«, sagte er, »eine Lektion«, und hatte sich noch einmal über sie gebeugt, geradezu zärtlich ihr nun ans Kinn gegriffen und ihren Kiefer nach unten gezogen, sie hatte nachgegeben, und Ash hatte ihr tief in den Mund geschaut, als sehe er von dort hinauf in ihr Gehirn und hinab in ihr Herz, und als spaziere, warte er nur lange genug, die Vorliebe endlich zwischen ihren Zähnen heraus. Seine Hand war kalt gewesen, Ash, ein analytischer »Liebhaber«, ein »Liebhaber« schon nach der Liebe, und natürlich passierte nichts, nichts kam hervor oder zeigte sich, und Ash wollte vielleicht nur etwas fühlen.

Sie spürte ihn noch, schmeckte ihn, nur das Kissen neben ihr war leer und kalt, und für einen Augenblick hatte sie, trotz der lebhaften Erinnerungen an die Nacht, den Eindruck, er, Ash, sei geflohen.

»Luff.« Uhh, my dear luff!

Es hatte etwas bedeutet, weiß Gott, und sie spürte es noch, »loved it all« – das Bett, das vertraute Zimmer im Winterlicht, Ashs Geruch, der in der Luft hing, sehr leicht, den Anfang des neuen Jahres. Die Erde kreuzte durch einen Punkt ihrer Bahn, der sich von Mal zu Mal um eine Viertel Tagesreise verschob, eine willkürliche Marke, nur die Menschen, diese mikroskopisch kleine, pelzige Besiedelung des Planeten, feierte den Zeitenwechsel und wollte wissen, wo sie stand.

Vorliebe.

Wer begriff schon, wie etwas im Kreis ging.

Wie klein man war.

Dass man starb.

Von der Straße klang ein einsames Fahrradklingeln. Ash würde wiederkommen. Harriet glaubte es. Sie sagte es sich ein paar Mal vor. Sicherheitshalber. Legte die Kissen aufeinander und sank zurück. Liegen bleiben, nichts tun.

Jetzt, nach dieser Nacht, hatte sie etwas gut.

Eine perverse Rechnung war das. Irgendwie … zu kompliziert. Darüber dächte sie ein andermal nach.

VI

Physiker A: Perfectly, the intellect remembers

Physiker B: the ghostly fires, a glittering ember.

Gespenstische Feuer, glimmender Zunder. Sie sagten sich ein Gedicht auf. Pathetisch, romantisch, kitschig. Als Gedächtnisstütze ideal.

Erick hatte die Umschrift von Poes Rabengedicht aus dem Netz gezogen: Die Buchstabenanzahl eines jeden Wortes entsprach exakt der Pi-Ziffer an der korrespondierenden Position. Die alles eröffnende Drei gebührte Herrn Poe selbst.

A: Inflamed by lightning's outbursts windows cast

B: penumbras upon this floor.

Penumbra: Schattengebiet im Sonnenflecken, Halbdunkelheit. Draußen lag Schnee, halb-hell, draußen lag Österreich; Harriet und Erick umschloss ein neuer Mercedes. Flug nach München, Leihwagen. Die Klinikdirektion verlangte, dass jemand aus dem sozialen Umfeld das Einchecken begleitete. Eine Vertrauensperson. Sie hörten *Love Hurts*.

Bei der Ankunft war Vertrauensperson Erick bleich wie Schnee: Das Vordergebäude der Klinik, ein unspektakulärer 70er-Jahre-Bau, der hinter sehr vielen, bereits ständig in die Höhe führenden Straßenkurven lag, wurde von einem Stück alter Burg überragt. Abgezehrte Gestalten schleppten Atemgeräte hinter sich her, Richtung Tor.

Erick sagte, ihm sei schlecht, weil Harriet so viel geraucht habe während der Fahrt. Es waren aber nur fünf gewesen, die halbe Tagesration. Sie sparte doch längst.

Der Oberarzt selbst, Gesicht wie eine Zitrone, etwas pockig, gelblich silberner Kinnbart, nahm sie in Empfang. Die Rauchentwöhnung für Gesunde betrieb er privat, schnell, effektiv. Harriet hatte sich unter den drei angebotenen Zimmerkategorien für »Zelle« entschieden. Er erklärte noch einmal, »Luxus« bedeute oberster Stock, Ausblick, Fernbedienung am Bett für den Fernseher, auf dem wahlweise Trailer über Raucherkrebs oder Unterhaltungsfilme liefen. »Standard« sei gehobenes Ikea mit Fernseher und, als Extra, echtem Krankenhausbett. Sie blieb bei ihrer ersten Wahl. Er lächelte: Kalter Entzug, noch sei es warm.

Das stimmte. Hinter dem ebenerdigen, harmlos aussehenden Eingangsbereich hatte eine Wendeltreppe in den zweiten Stock der Burg geführt. Dort saß man im Empfangszimmer, das, wie Harriet später klar wurde, bereits ein Wachraum war; die Assistentin der Geschäftsführung, extrem muskulös, lackierte sich eben die krallenartigen Fingernägel und gab Erick Anweisungen: Er kontrollierte Jets Gepäck auf Rauchbares. Er glänzte vor Gründlichkeit.

Als Harriet begriff, dass sie sich in eine österreichische Verlies-Installation einlieferte, war es zu spät. Sie wurde eine steile Treppe nach unten geführt, Erick folgte wortlos. »Zelle« bedeutete Halbkeller. Der Leitspruch klebte an der Wand: »Trainieren statt frieren.« Auf der anderen Seite stand: »Fauchen statt Rauchen.«

Schwarze Klebebuchstaben. Der Arzt erklärte, es handele sich um Kunst.

Im oberen Drittel der dicken Burgwand saßen zwei Fenster.

Davor Gras. Sie hatte eine Woche gebucht, mit Verlängerungs-option.

Erick grinste und verschwand nach oben, so schnell hatte sie ihn nie laufen sehen. Der Oberarzt hingegen ließ sich Zeit. Anamnese, 298 Euro pro Stunde. Nach 53 Minuten erläuterte er, dass physikalische Erschöpfung, idealerweise bis zur Übel-keit, Hirnareale aktiviere, die neben der Rauchlust säßen. Mit der cerebralen Nachbarschaft heile man sich selbst, insbeson-dere hier im Zellmodell, in dem nichts das Gehirn ablenke. Sie habe beste Chancen, er freue sich über ihre Wahl.

Ihr war elend zumute.

Zuletzt erklärte er das Wachsystem: Rosanna, oben, werde in einer Stunde durch Olaf abgelöst. Sie solle ihn nicht unter-schätzen. Er, Olaf, sei die ganze Nacht erreichbar; falls sie sich klaustrophobisch fühle, habe er Pillen für sie. Der Oberarzt zeigte ihr auch den Burgschlüssel: Ein billiges Imitat, das die Zellentür aber schloss. Die tatsächliche Sicherung laufe, ver-sicherte er, über ein Codesystem. Der Schlüssel aber mache das Wichtigste sichtbar: »Jetzt ist es aus.«

Das Schloss knackte, ein munteres »Tschüss!« erscholl vor der Tür.

Harriet packte den Computer aus. Sie hatte ein neues Ge-fühl. Wut auf Erick. Er rechnete effektiver, kreativer als sie. Das reichte schon! Und jetzt rannte er auch noch frei herum. Und brauchte keine einzige Zigarette für seine Spitzenmathe-matik.

Sie hingegen war Sadisten in die Hände gefallen. Das Com-putergeräusch half nicht im Geringsten. Kaugummi. Den Mund bewegen. Noch ein Kaugummi. Die cerebrale Nach-barschaft funktionierte nicht.

Wenigstens die Zeiger liefen. Eine Stunde geschafft.

Sie tröstete sich damit, dass es hätte schlimmer kommen können. Wenn sie daran dachte, was sie vor einem Jahr um diese Zeit gemacht hatte, wurde es schlimmer. Apfelgeruch! Sie klingelte, es dauerte keine Minute, bis Mensch Olaf erschien. Neutrales graues Gesicht, uneinschätzbar zwischen vierzig und sechzig Jahren alt. Den Burgschlüssel trug er am Gürtel. Lächerlich. Lächerlich fühlte sie sich vor allem selbst.

»Kann ich etwas zu trinken haben?«

»Gewiss.«

»Was?«

»Alles.«

»Wie?«

»Gegen Geld.«

»Verstehe.«

»Wirklich?«

Sie bestellte Wasser und ließ sich zum Trainingsraum führen. Olaf setzte sich auf einen Stuhl neben der Tür, wie ein Museumswächter.

Jeder Crosstrainer verfügte über eine volldigitale Anzeige mit Videoschirm, auf dem ein Werbefilm für die Klinik lief. Blauer Himmel, Berge, Sonnenschein. Harriet wärmte sich auf. Sechs Stunden, dreizehn Minuten ohne Zigarette. Das wirklich nagende Gefühl in den Händen, im Mund, in der Brust komme später, hieß es. Draußen war es dunkel, weißer Nebel stieg vorm Fenster auf.

Da musste sie an Peter denken. Dabei hatte der Tag sie so schön abgelenkt. Die ganze Anti-Rauchinstallation. Ihr ganzer Aufwand. Ach, das Rauchen.

Sie hatte wenig Luft übrig, summte aber doch:

Der Mond ist aufgegangen,

die goldnen Sternlein prangen

am Himmel hell und klar.
Der Wald steht schwarz und schweiget,
und aus den Wiesen steiget
der weiße Nebel wunderbar.
Peter hatte einfache Lieder gemocht.
Herr Olaf rief von der Tür: »Brauchen Sie eine Pille?«
Sie schaute ihn an. Der neutrale Mann hatte fast besorgt geklungen.
Pille: Eigentlich ja. Doch welche?
Sie schüttelte den Kopf und trainierte drei Stunden. Nachzudenken hatte sie genug. Wer mit wem wogegen warum. Nicht alles stand fest, im Gegenteil.

1

Das Hotel lag am alten, zubetonierten Hafen, nur ein schmaler Kanal war geblieben, sternförmig liefen eng gepflasterte Straßen auf ihn zu. Die drei Kurzbeinhunde des Besitzers, Nachrichtensonden ganz aus Haar, schnüffelten an jeder Zimmertür, das detailgetreue Holzmodell eines Dreimasters befuhr das Treppenpodest. Ihr Zimmer lag im zweiten Stock. Ein großes Fenster aus Glasquadraten, die zerbrechlich aussahen. Endloser rostroter Teppichplüsch. Die beiden getrennten Matratzen gut durchgelegen, am Fußende war die Ritze so breit, dass man bequem eine Handtasche darin abstellen konnte.

Als die Tür hinter dem Zimmermädchen ins Schloss fiel, nahm das »Affärengreenhorn« (Selbstkommentar Peter) seiner Reisebegleitung die Tasche ab und sah ihr ins Gesicht, bis

Harriet sich gegen seine Schulter drückte. Hier, in dem fremden Raum, fühlte das Zusammensein sich wirklich an wie eine »Affäre«, und das, obwohl Ashley und Maria nun davon wussten.

Harriet spürte den Saum ihres Kleides über ihre Hüften gleiten, hob zu spät die Arme und hing im Halsloch fest. Eng, stickig, warm – sie wand sich, Peter zog. Die schwere Hülle segelte auf den Stuhl, der, hellgelb, ein verirrtes Van-Gogh-Stück, neben der Zimmertür stand.

»Meine Güte, was hast du vor mit mir.«

Sie trug einen Unterrock aus nahezu überirdisch glänzendem Material. Ihre Haare standen elektrisch in die Luft. Der Rock spannte sich von der Taille über Po und Scham die Schenkel hinab; schon mit den Augen rutschte man darauf aus.

Sie drehte sich um, damit Peter sie auch von hinten genoss. Der Hof draußen lag dunkel, nur in dem Kiosk neben der Parkschranke leuchtete ein Fenster wie ein in die Wirklichkeit geschnittenes Loch.

Peters Gürtelschnalle schlug, Stoff raschelte. Männer konnten so schamhaft sein. Wollten nicht, dass man ihnen zusah, oder wollten einen überraschen, während man doch umso besser wusste, was einem entgegenkam.

Als sie wieder nach ihm sah, lag er im Bett, die Decke bis zum Kinn gezogen, und seine Augen beobachteten sie aus den blaugrauen Schatten, in die das Lämpchen am Nachttisch alles tauchte, was weiter als ein paar Zentimeter entfernt stand. Harriet dachte »Futon«, für Sekunden ging sie durch Peters Schlafzimmer im Gartenhaus, steif, als wäre ihr fünfzehnjähriger Körper wieder ausgeschlüpft in ihr. Ein Halbmond aus elektrischem Silber lag auf Peters linker Deckenhüfte, anders als früher war ein Fluidum im Raum, sie kannte seinen Körper und stellte sich seine Schwere im Voraus vor.

Nun war es also wahr: zwei Nächte, ganz für sie allein. Peter hatte kleine geringelte Haare unter den Achseln und um den Schwanz, aber fast keine an den Beinen oder Unterarmen. Dort war er fest und ein wenig rund, im Übrigen mager. Von hinten, Füße bis zum oberen Ende des Pos, sah er aus, als wäre er zwanzig. Darüber, an den Lenden, wirkte er wie ein Sechzigjähriger, seine Hände waren kräftig und erfahren, die schätzte sie auf 47. Manchmal wunderte sie, wie sein Körper ihr gefiel. Die Augen staunten darüber am meisten. Sie sahen Peters Alter; es hielt sie auf Distanz. Die Hände begriffen: Sie mochten, dass Peters weiche Haut auch weich um die langen Knochen lag. Am besten kannte ihn ihre Nase. Sie gab den Ausschlag.

Sagte Peter: »Du bist zu hübsch«, sagte Harriet: »Du riechst zu gut.«

Seidiges Gleiten. Immer wieder überraschte sie, wie alles sich in ihr vorbereitete, fast ohne dass sie es selbst bemerkte. Sie suchte die kühle Mulde am Ende seines Poschlitzes, die Haken seiner Dino-Wirbel. Sie hatten wirklich kleine Haken. Harriet streichelte nach oben, nach unten, das Gesicht gegen Peters Bauch gepresst, während seine Hände in so symmetrischen Bewegungen über ihren Rücken fuhren, als könnten sie nur zusammen etwas tun. Peter war langsam: lockte, reizte, seine Fingerspitzen strichen über Harriets Seiten weiter Richtung Brust, zogen sich zurück, kamen wieder. Das gab ihr Zeit, ihr Gehirn hatte entdeckt, dass es in diesen Situationen gern die vertraute Schädelschale räumte und ein wenig im Körper umherwanderte, es tastete die Haut von innen aus, folgte nur mehr den Nervensträngen in und knapp unter ihr.

Die Beine wurden lang und länger, mit übergroßen Innenseiten, rhythmisch bewegt. Harriet begann eben, Peter wieder wahrzunehmen, sich einzustellen auf einen gemeinsamen Takt – als der Takt brach –, sie wollte noch sagen: »Ich nehm doch was zur Verhütung«, da kippte Peter neben ihr aufs Laken, sein Kopf schlug auf die Matratze, ein Arm ruderte durch die Luft.

Er nieste.

Halb rappelte er sich auf, wedelte mit der freien Hand. Harriet kramte schon in seiner Tasche nach dem Spray; als sie es gefunden hatte, saß der Allergiker im Schneidersitz am Ende der Matratze, Oberkörper gekrümmt, und drückte mit mehreren Fingerspitzen gegen die Haut zwischen Nase und Mund. Aus Hilflosigkeit machte Harriet es nach, während er den Kopf nach hinten legte und sprühte. Der Druck der Finger auf das Fleisch über der Lippe tat erstaunlich weh.

Peter, zerknülltes Taschentuch in der Hand, erklärte mit einem schüchternen Lächeln, das ihn um Jahre jünger machte, wie im menschlichen Gehirn Niesreiz und Schmerzempfindung der Mundfurche unmittelbar nebeneinanderlägen und sich daher gegenseitig blockierten: Wurde das eine aktiv, vergaß der Nachbar, dass er eben selbst hatte feuern wollen.

Aktiv, passiv?

Pustekuchen.

Der Mann wirkte hilflos, fast war Harriet gerührt. Ganz das falsche Gefühl. Sie fuhr ihm mit beiden Händen in die Haare und rüttelte an seinem Kopf, als könne sie das Niesen für immer aus ihm herausschütteln, und den eigenen Schrecken darüber gleich mit.

Peter wehrte sich nicht, erst nach einer Weile begannen seine Arme, nach Harriet zu tasten, und als sie sich schließlich nehmen ließ, schob er ihr die Hände unter die Achseln, wie um sie hochzuheben, hielt sie aber nur fest. Sie legte sich unter ihn, es war nicht einfach, den Faden wieder anzuknüpfen, fast schien Peter ihr bedrückt oder traurig. Seine Lippen pressten so stark gegen ihre Kehle, dass sie kaum Luft bekam.

Die Matratze war weich, sie schwammen. Harriet wollte, dass Olvaeus noch stärker zudrückte; etwas in ihrem Brustkorb vibrierte dadurch, etwas Wichtiges, vielleicht war es, was sie »fünf« nannte, aber es ging über Peter hinaus, eine Art Winkel, ein Winkel und ein Stück Pi oder einfach nur ein Punkt. Ein Punkt entzog sich jedem Begriff.

Noch einmal riss die kostbare Verbindung, Harriet lag hilflos auf dem Laken, da berührten Peters und ihre Füße sich an den Sohlen. Sie stöhnte, es war solch ein Schlag. Glasaale trieben viele Wochen als Blättchen durch den Atlantik, hatte Erick erzählt, um dann die Flüsse hochzuwandern, selbst Wasserfälle überwanden sie. Die beiden Reisenden drehten sich umeinander, Bilder sprangen von einem Kopf in den anderen, ein geschmeidiger Körper glitt durchsichtig die Strömung hinauf.

Als Harriet spürte, dass Peter in sie drang, von oben, wie sie es sich gewünscht hatte, von hinten, wie er es wollte, als Peter sich auf den Rücken fallen ließ, sie über sich zog, ihre Hüften schräg auf seinem Bauch, sie halb auf ihm – und er lag wie gekippt, ohne Kopf, nur Schwanz, Lenden, ein Netz darauf vom Waffelfenster und dem orangenfarbenen Brüsseler Straßenlampenglühen –, als er schließlich in ihr war, wirklich und zugleich als Bild, in dem sie dahinglitt wie in einer engen Metallrutsche, als er sich da in ihr mit einem Ziel zu bewegen begann, war ihr, als wäre sie plötzlich aufs Wunderbarste allein.

Sie war ein Sandhaufen, nachts am Strand. Eben hatte man den Boden einmal umgerecht – in Teile zerlegt, Tausende Millionen von Kristallen, zerstreut, verteilt; die Luft wurde kühler.

Schatten von Traurigkeit?

Harriet bat um ein Glas Wasser, Peter holte es und setzte sich damit auf die Bettkante. Quer über seinen Oberbauch liefen zwei schmale weiße Falten. Wäre er nicht mager gewesen, hätten seine Brüste ein wenig gehangen.

Ernst schaute er sie an: »Heu, du musst gehen!«

Sie lachte über seine Verwirrtheit und streckte sich nackt auf der Matratze aus. Busen, Hüftknochen, Füße. Peter musste eine Art Klebstoff sein, er fügte etwas in ihr zusammen, sie wollte es ihm sagen, doch während sie sich auf die Seite legte und sah, wie er ihr dabei zusah, wie sie das obere Bein ein wenig anwinkelte, also die Hüfte herausschob, und den Kopf in die Hand stützte, wiederholte sich die unwahrscheinliche Empfindung: Sie war allein.

2

Schief ragten sie auf, warben mit Schwänen, Hirschen und anderem Gildenprunk, der Marktplatz wölbte sich unter ihrem jahrhundertealten Gewicht. Zwischen ihnen lagen, dicken Kröten gleich, glitschig nasse Pflastersteine, es schneite, und Manneken Pis pisste Halbschnee in sein Brunnenloch. Die Reiseführer behaupteten, man müsse seinen Schwanz berühren, um wiederzukehren. In den Schaufenstern lockten Pralinen in schönsten und gestickte Handtaschen in hässlichsten Brauntönen.

Vier Kirchen hatten sie besucht, vier Drogerien (Nasentropfen, Halspastillen). Es war befremdlich, nach der Nacht nun, eingewickelt in dickste Kleidung, die Hände tief in die eigenen Taschen vergraben, nebeneinander herzugehen. Man war eben nicht mehr siebzehn, nicht einmal dreißig, und fickte sich nicht durch drei Tage Städtereise, sondern lief herum, mit Kulturprogramm. Bronzegrauer Nebel wuchs aus den Häusern, die elektrischen Lichter des Platzes sprangen an, obwohl es erst zwei Uhr nachmittags war. Sie rutschten bereits auf den Eingang des Chaloupe d'Or zu, da rief Zar Peter, Schneeflocken auf den Brauen, erneut, Dürer habe hier gestanden, sie, Harriet, solle genauer schauen!

Rauchig-braunes, in den Ecken goldenes Inneres. Mit dem Kaffee wurde ein Schokotäfelchen serviert, Peter saß vor einem traurig schaumlosen Kakao. Sein Kinn und Mund wirkten schlaff, die Haut gräulich-weiß. Gleich würde er dem Kellner winken und verkünden, er fahre nach Berlin zurück, solo und sofort.

Zuzutrauen war es ihm. Eine Petersche Wendung. Um sich abzulenken, biss Harriet dem Ritter auf dem Schokotäfelchen den Kopf ab. Peter stand wirklich auf, sagte aber, sie solle schon etwas zu essen bestellen.

Er blieb eine Weile fort, sie dachte, dass er vielleicht mit Maria telefonierte. Er schien sich indes das Gesicht gewaschen zu haben und sah besser und nicht mehr so grau aus, als er zurückkkam. Sie teilten sich ein Schinken-Käse-Brot, groß wie ein Wagenrad, und Peter begann, von Guatemala zu erzählen, über den Breiapfelbaum, die Mayas und den schrecklichen General Efrain Ríos Montt. Vielleicht eine Stunde lang saßen sie da und sprachen, leise und laut; ihr Gespräch berührte, was man nicht verstehen mag, wie Menschen für Geld alles tun und an nichts denken, nichts. Am Ende beschrieb Peter den stark gefährdeten Quetzal mit der scharlachroten Brust, den langen, grün schillernden Balzfedern, und zitierte Wilhelm Busch:

Es sitzt ein Vogel auf dem Leim,
der Vogel, scheint mir, hat Humor.

Harriet lachte und wollte denken, dass sie als Liebhaber und alte Freunde zugleich hier waren. Je länger Peter redete, umso schöner wäre es gewesen, etwas Böses aus seinem Mund über seine Frau zu hören, oder wenigstens eine kleine Klage, aber er sagte nichts. Dabei musste dort etwas fehlen, sonst wären sie beide nicht hier gesessen, wie war »Misi« im Bett, wie war er mit ihr …, Harriet verhedderte sich in diesen Gedanken, schaute Peter an und fragte, halb zerstreut und noch immer mit Körpern beschäftigt, wie eigentlich die Auferstehung funktionieren solle. Es gebe doch, abgesehen von allem Physischen, ein logisches Problem, wenn der Mensch zerfiel wie der arme Ritter vorhin in ihrem Mund: Wie könnte ihre Seele dann je als Harriet identifiziert werden?

Peter schaute, als habe sie gesagt, er solle eine Stunde Fitnessrad fahren: »Harriet!«

»Hast du dich zu viel mit Birkeneder unterhalten?«

Da tat sie, als wolle sie es wirklich wissen.

Peter, kurz angebunden: Darauf gebe es keine Antwort, keine gute, und dann lachte er wieder, aber nun klang es bitter, und sie ärgerte sich, dass sie ihn so ungeschickt an sein Pfarrersein erinnert hatte, an zuhause.

Er lehnte sich in seinem Stuhl zurück und winkte dem Kellner, der herbeieilte. Harriet rechnete erneut mit einem sofortigen Aufbruch.

»Plus de café«, sagte Olvaeus, »double.«

Und, mit bösartigem Funkeln im Auge zu ihr: »Ich dachte, jetzt wärst du zufrieden!«

Pause.

»Jetzt, wo du deine Eroberung gemacht hast.«

»Wie albern!«, rief sie.

Die Albernheit allerdings gefiel ihr. Bestimmt meinte er mit »Eroberung« sich selbst.

Sie senkte den Blick, hob, wie sie hoffte wirkungsvoll, die Lider und sagte mit leisem Auflachen: »Ganz recht!«

Doch Peter blieb ernst, seine Augen scannten sie, nach ein paar Sekunden allerdings schien sich eine stille Zufriedenheit darin auszubreiten. Harriet hatte das unangenehme Gefühl, dass im Innersten des ihr unbekannten Mechanismus, jener Maschine aus Adern, Hormonen und Gedanken, die Peter jeden Tag dazu brachte, aufzustehen, Pfarrer zu sein, sich um Maria zu kümmern, soeben eine Entscheidung über sie gefällt worden war.

Er war unerträglich.

Er war unmöglich.

Aber sie saß gern hier mit ihm.

»Was ich dir erzählt habe, meine Liebe, habe ich freiwillig getan.«

»Natürlich!«

Sie überlegte, was er meinen konnte. Guatemala, Reisen, Kaffee. Über ein Straßenkinderprojekt war er vorhin zu Herzen und Beuteln gelangt. »Herzen und Beutel«, Harriet hatte an Ben gedacht und gespürt, wie müde sie war, die halb durchwachte Nacht, das Biotief. Jetzt hörte sie Peter wieder zu, er sagte eben etwas wie »Bagatelle« – und der Kellner stellte beflissen den nachbestellten Kaffee auf den Teppich.

Man hatte hier ja Teppiche auf den Tischen. Braun, golden und ein bisschen ekelhaft. Stolz erhob sich Peters dünnwandige weiße Tasse über den dunklen Webstoff. Der Kaffee war ebenfalls sehr dunkel, doch diese Dunkelheit spiegelte.

»Also«, sagte Peter und nippte.

Er nahm Zucker. Lächelte über den Tisch: »Wir sind uns einig. Du kannst nicht erwarten, alles aus meinem Leben zu erfahren.«

Sie wusste nicht, was er noch immer damit wollte. Er konnte doch nicht erraten haben, dass sie vorhin an Maria dachte. Für so etwas fehlte doch, bitte, Männern das Sensorium. Er zog die Brauen hoch.

»Natürlich nicht«, sagte sie rasch.

Er trank, sein Gesicht entspannte sich. Zierte er sich am Ende nur, weil er eigentlich etwas von ihr und Ash erfahren wollte?

»Bist du neugierig auf meine Geschichten mit anderen Männern?«

Nein. Erfahren wolle er nichts.

Harriet zuckte die linke Schulter. Pech für Peter.

Der nun seinem Schokoritter den Kopf abbiss. Und glücklich auf das Ergebnis schaute. »Eine Eroberung, meine Liebe, ist für mich der Kaffee!«

Das Wort »Kaffee« fröhlich, mit einem gewinnenden Aufschwung der Stimme.

»Meine Liebe.« Da wollte sie nichts weiter fragen. Gar nichts.

Sie stapften einen Hügel hinauf, einen hinab, es schneite noch immer, die Gildezeichen trugen Hauben, das Gold der prächtigen Dächer war weiß. Harriet dachte daran, dass Schnee nur auf der Erde fiel, eine Art irdisches Selbstgespräch; sie hätte es gern gehört, leider waren Menschen dafür taub.

Confiserie Elisabeth, 456 Gramm Bruch. Sie nahmen alles und noch Schachteln mit Pralinen, für jede Familie genug. Rundum troff hinter wallonischen Schaufenstern Schokolade aus mehrstöckigen Brunnen, die rundköpfigen Flamen hingegen legten Kleines, Nützliches nebeneinander in Plastikschalen aus: Knöpfe, Briefmarken, Gummis, Büroklammern, Garnrollen, Nähnadeln, Krabben – kein Unterschied.

Sie kauften ein und versuchten, im Licht einer funzeligen Straßenlampe den Stadtplan zu lesen. Peter rückte seine Brille zurecht, Harriet sah die gebogene Nase, den ein wenig aufgeworfenen Mund, die Feuchtigkeit auf den Wangen.

»Hast du ein schlechtes Gewissen?«, flüsterte sie.

Er zog die Augenbrauen zusammen, musste aber lachen: »Nein, eben nicht!«

Fast fühle er sich deswegen schlecht. Zudem warte er noch immer auf die Wirkung des Kaffees.

Bei Harriet wirkte er schon, sie brauchte einen geheizten Raum, etwas anderes zu trinken und ein Klo.

In einer engen, ganz und gar rosafarbenen Toilette telefonierte sie, an die Wand neben den Waschbecken gelehnt. Halb unterirdische Schweinchenhöhle mit hervorragendem Empfang. Ash fragte, ob er nun Strohwitwer sei. Noch ein neues Wort.

Sie hörte Musik im Hintergrund. »Ach, rosa«, sagte sie.

Im Fenster schneite es, im Spiegel neben der Tür schneite es noch einmal.

Nein, Ben sei da. Ben lerne für die bar, ob sie das schon wisse. Ein altes chinesisches Strategiebuch habe er ausgepackt, das nähmen sie, Vater und Sohn, gemeinsam durch, führten das Schaf mit leichter Hand vom Berg, ließen den Pflaumenbaum verdorren anstelle des Pfirsichbaums.

Über den Toilettenräumen ragte weithin sichtbar die Elementarzelle einer Eisenkristallstruktur in 165-milliardenfacher Vergrößerung in die Luft. »Deine Welt«, sagte Peter, dabei war er es, der die langen Röhrengänge zwischen den einzelnen Kugeln hinaufkletterte wie Himmelsleiterchen und sich nicht verirrte, während Harriet das bei jedem Windstoß schwankende Kugel-Tunnel-Gebilde lächerlich und beängstigend zugleich fand.

Deine Welt, meine. Peter kaufte am Kiosk neben der Kasse zwei vermittelnde Erdbeerbier. Stehtisch, Glaswände, draußen die Dunkelheit. In der Zeitung, die der Pfarrer brachte, stand in drei Sprachen, dass die Nuller, die in der unendlich vergangenen Aufregung des Jahres 2000 ausgesehen hatten wie ein Anfang, nun, fast eine Dekade später, wirkten wie ein Ende. Harriet lehnte sich in Peters Arm und schaukelte ein wenig vor und zurück. Die Jahre kamen ihr vor wie Schalüppchen. Man lebte in der Nullerzeit und starb ein wenig in ihr; wenn man nicht achtgab, bemerkte man kaum, wie sie verging.

Peter trug die leeren Flaschen weg. Das Pfandgeld in der Hand kam er zurück und lehnte sich mit verschwörerischer Miene neben Harriet, die schon im Mantel dastand.

»Und, wann machen wir's, Herzchen?«

Sie verschluckte sich fast.

»Herzchen!«

Großartig.

3

Er musste sich auf dem Bauch in die Mitte der Matratzen legen, die Arme zur Seite. Mit einem einfachen Palstek schlang Harriet, einst Ruderin, einen der blauen Schals um sein rechtes Handgelenk und das rechte der kurzen Hölzer, auf denen das Kopfpaneel saß. Sie wiederholte den Vorgang auf der anderen Seite; Peters Füße drehte sie nach außen und verband sie mit den Beinen des Betts. Die Vorstellung, Peter zu fesseln, war alt. Es gab wunderbare Tuchläden in Brüssel, die azurblauen Schals freilich hatten sie wie die Nadeln in einer der flämischen Drogerien gefunden, reißfest und waschbar.

Ein Brief Nadeln, eine Kerze, Tupfer, Desinfektionsspray. Sorgfältig erhitzte die Meisterin der Zeremonie zwei Nadelspitzen über der Flamme. Peter hatte den Kopf auf die linke Seite gedreht und die Augen geschlossen. Er hörte nur.

Sie genoss seine Nacktheit. Was passieren würde, war abgesprochen, doch sicher konnte Peter nicht sein. Dass er sich ihr so auslieferte, rührte sie und machte sie wütend zugleich. Jetzt. Erst jetzt. Sie saß zwischen seinen gespreizten Beinen – ließ ihn frieren. Sein Hintern, der Schlitz. Die Hoden dunkelgraue Bällchenschatten auf dem hellen Laken.

Neben der Zimmertür hing die Reproduktion einer St.-Moritz-Werbung aus den 50er-Jahren, hohe porzellanweiße Emailalpen, bergblauer Himmel und eine Skifahrerin in den lächerlich dünnen, mausgrauen Hosen der Zeit.

Er wollte, dass sie es rechts machte, sie hatte gesagt »links«. Die Einkäufe waren halbe-halbe bezahlt.

Sie hörte ihn atmen, tippte die Nadelspitze auf und stach zur Probe in den linken Oberschenkel. Peter sagte nichts.

Stach sie zu langsam, gab die Haut lange und stark nach. Der Punkt verrutschte. Sie machte auf der Pobacke weiter, links.

Die Situation hatte nichts Sexuelles, das Piksen tat nicht weh, Harriet erinnerte sich an die Entstehung ihres eigenen Tattoos, nicht auf das Piksen kam es an.

Sie machte ein Bild. Stach wenig ein, setzte dafür die Punkte eng nebeneinander, konzentrierte sich. Die Zunge spitzte zwischen den Zähnen hervor. Peters Haut sah sie ganz nah, die Finger der Linken hielten und spannten, die Rechte versuchte die Form.

Sie summte: I was in your arms, thinking I belong there, thinking I'd be strong there. Es ärgerte Peter nicht, er wirkte entspannt. Abba blühte in Brüssel, Berlin versank hinter rotem Teppichplüsch. Einmal rutschte Harriet ab. Dieser Saurier würde humpeln.

Sie wartete, bis sie weiterwusste.

Immer weniger stach sie zu, wurde immer leichter, als habe sie etwas verstanden über ihn und sich. Man sah die Zeichnung kaum mehr, da begann Harriet, Peter zu erklären, wo sie war: »der Bauch«. Zu beschreiben, was noch fehlte: »der Flügel«.

Rote Linien. Schwerelos schien das seltsame Tier in Peters Haut zu treiben, in der Tiefsee, untergegangen oder noch heraufzutauchen, das war kaum zu sagen. Was noch kam? Es war eher klein, fast zart.

Das Seltsamste passierte am Ende. Die Spannung in Peters Muskeln ließ noch einmal nach. Und aus diesem Nachgeben lief eine weitere Welle von etwas Zähem und Süßem auf Harriet zu.

Sie hatten zwei Stunden geschlafen, und, weil es jemanden gab, der nicht weit laufen wollte, Hühnchen mit Pommes aufs Zimmer bestellt, es war fett und salzig gewesen, und gut.

Ob er seine Erlebnisse in Predigten einbaue?

»Ich bin Pfarrer, mir ist nichts Menschliches fremd.«

Olvaeus lag, auf den linken Arm gestützt, auf der Seite, jammerte theatralisch, wollte gefüttert sein. Die blauen Tücher hingen noch an den Bettpfosten. Nur eine Nachttischlampe brannte. Harriet saß in einem kleinen Sessel zwischen Fenster und Bett.

Es schneite nicht mehr, der Brüsseler Himmel schien, nun wolkenlos, dunkler als in der Nacht zuvor im Fenster zu stehen.

»Heu!?« Vor 22 Jahren am Telefon habe sie ihm erklärt, warum der Himmel blau sei. Immer wieder habe er es in Predigten aufgenommen und dabei an sie gedacht.

»Übertreib nicht.«

»So war es.«

Ob er jetzt nostalgisch werde?

Im Gegenteil. »Erklär mir, warum der Nachthimmel dunkel ist.«

Harriet drehte sich zu ihm und schnaubte. Alter Intellektualist! Das wusste er doch. 300 Jahre lang hatte ihr Fach sich die Zähne an der scheinbar harmlosen, ja naiven Frage ausgebissen.

Schon Kepler. Grau, hohlwangig, asketisch, Zirkel in der Hand, Heliozentriker, Magnetiker, revolutionäre Berechnungen zur interdependenten Dynamik der Planetenbewegungen, und am Ende diese Frage: Warum ist es nachts dunkel? 200 Jahre später der joviale Olbers aus Bremen, fliehender Haaransatz, Treffen mit Napoleon in Paris, Formulierung des Paradoxons 1823: Warum ist der Nachthimmel dunkel, wenn das Universum unendlich ist? Ein unendlicher Kosmos enthielte notwendig eine unendliche Menge von Sternen. An jedem Fleckchen des Nachthimmels müsste ein Himmelskörper stehen. Schwimmen müsste die Menschheit in Sternenlicht.

Am Ende ihrer Erklärung murmelte Peter »ah!«, kniff die Augen zusammen und strahlte, als habe der Ausflug nach Brüssel sich nun, allein dieser Minuten wegen, gelohnt.

Sie senkte den Kopf. Vermutlich sah er eine Serie Predigten vor sich. War sie also doch mit dem Pfarrer hier.

Eben.

Affäre, Affäre, Affigkeit.

Plötzlich kraftlos lehnte sie sich an das kühle gewaffelte Fensterglas. Der Himmel dahinter schwamm wie Mandarinensuppe.

Peter kam zu ihr, legte die Hand auf ihre Hüfte. Er roch nach Schokolade.

»Gib mir auch ein Stück.«

Sie lutschten schweigend und schauten hinaus. Das Stadtlicht war ein Schild. Legte man auf dem Land oder in den Bergen den Kopf in den Nacken und blickte in den dunklen Nachthimmel, schaute man in die Endlichkeit, in gematschten, zerknautschten, von schwarzen Löchern durchzogenen, undurchsichtigen, endlichen Kosmos. In einer Stadt musste man das, vor Helligkeit, nicht sehen.

Harriet nahm eine zweite Praline aus dem Ballotin der Confiserie Elisabeth. »13,7 × 10⁹ Jahre ist das Universum alt.« Sie dachte laut nach: »Und wir haben drei Nächte.«

»000 000 000«, murmelte Peter, »da braucht man ja nicht mal mehr die Finger zum Abzählen. Das All wird wohl auch immer jünger?«

»Wie wer?«

»Stimmt«, sagte er, »keiner von uns.«

Das Zimmermädchen klopfte, um die Hühnchenreste abzuräumen.

Peter, *Tausend Sternlein stehen am Himmel* summend, verschwand ins Bad, Harriet gab ein zu großes Trinkgeld und schlüpfte unter die Bettdecke. Neben ihrem Kopf berührte das Ende eines Schals das Laken, sie legte sich darauf, knipste das Licht aus, um die Fremdheit des Zimmers nicht mehr zu spüren, spürte sie umso mehr. Schließlich stellte sie sich vor, wie Peter jetzt vermutlich seinen Po betrachtete. Schniefend (das Antihistaminikum) kam er zurück und grummelte, nun sei er nur mehr die Hälfte dessen, was er nie geworden war.

Harriet, aufgeschreckt: »Was?«

War sie denn mit dem Orakel von Delphi hier?

Das Orakel lachte, hatte kalte Füße und roch nach Zahnpasta. Die Nacht im Zimmer wirkte nun flüssiger. Harriet sah Peters Augen und Nase, und weil ihr Darm schrecklich flüssig gluckerte, erzählte sie ihm von der Folge aus *Sex and the City*, in der Carrie es beim Aufwachen in Mister Bigs Bett ordentlich knattern lässt – die große Liebe an ihrer Seite nimmt es gelassen, Carrie hingegen rennt entsetzt davon.

Peter grinste (die Zähne leuchteten) und legte Harriet die Hand auf den Bauch.

»Du bleibst aber?«

Alter Blitz!

Er roch nun nach früher und nach ihr, nach Brüssel, nach Hühnchen, nach diesem Tag. Eine Weile verging, er wiegte sie im Arm.

»Fast hätte ich's vergessen«, sagte er.

»Was?«

Er schaute jung und verlegen und flüsterte ihr einen kurzen Satz ins Ohr.

»Ein Nachthimmel, hell wie die Oberfläche der Sonne, eine goldene Glocke, poliert, transparent, feurigflüssig. Glaubst du, das wäre gut?«

So Peter, mitten in der Olbers-Diskussion. Ihr indes hätte auch dieser Himmel gefallen. Zähneputzend stand sie im Bad, heißes Wasser floss durch ihren Mund, es schmeckte nach Chlor, ein wenig wie beim Zahnarzt, Blut klebte am Gaumen, man durfte gurgeln, nahm mit tiefem Atemzug einen Schluck und spuckte aus, denn es war anstrengend – nun lächelte man.

Sie lehnte sich ins Fenster und rauchte hinaus. Ha, wie heimlich! Peters allerletzter Satz ging ihr durch den Kopf. Er hatte recht, sie waren Fossile, nicht zynisch, nicht einmal richtig ironisch; romantische Träumer waren sie, Theologe und Physikerin. In ihre Fächer schienen die Träume gekrochen zu sein. Als letzte Refugien. Dort, wo garantiert nichts auf eine E-Mail antwortete.

Ausgerechnet ein Dichter hatte Olbers' Paradoxon enträtselt; das war vergessen und stand doch für alle lesbar in *Eureka*. Ein Hobbyastronom! Früher hatte Harriet sich darüber geärgert: Die Auflösung war typisch für ihr Fach, nie ließ sich etwas direkt fassen, immer ging es um Folgen von Folgen von Folgen. Heute gefiel es ihr: Da kam einer daher, dachte messerscharf und kriminalistisch und – implizierte bereits 1848 die endliche Geschwindigkeit von Licht. Nahm den Urknall vorweg, nahm Einstein vorweg. Olbers' Paradoxon: Der

Nachthimmel war nicht sternenhell, nicht große silberne schlafraubende Glocke, weil der Kosmos einen Anfang gehabt hatte. Unendlich mochte er sein im Raum, in der Zeit war er es nicht. Das endlich-schnelle Sternenlicht aus den berüchtigten unbegriffenen Tiefen des Alls hatte nicht genug Zeit gehabt, die Erde zu erreichen.

Ein Jahr später war der Dichter unter nie geklärten Umständen gestorben. Erst im Herbst mit Ashley am Wannsee hatte Harriet alles nachgelesen, um es auf die Institutswebsite zu stellen. Unendlichkeit, hatte Edgar Allan Poe geschrieben, sei Seelen-Träumerei. Ein ungedanklicher Gedanke über Gedanken.

Das Schlafzimmerfenster teilte die Wölbung über der Stadt in sechzehn dunkel-orangefarbene, exakt gleich große Rechtecke. Harriet zog den Vorhang nur zur Hälfte zu. Einen ungedanklichen Gedanken zu denken, schien ihr alle Mühe wert.

Peter lag auf der Seite, sie presste die kalten Füße gegen ihn, leise stöhnte er auf im Schlaf.

Langsam kroch seine Wärme über Federn und Laken auf sie zu. Auch das war Physik. Ein Stück klarer, ganz und gar irdischer Physik.

4

In mennigrotem Hemd schritt der Bauer sein Feld ab, das Pferd hing im Pflug. Auf der Hügelterrasse unter dem Gespann träumte, umringt von der wolligen Herde, ein Schäfer. Schiffe kräuselten die sommerblaue Bucht, gedankenlos stießen Felsen ins Wasser. Den Hintergrund zeichnete die Silhouette einer Stadt; der Himmel, leuchtend gelb im Schein der untergehenden Sonne, war leer.

Manchmal hieß das Bild »Landschaft von P. Brueghel«, manchmal »Der Fall des Ikarus«. Der Audioführer erklärte, der Meister habe ein flämisches Sprichwort gemalt: dass kein Pflug vor einem Sterbenden hält. Unter dem steilen Hang des frisch gebrochenen Felds schimmerte silbern wie ein sich rekelnder Fisch das Meer, ein schwerer Dreimaster segelte davon.

Alles klar und exakt, nur kein Ikarus.

Noch vier Stunden Zeit, Musée des Beaux-Arts, holzgetäfelt, prächtig, übervoll. Harriet ärgerte sich. Sie hatte nicht an das Ende gedacht, sich nicht vorbereitet, nun kam es und war – was? Eine kleine innere Harriet balancierte mühsam auf einem durchhängenden Seil über einer Schlucht, die äußere Harriet war müde und aufgekratzt zugleich.

Allein ein Mann an der Felsenkante rechts, sagte der Führer, scheine den Sturz beobachtet zu haben. Alle anderen, Mensch wie Tier, stünden abgewandt, versunken in sich. Dass sie nichts bemerkten, heiße, dass ihre Wirklichkeit nicht wirklich werde für sie.

Harriet fand, dass der Kommentator sich gestochen ausdrückte, bestimmt aus dem Französischen übersetzt.

Peter zeigte ihr Ikarus: Nackt und weiß ragte ein kleiner Menschenfuß aus dem Wasser. Zwischen Wellen, die einen Felssprung umschäumten, gekrümmt wie ein Köder, war dies der ganze Sohn.

1558 stand auf einer schokotäfelchengroßen Messingplakette am Bilderrahmen. Nach Kopernikus. Als allmählich jeder daran glauben musste, dass die Erde kein Mittelpunkt war. Die Erde, ein im Raum kugelndes Bläschen, umfangen von tiefster Dunkelheit. Auf dem Bild ging die Sonne unter.

Peter schüttelte den Kopf. Dädalus und sein Sohn hätten frühmorgens versucht, von Kreta zu fliehen.

Harriet starrte in das Gemälde, sah, wie Brueghels Pferd sich fast über den Rand hinauspflügte. Ikarus fiel so weit von der Sonne entfernt und so spät am Tag, weil ein Sturz aus dem All gezeigt wurde. Ihn hatte der flämische Meister zu malen versucht: einen Sturz aus der Tiefe des Kosmos.

Aufgeregt suchte sie Peters Hand, aber er legte seine Finger in ihren Rücken und schob sie voran. Nur einen unscheinbaren Vogel am Rand des Bildes zeigte er ihr noch, wohlgetarnt zwischen Geäst. Dann liefen sie, Peter voraus. Rahmengold, Schnörkel, Tapeten, Harriet verstand kaum, was ihr Begleiter über das Tier im Gebüsch erzählte, über dem ertrinkenden Ikarus hatten ein paar Rebhuhnfedern in der seegrünen Luft geschwebt.

Sie hielt ihn am Ärmel fest, ihre Stimme klang rau. »Gib zu, es hat dich enttäuscht.«

»Was?«

»Wir, hier.«

Ihr Herz klopfte gegen ihre Brust, als wäre die Brust ein Rahmen.

»Aber«, sagte Peter, »aber.«

Er wusste doch auch nicht, wie es mit ihnen weiterging.

Kippende, schwebende, kämpfende Figuren, bewacht von ölrissigen Männer- und Frauenporträts, die halb versunken in Braungrau, überfirnisst und gelackt, herüberzuleuchten schienen aus dem 16. Jahrhundert. Fast wurde Harriet schwindelig, für Augenblicke dachte sie, die Rahmen hielten gar nicht die Bilder, sondern die Betrachter. Am Ende war sie fast froh, als sie die Schließfächer erreichten.

Sie lösten ihre Koffer, stiegen in den Bus, hielten sich an einer Stange fest, versuchten zu vergessen, wo sie waren. Peter gab einen Monolog über Väter zum Besten, wie Harriet habe er Dädalus nie gemocht, nie eingesehen, warum der Sohn büßen müsse, was der Vater schlecht machte. Sie hörte ihm zu (wie wenig sie aus seiner Kindheit wusste), die Wintersonne bohrte ihnen die bleichen Fingernägel in die Augen, bis sie blinzelten, der Bus hielt.

Schnee? Keine Spur.

Scheinbar mühelos erhoben sich rundum schwere, mit Hunderten von Menschen besetzte Maschinen eine nach der anderen in den sprichwörtlich strahlend blauen Himmel. Sie stiegen aus dem Bus, inmitten einer Gruppe anderer drängender Menschen. Harriet spürte in aller Deutlichkeit, dass sie hätten umdrehen können, dass sie nicht zurückfahren mussten.

Das aber hatte niemals wirklich zur Diskussion gestanden.

Und gerade das war nicht unangenehm.

Blickte sie nach rechts, sah sie eisige Wolkenkörper, von denen allein eine dünne Blechwand sie trennte. Lehnte sie den Kopf nach links an Peters Schulter, erinnerten sein Geruch und die nach diesen Tagen so vertraute Rundung seiner Knochen sie daran, dass sie als Paar mit jeder Flugmeile unwahrscheinlicher wurden.

Peter las in einem Buch für die nächste Sonntagspredigt. »Mitten in der Fastenzeit«, hatte er missmutig gebrummt, unmöglich unmöglich sei der Mensch. Seine Brille saß auf halb acht. Die Olvaeusbrille, das Pfarrergestell.

»Und wenn es fällt?«

Er schaute sie an; Harriet wusste nicht, ob er die Frage ernst meinte, um seine Mundwinkel zuckte es.

Wenn die Berechnungen falsch waren? Wenn zu den sogenannten Naturgesetzen eigentlich gehörte, dass sie sich plötzlich änderten? Dass Luft plötzlich nicht mehr trug?

Zahlen zuckten durch ihren Kopf. Peters Frage war aberwitzig. Perfekt logisch allerdings.

»Du machst Witze.«

»Ich bin melancholisch.«

Diesen Satz fand sie vielversprechend. Peter fuhr sich mit beiden Händen über Wangen und Nase. Sie steckten in einem Tunnel weißer Watte, schnell wie eine Kugel aus einem Gewehrlauf, abgefeuert in Brüssel, um viel zu früh zu Boden zu rollen in Berlin. Seine Brille lag nun auf dem ausgeklappten Essbrettchen. Er war wieder näher. In der Nähe sah er nicht scharf.

Auf der praktischen Ebene sei ein bewährtes Modell von der Wahrheit nicht zu unterscheiden.

Man brauche Vertrauen, ja Glauben, für alles.

»Für jeden Atemzug!«

Harriet nahm Peters rechte Hand, drückte seine Finger gegen ihren Mund und dachte an die blauen Schals in ihrem Koffer. Er trug seinen Ehering.

Sie landeten sicher, mühelos. Im engen Flugzeuggang zog Peter ein wahrhaft unglückliches, zugleich verschämtes Gesicht. Der Saltopus tue weh.

Harriet hob den Zeigefinger: Er sei noch keine sechzig, er solle sich nicht so haben!

Ihr perfekter Oberlehrerinnenton. Ihre eigenen Erwartungen an die Reise waren größer gewesen. Viele Gefühle, ja, doch so verschiedene, und Nähe und Ferne, Ärger und Angst wie an einem Seilzug zwischen ihnen beiden unterwegs. Der Ton versteckte es; Peter verstand das nicht und lachte oder verstand es und spielte mit.

Als sie ausstiegen, griff er nach ihrer Schulter und flüsterte: »Lass mich nicht fallen.«

Die Halle wirkte schäbiger als beim Abflug. Noch luftbenommen traten die Brüssel-Reisenden durch die automatischen Schiebetüren und standen ohne Übergang in dem Raum, der allen gehörte.

Maria wartete, mit leerem Gesicht. Ashley war nicht gekommen. Seine Frau (immer hatte sie sich so genannt) war darüber einfach nur froh.

Maria hingegen. Wie pervers. Diese Person schien über einen unendlichen Vorrat an Masochismus zu verfügen. Oder war sie betrunken? Peter schien ebenfalls erstaunt. Natürlich begrüßten auch Harriet und Maria sich. Die Situation war mehr als merkwürdig, nur Maria schien sich wohlzufühlen. Sie hängte sich bei Peter ein, fragte ihn, wie es in Brüssel war, als käme er von einem Kirchenausflug zurück, und weg waren die beiden.

Maria hatte nicht nach Alkohol gerochen. Noch in der U-Bahn hatte Harriet das Gefühl, Peter sei ihr von seiner Frau für drei Tage ausgeliehen worden.

Marias kleine Rache.

Es war, zum Ende, ein perfekt scheußliches Gefühl.

VII

Nach dem Sternenstand musste es halb eins sein, als sie langsam die Bergstraße hinabwanderte. Die Nachtluft floss klar
und still, und das Gehen unter dem Milchstraßenhimmel,
dem man dank der Bergluft schon mit bloßem Auge viele einzelne Sterne abzulesen meinte, erinnerte sie keineswegs an
ihre Kindheit (Mädchen Harriet hatte die Nächte nicht am
Teleskop verbracht). Sie simste Erick an, er antwortete sofort:
Er sei erst gute Hundert Kilometer entfernt, er komme zurück, habe das Mädchen vom Empfang ausgeführt, sie habe
Zeit gehabt.

Harriet las die SMS mehrere Male.

Dem Wächter war sie auf einfachste Weise entronnen.
Nach dem Sport duschte sie gelassen in ihrer Zelle und bestellte etwas zu trinken. Fünf Minuten später stand Olaf mit
einer Flasche Cognac in der Tür. 131 Euro, »Zellen«-Tarif. Sie
legte vier grüne Scheine auf sein Tablett.

»Wollen Sie wieder singen«, sagte er.

Sie verstanden sich jetzt.

Er goss ihr ein, der lächerliche Burgschlüssel klimperte am
Gürtel. Falls ihr beim Singen zu warm werde, sagte Olaf,
könne sie das linke Fenster öffnen, sie solle sich einfach auf
den Stuhl stellen. Und wenn sie finde, dass das Gitter dann
noch immer zu viel der für den Gesang erforderlichen fri-

schen Luft von ihr fernhalte, könne sie ebendieses Gitter durch einen Knopfdruck am zweiten Stab von links öffnen. Es gebe nach, einzig aus feuerpolizeilichen Gründen, verstehe sich.

Die Luft roch nach gefrorenen Wiesen, Kühe und Schweine waren in ihren Ställen zu ahnen, im Tal glitzerte etwas Licht. Knapp unterhalb der Berghöhe, auf der Harriet sich bewegte, hingen Wolkenbänder; die Sterne über ihr wollten nicht enden. Manchmal vergaß sie, dass sie den Himmel lesen konnte, und sah dort nur Flecken und Funkeln. Das hellste gehörte Sirius, dem Hundsstern, das wusste man immer; bläulichweiß stand er im Wintersechseck. Das Weiße im Auge des Wolfs.

1

Die Erde kippte sich durch einen Gleichstand, genannt Äquinox, Maria machte Tupperware-Partys ohne Harriet, Ash wirkte ausgeglichen, sie schliefen getrennt. Karolin schickte kräftigenden Biotee, die größte Portion war für die Frau des Pfarrers gepackt. Van Leeuwen hatte die Institutsarbeiten endgültig so verteilt, dass für Frau Dr. S. deutlich mehr Zeit zum Forschen blieb, Erick sagte: »Siehst du, sie brauchen dich.« Ihr gemeinsames Paper über den Plutoiden Nummer drei war erschienen, Kollegen riefen an, Ericks und Harriets persönliches citation ranking stieg wöchentlich. Im Gegenzug las Jet dem Kollegen Annoncen vor, fachinterne, versteht sich, wie jene aus der Sternenstadt Moskaus, wo man zur Vorbereitung eines bemenschten Marsfluges Probanden für die Schwerelosigkeit suchte.

»Willst du nicht hinauf?«, fragte Jet.

Das europäische Forschungslabor Columbus wurde dieser Tage an die ISS montiert. 6,9 Meter lang, Durchmesser 4,5 Meter. Space Science for Europe 2015–2025: »A succession of clever new spacecraft will need to fly in ESA's continuing science programme, now called Cosmic Vision.«

Erick, ganz Mathematiker, also gern unberechenbar, lachte: »Einmal im Leben möchte ich alle Mängel der Erde rasch nacheinander ausgesprochen haben!«

So die eine Art Aufregungen.

Die andere: Peter kam ins Institut. Sein Kopf schien größer geworden zu sein, als brauchten die vielen Gedanken, die er sich nun machte, mehr Platz, und das Grau seiner Haare stach stärker hervor. Er besichtigte die kühle Satellitenwerkstatt, es war bereits dunkel, alle Mitarbeiter hatten Feierabend, so zeigte die IEP-Pressefrau (Generalschlüssel) ihm wenigstens die Operationsanzügen ähnelnde Arbeitskleidung, die Kopfmasken, die vollkommen staub- und bakterienfreien, in luftdichten Kabinen untergebrachten Montageplätze. Die Monteure atmeten über ein eigenes, im Institut erfundenes Schlauchsystem. In Harriets Arbeitszimmer ließ der Besucher sich »bescheiden« einen Kräutertee servieren, begutachtete das Malamuten-Poster – die nordische Hunderasse mit ihrem »desire to go« – und stellte fest, Maria habe einen ganz anderen Charakter.

Das war offensichtlich sehr wahr.

»Nein«, sagte Peter ernst, »wir würden es dramatisch sehen, aber sie ...«

Seine Augen blitzten. »Sie hat Humor!«

Es klang kanzelhafter als alles, was Harriet ihn jemals von der Kirchenkanzel hatte verkünden hören.

Sie schwiegen.

»Man kann zwei Menschen lieben«, grummelte Harriet. Sie saß ihrem Pfarrer auf dem Besucherstuhl gegenüber und wärmte sich die Hände an einer Tasse Kaffee. Dazu Käsebrot, ein typisches Institutsabendessen. Gut durchweicht, weil am Morgen gemacht.

»Deine Frau weiß das wohl.«

Bei ihm seien es aber drei: Er zähle auch dazu. Jawohl. Er denke an sich. Man lebe nur einmal, nach allem, was er wisse, ja, sie brauche nicht schauen, als klemme eine Schublade bei ihm, er meine, nur einmal in dieser Welt. Im Übrigen wolle er Maria nicht quälen.

»Quälst du sie denn?«

Er lächelte: »Sie ist klug, sie fragt nicht!«

Aber erneut eine Reise? Nein, Heupferd, nein. Er sei gespalten genug.

Sie fühlte sich ihm nahe und zugleich dünn wie eine Zwiebelschale. Er war, abgesehen von ihrer Mutter, der Mensch, den sie am längsten kannte. Sehr wohl fiel ihr auf, dass er nicht sagte, er habe Maria dieses Nein versprochen. Er war nicht mehr so feige, sich hinter etwas zu verkriechen.

»Sonst muss ich noch ins Kloster!«, stieß er hervor, ohne eine Miene zu verziehen.

Vor Überraschung tunkte sie ihr Brot in den Kaffee.

Peter lehnte sich auf seinem Stuhl nach vorn: »Pfarrer ist ein Beruf, der bis in die Unterwäsche geht. Hast du das noch nicht gemerkt?«

Das Brot war verdorben. Der Kaffee fast. Peters Gastgeberin, hungrig, mit gezielt gemeinem Aufschwung der Stimme: Die Scheidungsrate bei Pfarrern liege über dem Durchschnitt.

Olvaeus, noch eine Überraschung, nickte einfach. »Warten wir ab.« Pfarrersuppe sei unglaublich dünn – er streckte die Beine – und werde nie so heiß gegessen wie gekocht.

Tatsächlich. Peters und Harriets Umgebung verhielt sich wie süße Suppe, gekocht, gezuckert, abgekühlt. Man war aufgeklärt. Selbstverständlich weltoffen, werteplural. Nicht einmal die »betrogene Gattin« – hu – fiel durch verweinte Augen oder Zusammenbrüche an den Schultern bester Freundinnen auf. Offenbar war das gesammelte Dramenpotenzial der Gegenwart ins Fernsehen gewandert. Alles gut, solange Maria nicht in einer Soap erschien. Harriet hatte begonnen sich zu entspannen und nannte den neuen Zustand »die Lagune«.

Lagunen waren umgrenzt, warm, fast strömungslos. Wellen schwappten gemütlich im Rund, der Himmel blieb heiter, sogar Wolken wurden blau. Alle Kräfte hielten sich gegenseitig im Gleichgewicht. Ultramagisch, dachte Harriet. So hieß das in der Mathematik.

Sie träumte von Peters Gesicht, der schmalen Brust, dem Saltopus-Po. Wenn sie ging, spürte sie die Hose auf ihrer Hüfte sitzen, die Knochen sich darunter verschieben. Sie spannte, auch in Gedanken, alle Muskeln an, die sie willkürlich regen und mit denen sie ihn zu sich ziehen konnte, zum Bauch, an die Hüften; sie bewegte sich langsam wie auf einem Schiff.

Jet hatte immer ein Ziel gehabt. Von dieser anstrengenden Person konnte Harriet sich jetzt erholen. Natürlich war ein Leben ohne Ziel keineswegs einfach, ohne Ziel fiel man in ein Loch – aussteigen aus der Droge »Sehnsucht«, dem verheißungsvollen »dich krieg ich noch«. Sie beobachtete, dass Peter ihr manchmal besser gefiel, wenn er fort war. Abwesenheit weckte ein stärkeres Gefühl.

War er fort, war er in ihrem Kopf. War er fort, liebte sie ihn ganz nah.

War er da, war er immer beides: zugeneigt und fremd. Er roch gut – und schwitzte, er war wirklich und unberechenbar, hatte absurde Ideen, er überraschte sie, das war schön, er kam näher und trieb weg, erzählte aus der Gemeinde und von seiner Kirche, zog an ihr, und sie wanderte, manchmal in Gedanken noch im Schnee von Brüssel, ein Stück mit ihm mit.

Sie wollten eine kleine Wohnung mieten. Es ging aber nicht voran. Wenigstens auf den Stadtbezirk hatten sie sich geeinigt. Halber Weg für jeden. Es wurde gerechnet. Früher wäre Harriet auch den ganzen Weg gefahren.

Halber Weg. Sie bemerkte, dass sie sich darauf verließ, mit Ash in der alten Wohnung zu bleiben.

Im Übrigen trank sie ayurvedische Tees, las Fontanes ersten Roman (*Effi Briest* mit Happy End) und surfte auf Astroseiten. Zwar konnte Jet noch im Schlaf auf die rauchende Funzel Astrologie schimpfen – als Zukunftsprognose mochte auch Harriet also nicht an die Sterndeutung glauben, so viel war sie sich schuldig, doch Tausende von Beobachtungen von Menschen an Menschen, über Tausende von Jahren hinweg konnten nicht einfach nur falsch sein. Allmählich ging dem Wesen Saramandipur aus dem Jahr 1970, geboren im Zeichen Löwe – angriffsbereit, empfindlich, wittert gern Konkurrenz – die stumme Schlauheit der mütterlichen Teesendungen auf. Auch sie, Harriet, musste Maria in einem anderen Licht sehen. Eine Arme, die Stärkung brauchte. Je stabiler Peters Ehefrau war, umso besser für alle. Am Ende konnte sie vielleicht sogar Peter und Harriet versorgen …

Das waren Ideen! Frau Saramandipur verschwamm sich ein wenig. Ihr Körper war leicht und betäubt. Lagunen hielten

Wärme, Teilchen ordneten sich von selbst. Ebendies wollte sogar der Physikerin richtig scheinen, und wenn sie ihr Leben von vor einem Jahr mit dem Zustand jetzt verglich, war ihr durchaus, als müsse sie sich freuen.

Sie war weich geworden. Manchmal dachte sie, jahrelang als Schildkröte gelebt zu haben. Panzer rundum, darin empfindliche Arme und Beine, weiche Organe. Die platzten nun nicht, sondern dehnten sich auf natürliche Weise. Das war doppelt erstaunlich: Sie fand heraus, wer sie war. Dabei glaubte sie nicht an Sätze wie »herausfinden, wer ich bin«. Zweitens: Sie fand es durch Nichtstun heraus.

Zur Arbeit saß sie nun öfter zuhause am Küchentisch, aß Brot mit Marmelade (zwei Gläser hatte sie Peter geschenkt), ließ das Notebook summen. Eines Nachmittags, sie musste nachdenken, beschloss sie, die Glasregale über der Spüle abzuwischen. Auf dem Computer lief die Wiederholung einer Fernsehsendung, in der Frauen ästhetisch-plastisch operiert, sodann trainiert und psychisch shampooniert wurden, um sich von einem hässlichen Entlein in einen Schwan zu verwandeln. Harriet, auf einem Stuhl vor dem Regal, sprühte Reinigungsmittel auf und hatte mit einem Mal das Gefühl, einen Raum zu spüren, der weit über die Küche oder das Haus, in dem die Wohnung lag, hinausging. Seine unsichtbaren Wände bewegten sich ohne Unterlass, sie bestanden aus Gedanken, Träumen und Handlungen, eigenen wie fremden. Sogar ein Flug zum Mars wäre am Ende verwurzelt in diesem Raum: Er enthielt blaue Blumen neben Tausenden von Bildern des blauen Planeten, sublime Gletscher und die nächste Nanga-Parbat-Expedition, schmelzende Gletscher und schmelzende Körper, das romantic-Wort verschränkt mit dem love-Wort, Drogen und Mülltrennung, Spielautomaten,

Alkohol. Auf seinem Boden saßen bucklige Denker, Ingenieure und Lehrer, sie gaben ein Kartenspiel aus.

Harriets Computer hatte umgeschaltet (zwanzig Minuten Unterhaltung, zwanzig Minuten Unterricht). Die Stimme aus der Maschine sagte:

Что Делает учитель?

Учитель открывает учебник и начинает читать.

Was macht der Lehrer?

Der Lehrer öffnet das Lehrbuch und beginnt zu lesen.

Ольга идёт во двор.

Die Laute waren weich, vor allem das tief im Gaumen gesprochene »l«.

Olga.

Aber Aljeg (geschrieben »O-l-e-g«). Unbetontes O wurde zu A. Alvaeus. Sie grinste. Wichtige Verben gab es im Russischen zweifach; auch »flüstern« war doppelt, je nachdem, ob man leise wurde, um nicht gehört zu werden, oder ob man zuversichtlich ins Ohr eines Vertrauten sprach.

запустить в космос ракету klang es von der weißen Wand in Harriets Lagune, und der kleine Computer schnurrte »Sojus heißt Vereinigung, wussten Sie das nicht?«

2

Gemeinsam mit Erick füllte sie einen DFG-Förderantrag aus; Frauen wurden besonders ermuntert, sanft begleitet von einem »Wir erwarten, dass Sie zügig studiert haben und sich dies in Ihrem Lebensalter spiegelt«.

Infame, genau kalkulierte A-Logik. Worin sonst sollte es

sich spiegeln? Jet hatte zügig, aber spät studiert, das spiegelte sich in ihrem Lebensalter. Sie regte sich auf und fragte den Apfelfreund, ob auch er sie für eine Romantikerin hielt. Erick klickte, bis auf seinem Bildschirm eine hellblaue Kartoffel erschien, in verschiedene ovale Segmente geteilt. Die Grafik wirkte wie ein grob geratenes Gehirn, sie zeigte Deutschlands Bevölkerung: Experimentalisten, Hedonisten, DDR-Nostalgische, Moderne Performer etc.

Romantik kam nicht vor, und Erick wiederholte, dass er nur deswegen bio esse, um sicher zu einer registrierten Gruppe zu gehören; das war lächerlich, und doch stand Harriet an diesem Abend zweifelnd vor ihrem Kleiderschrank. In seinem dämmrigen Inneren schimmerte ein Berg unverrottbarer, höchstschädlicher, garantiert biofreier Stoffe: Shopper, Minis, Clutches, Bügel- und Hängetaschen, in der Hand, am Arm oder auf dem Rücken zu tragen, praktisch, hässlich, elegant, handfest oder gehaucht, Originale, Einzelstücke, Imitationen und Imitationen von Imitationen, ein eBay-Vermögen aus der Zeit, als Jet die eBay-Ersteigerungssucht hatte, den eBay-Taschenersteigerungsspleen, wenn sie irgendwo auf der Welt in einem Gästezimmer saß, verwanzt in China, verwanzt in Mexiko, und etwas brauchte, ganz für sich selbst. Auf Taschen hatte sie sich gestürzt, Taschen am Arm gehabt wie Liebhaber oder Forschungsprogramme, wie nichts. Sie hatte sie vergessen, wiederentdeckt, war weitergereist, Teil der Nomadenherde, nach der Promotion fing es an, das erlebten alle, es hörte nicht auf. So selten war sie zuhause oder am selben Ort wie Ash, dass es sich nicht lohnte, die Pille zu nehmen. Sie trafen sich auf Flughäfen; Schiphol, geformt wie eine Echse, war ihr Favorit, man startete aus dem Meer, die langsamen Rolltreppen schwebten über roten Sofas nirgendwohin. Da lagen sie nun im Schrank: Kunstleder, Gussharz, Filz und PVC, still, absurd oder witzig. In ihrem weltraumdunklen Inneren rissen Geister die Münder auf und sausten miteinander im Kreis.

Harriet räumte auf. Die meisten warf sie weg.

Die Teilchen ordneten sich neu.

Der Winterhimmel schmolz. Filigrane Erdmuster erschienen, noch war die Luft fast pollenfrei. Weiße Gebäude standen wie gewaschen aus ihr hervor, und weil die Wolken sich hoben, schienen auch die Menschen höher und jünger. Hätte Ash die Plastiktüte gefunden, die nun fast allein im Schrank lag, hätte er um etwas gebeten, etwas gefordert: Jet hätte Zugeständnisse gemacht. Sie war bereit, fügsam zu sein; eine Art Ablass für den Ehebruch. Ash entdeckte nichts und fragte nichts. Das war sehr schlau – oder sehr dumm. Allmählich lief das auf dasselbe hinaus.

Einzig Birkeneder schaute schief; er schien eine Art inquisitorisches Grundorgan zu besitzen, spürte aber vielleicht nur, dass die Astrophysikerin, die zwar nicht mehr in den Bibelkreis kam, jedoch Gottesdienste besuchte, ihm anders begegnete. Peter hatte ihr erzählt, wie der zweite Pfarrer nicht nur offiziell alle Bücher nachgerechnet, sondern auch Kontenjahre durchwühlt hatte, die ihn nichts angingen, wie er weiterhin Olvaeus' »geldrelevante Entscheidungen« kontrollierte, also jede Entscheidung, zugleich die eigenen Beziehungen zum Superintendenten pflegte und versuchte, immer mehr Gemeindeaufgaben an sich zu ziehen.

Ostern kam und verging. Falls Harriet erwartet hatte, das Objekt ihrer ältesten Träume werde danach mehr Zeit haben, sah sie sich getäuscht. Suche nach einem neuen Vikar, Internetausschuss, Kirchenvorstandssitzungen, Teambesprechungen, Predigtschreiben, einen erkrankten Kollegen vertreten, Programmplanung für das kommende Jahr, Überwachung der Dachrenovierung, Putzfirma suchen (die alte: insolvent).

So viel Organisatorisches schluckte noch das Seelenleben – anderes schluckte es auf jeden Fall. Sie kamen mit der Wohnungssuche nicht voran. Um sich wenigstens zu sehen, verabredeten sie sich manchmal für den Abend in Peters Rückzugsraum hinter dem Altar. Seit Jahrzehnten grübelten Pfarrer hier vor sich hin; Pfarrer, verschwitzt von Predigten und Sorgen, Pfarrer ohne Deo, mit Käsebrot. Harriet mochte den Geruch des Raums nicht, erst recht mochte sie nicht darüber nachdenken, was auf dem kerbigen Tisch in der Mitte schon alles gelegen und stattgefunden haben mochte. Manche machte eine kirchliche Umgebung an; Harriet nicht.

Pfarrer Olvaeus hingegen liebte das Zimmer: die uralte Wandtafel mit den Drehschaltern, die die Lichter der drei Schiffe bedienten, den wurmstichigen Schrank, in dem die Talare hingen. Knarrend öffnete er ihn und hielt der Freundin einen Flyer entgegen: Dr. Dr. h. c. S. Markötter, »Die Babylonier und die Berechnung der Welt«. Hellgraue Schrift auf violettem Grund.

Birkeneder hatte tatsächlich eine Vortragsreihe auf die Beine gestellt. Niemand hatte Peter davon erzählt, der frisch gedruckte Flyer hatte heute auf seinem Tisch gelegen. Beide Augenbrauen zog Peter hoch, zuckte mit der Schulter. Harriet hingegen ärgerte sich: dieses Männchen. Dieser Streber!

Es solle sich bei dieser Berechnung um ein sexa-irgendwas Zahlensystem handeln, sagte Peter, der seine Sachen packte. Nächsten Donnerstag könne er allerdings beim besten Willen nicht zuhören. Es gebe genug anderes zu tun.

Sie seufzte: »Warum wehrst du dich nicht? Bist doch gar nicht so grün und nüchtern wie eine leere Weinflasche.«

Er lachte und drehte die Lichter aus. Hintereinander, sich an den Händen haltend, schlichen sie im Schein zweier Wandleuchten zum nördlichen Seitenausgang. Dann standen sie auf der Straße, an der kleinen Pforte im Zaun. Peter sagte: »Geh du.«

Er war mit dem Fahrrad da. Sein Beitrag zum Sport.

»Aber ja«, sagte er, »du hast eben Einfluss auf mich.«

Jeder konnte sie hier sehen, doch seine Finger streiften Harriets Wange. Er trug Handschuhe, die Wolle war weich.

»Ja, Heu? Du gehst hin, als mein Ohr, und dann berichtest du mir.«

Er schloss das Fahrrad auf und summte eine Melodie, und als sie ihn fragte, was es war, sagte er beiläufig: »*Hallelujah*. Am besten in der Coverversion von Jeff Buckley. Lieben und lernen. Hübsche Sache!«

Ein Aufblitzen der Rabenbrille, ein Lächeln.

»Ausgemacht?«

Schon war er fort. Für eine Weile sah sie sein Rücklicht, dann verschwand auch es im Verkehr.

3

Böiger Regen trieb die Besucher unter das kaum vorspringende Dach des Gemeindehaus, sie stauten sich vor der Tür, an der es immer ein wenig nach Urin roch, dort wurden sie endgültig nass. Dabei hatten sie sich herausgeputzt. Fast alle älter, Mäntel und Hosen in gedeckten Farben, gut gekämmt, glatt rasiert. Im Vorraum standen Pfützen, Streusteinchen knirschten unter dicken Gummiabsätzen, man hastete die Stufen hinauf. Den Aufzug benutzte keiner, jeder zeigte, wie fit er sich fühlte, »grauer Panther« sagte man zum Glück nicht mehr, drittes Lebensalter klang so viel besser.

Birkeneder, trocken und poliert, wartete am Ende der Treppe. Auch »seiner Astrophysikerin« – mit diesen Worten begrüßte er sie – gab er die vor Aufregung besonders weiche Hand.

Wie sie sehe: Die Leute strömten herbei!

Ein Erfolg, der alle Erwartungen übertreffe. Die Lektüre der Apokalypse habe die Mitglieder des Lesekreises, seine, Birkeneders Frauen, wundersam befeuert, sich nach den kräftigen Visionen des Weltendes mit Beginn und Lauf dieser Welt zu beschäftigen, nicht wissenschaftlich wie das IEP – er lächelte: Ein besseres Denken, wenn er so sagen dürfe, mythisch, komme nun zum Zuge.

Harriet lächelte zurück. Birke trug einen erdbeerroten Blazer mit Lederflicken an den Ellbogen. Heilsarmee? Oder wollte er die Frauen der Gemeinde endgültig dazu anregen, für ihn zu stricken?

Vier Euro Eintritt. Der Organisator strahlte, zusätzliche Stühle wurden geschleppt. Sanftes Getuschel in allen Reihen, Schreibblöcke gezückt. Man war aufnahmebereit, fertig für die Auseinandersetzung um die letzten Fragen, nein, »die ersten«, sagte der zweite Pfarrer. Er stand am Rednerpult, bodentiefe Fenster gingen zur Straße hinaus; die breiten Lichthalos der Bogenlampen spiegelten in den Scheiben, und der Regen schien leiser zu fallen, vielleicht saugten auch das Summen des Beamers und die Erwartung des Publikums das Geräusch auf. Im Saal hatte man längst die Lichter gelöscht, nur ein

Pultlämpchen auf der Bühne brannte noch. Ihre rückwärtige Wand füllte fast zur Gänze das angenehm blaue Standbild des Beamers.

(500 Meter entfernt saß Peter an seinem Küchentisch und starrte auf sechs zierlich befestigte Gliedmaßen, lebendiges kräftiges Muskatbraun und gerundete Lippen, die leuchteten wie Hagebutten. Das musste ein Fehler sein, es war der erste Käfer mit Lippen, den er sah. Die dünne vertraute Klarheit von Luftnot, Ephedrin und Adrenalin. Das Trio hob Umrisse hervor, während es den Gehalt des Gesehenen verschwimmen ließ. Lippen. Peter lachte: Er sah den Gott der zarten Borsten. Dunkle Segmente, kräftig miteinander verbunden, lange Fasern, schief verwachsene Ganglien, Börstchen an Füßen, Flügeln und Mund – eine Kraft, die ihre Form unablässig änderte. Schwarz jetzt, schmerzlich, dann wieder hagebuttenrot, kein Schmerz mehr, er staunte, nur Druck, in Umrissen, fast inhaltslos, und dann nur mehr rot.)

Dr. Markötter federte auf die Bühne. Harriet hatte mit Schweizer Rachenlauten gerechnet und mit etwas Würde, jedenfalls Professoralität. Es erschien – eine Laus.

Dünne Jeansbeinchen, kugelrunder Schokkibauch, Glatze. In Comics sahen Läuse so aus. Der Mann war höchstens vierzig. Vorm Mikro griff er als Erstes zum Wasserglas, trank. Jeder hörte, wie er schluckte, er schluckte mindestens zehn Mal, laut wurde es übertragen, er selbst musste es hören.

Noch während er trank, begann er, ins Notebook zu klicken. Die Leinwand hinter ihm vibrierte von Zeichen: lange Linien mit kurzen schattigen Anstrichen, leicht gegeneinandergelehnt, gut voneinander abgesetzt, gebündelt zu vertikalen, erstaunlich regelmäßigen Reihen, Regenfäden nicht unähnlich, Buchstabenregen, vor 2000 Jahren mit Keilen in Stein getrieben, in Marmor, in Ton.

Die Babylonier, so Markötter, hatten Listen geliebt. Abstammungslisten der Götter. Listen der Hohl- und Winkelmaße, Tariflisten für Datteln, Hirse, Sesam, Olivenöl und das Bier des Gebirges, den Wein. Rot-rosafarbene Ritzdächer schwebten auf schwarzen Körpern, Lücken markierten Trennungen. Manche Zeichen sahen wie stilisierte Fischgerippe aus. Wie Trompeten. Wie Wellen. Dreiflügelige Pfeile, sehr spitz.

»Babeli«, sagte der Professor. Es klang wie ein Schweizer Kosename. »Babeli, Turm Gottes.« Beobachter, also Rechner, seien die Menschen des Euphrat nur geworden, um von der Zukunft zu erzählen. 373 Sonnenfinsternisse und 832 Mondverschattungen wurden über die Jahrhunderte hinweg eingeschnitten und überliefert – ein spätbabylonisches Archiv der Finsternisse.

Auf den Stelen, die Markötter zeigte, erschien der Mond häufig größer als die Sonne. Als Sichel hieß er Sin; Schamasch nannte sich die geflügelte Wärme.

Jemand fragte, warum die Turmbauer des Zweistromtals denn nach der 832. Verschattung aufgehört hatten zu zählen. Ob es 832 Monddunkelheiten brauchte, um zu begreifen, dass sie nichts bedeuteten? Sehr intelligent scheine das nicht. Ob die Babylonier deswegen untergegangen seien?

Der Kulturanthropologe trank und schluckte wieder zu nahe am Mikrofon. Wenn Harriet später an diesen Abend dachte, sollte sie sich vor allem an dieses Geräusch erinnern.

Der Trinkübung des Professors antwortete verstohlenes Lachen aus den hinteren Reihen.

»Verwirrung und Wissenschaft gingen schon damals Hand in Hand«, sagte Markötter.

Der Polytheismus der Babylonier sei dynamisch gewesen. Da man seine Götter lieben sollte, sagte der federnde Mann, und Listen liebte, habe man die Liste Anum in weitere Listen geteilt: Herrengötter, Dienergötter, Dämonen, Opfer, Feste. Natürlich, sagte Markötter, sei es eine interessante Frage, wie weit Projektion und Augenschein immer, also auch heute, Religionen und ihre Riten bestimmten.

Dazu zeigte er eine alte babylonische Erdscheibe, umflutet von Salzmeer, von vielfachen Himmeln überwölbt. Seine Bilder waren besser als seine Sätze. Es gelang kaum, von ihrer Fremdheit nicht angerührt zu sein. So untergegangen wirkten sie, und waren noch da, schienen so mühsam verfertigt, und wirkten erschreckend genau.

Auf der Leinwand stand eine schematische Zeichnung terrestrischer und lunarer Umlaufbahnen samt Neigungen und Beschleunigungskoeffizienten. Schweizerisches »oder?!« von Markötter: Bereits die Babylonier hätten festgestellt, dass das Größenverhältnis zwischen Sonnengott Utu und seinem Vater Nanna, dem Mondgott, exakt 400 zu 1 betrug.

Sie hatten es notiert und keinerlei Schlussfolgerungen gezogen.

Das, sagte der Professor mit einer Verbeugung, sei eine unverständliche, wahrhaft große Bescheidenheit.

Schluckte. Und wartete auf den Applaus.

Harriet blieb zur Diskussion. Birkeneder saß mit seinem Gast an einem Tischchen auf der Bühne und beherrschte die Lage, nämlich das Handmikrofon. Die Saalbeleuchtung war wieder angesprungen, ein älterer Herr fragte sogleich, ob Markötter sich Gott etwa als rein beobachtenden Altbabylonier denke. Der Anthropologe hüstelte ein »keineswegs«, gab aber zu, dass »apropos Bescheidenheit« jede einem Ding zugewiesene Zahl bereits als Interpretation gelten müsse.

Birkeneder runzelte die Stirn: Das stelle die objektiv gegebene Welt aber nicht infrage! Markötter, erneut hüstelnd, rettete sich zum Mond: Auch Nanna, männlich, weiblich, beides, gebe es doppelt, einmal als menschenabhängiges Gestirn – Nebelglanz, Dichterverse –, zum anderen als berechenbares, also verlässliches Objekt, das noch immer seinen babylonischen Bahnen folge. Dies, so der Professor, der seiner Stimme nun einen jubelnden Unterton zu geben wusste, bezeichne die eigentliche Zweiteilung der Welt: in Dinge, auf die man sich über Jahrtausende festlegen könne, die planbar seien, und Dinge, die nur bedeuteten, was der menschliche Blick gerade erfasse. Nun nickte der Zweitpfarrer enthusiastisch, seine Körperringe nickten mit: Nur Gott müsse als Drittes begriffen werden, er vereinige beides.

Harriet schwieg. Der Schweizer sah jung aus, seine Behauptungen waren altbacken. Sie überlegte, ob sie sich melden sollte. Kurze »Intervention«: Seit Alain Aspects Experimenten zur Verschränktheit von Lichtquellen Anfang der 8oer-Jahre gehe die Quantenphysik davon aus, dass es zum Beispiel den Mond, wenn niemand hinsieht, nicht gebe. Diese Position der Physik bedeute eine Wiedergeburt des Kantschen Dinges an sich dank simultaner, nur richtungsdifferenter Wellen, die zwischen Polarisatoren und Detektoren verstörend überlichtgeschwinde, rätselhafte Symmetrien und Abhängigkeiten zeigten. Andersherum gesagt bedeute es, dass alles, auch der Mond, gedacht oder gesehen, Erscheinung sei.

Sie ließ es. Peters Verse fielen ihr ein: Etwas einfangen, ohne es gefangen zu nehmen. Hatte es so geheißen?

Welch kleiner, aber feiner Unterschied. Sie begriff ihn erst jetzt; das wollte sie Peter gleich sagen, sie freute sich darauf.

Gedankenverloren nickte sie zum Abschied der einen oder anderen Bastelfrau zu.

Noch wurde geklatscht, sie ging allein die verschmutzte Betontreppe hinab. Ob sich, nein, wie sich, wenn man einmal auf einem fremden Himmelskörper stehen könnte, von einer ferneren Sonne bestrahlt, ohne Atmosphäre, leicht wie ein Ball, versteckt in einem Raumanzug, gehalten von einer dünnen weißen Fangleine, sehr dünn, kosmisch verstrahlt, ohne Horizont, mit geschrumpften Muskeln und verdicktem Blut, wie sich in diesem eigentlich erst dann als wahrhaft irdisch zu begreifenden Körper der Blick auf die Welt wohl verschob?

Es regnete wieder, wenn auch nur leicht, sie stellte sich in eine Ecke unter dem Vordach des Gemeindebaus und rief Peter an. Auf dem Festnetz, das Handy schaltete er abends aus. Wenn sie sich reckte, konnte sie durch die dünnen, in den Straßenlichtern silbern aufglitzernden Regenfäden das Pfarrhaus sehen.

4

Maria kam, in Strümpfen, eine Hand an der Wand, den Flur hinab. Lucien stand halb in der Tür. Überscharf sah Harriet Garderobenständer, Fahrradhelm. Marias lilafarbene große Wollzehen. Gleich würde Peter von oben rufen: »Was ist denn los, so spät?«

Das Söhnchen hatte einen schlechten Scherz gemacht.

Doch niemand lachte. Und man empfing sie nicht freund-lich. Damit war zu rechnen gewesen. Sie beschloss, genügsam an der Tür auf den Hausherrn zu warten, fand sich aber, ehe sie sich's versah, vor den Regalen im Flur, in zerschwimmen-dem Licht, und ihre Füße trugen sie lautlos den gekrümmten Weg hinab.

Später hieß es, sie habe sich hineingedrängt. Niemand habe sie einlassen wollen.

Er lag auf seinem adriatischen Sofa. Eine rote Chenille-decke über die Füße gebreitet, als könne er frieren. Kerzen brannten in ebenjenen Leuchtern, die auch im September bei ihrem Abendessen zu viert auf dem Tisch gestanden hatten.

Er sah nicht aus wie jemand, der schläft.

Der Teppich, über den Harriet ging, wurde immer weicher; seine Muster schienen ihr endlose brandende Wellen. Alles, was es in ihrem Kopf an Erinnerungen gab, brach auf einmal daraus hervor, entwischte, floh auf Peter zu mit einem einzi-gen Sprung.

Seine Augen waren offen, wässrig gelb.

Sie wollte sich etwas Beruhigendes sagen, etwas wie »ist gut«, »ist gut«, aber jemand schien der Luft einen Stoß ver-setzt zu haben, heftig strudelnd schwappte sie auf Harriet zu-rück, und aus ihrem Nebel formte sich Peters Gesicht. Der Badspiegel in Brüssel, Peter knöpft sich das Hemd zu, sie knöpft es von unten wieder auf, »verrücktes Heu«, sie fliegt auf ihn zu, will rufen: »steh auf« – aber da ist eine Stimme, die sie zurück in den Raum holt, eine Stimme neben ihr, die sich nicht vertreiben lässt: »Er hat so nach Luft geschnappt, da sah er fast glücklich aus, er hat sich an die Brust gefasst – und furchtbar geschaut.«

Maria hatte schnell gesprochen und kam außer Atem. »In

der typischen Asthmastellung, Arme aufgestützt, um die Lungen zu stärken, schief auf dem Küchenstuhl, röchelnd, blau.« Und sie – nichts wie zum Schrank. Ersatzspray hätten sie immer da. »Ihm an die Nase gehalten, gesprüht, wie um mein Leben, meins.«

Maria redete und redete, Lucien stand schweigend halb hinter ihr. Harriet starrte Maria zwischen die Brauen, ein paar Falten, nichts, um sich festzuhalten, also starrte sie auf Marias Mund. Er war blass und bewegte sich und Peter hatte ihn so oft geküsst. Harriet fühlte sich flau, durch ihren Kopf floss, als solle er ausgeleert werden, dünne, viel zu dünne Luft. Ihr wurde heiß, der Druck in ihrem Körper stieg, sie öffnete die Lippen ein wenig, um sich zu helfen, es half ihrem Bauch, eine Anspannung dort, die sie nicht eigens gespürt hatte, löste sich, wanderte die Kehle hinauf und fuhr als zartes Glucksen aus ihrem Mund. Erschrocken presste sie die Zähne aufeinander. Es hatte fast geklungen, als lache sie.

Niemand reagierte, auch nicht die zwei Personen, die hinter dem Fußende des Sofas saßen wie Torwächter, nur dass es kein Tor gab und die beiden offensichtlich nichts vom Wachen wussten. Der Mann hatte einen schwarzen, auffällig breiten Aktenkoffer unter seinen Stuhl geschoben und die langen Beine weit von sich gestreckt. Sein Haar war extrem blond, was Harriet, Tochter einer Albinomutter, dazu veranlasste, unwillkürlich hinüberzugrüßen. Die andere Person, eine dunkellockige, rundliche Frau, musste eine Freundin Marias sein. Sie trug eine eckige Brille wie Maria und wusste schon alles aus Peters Leben, so jedenfalls schaute sie Harriet an, neugierig und ein wenig schadenfroh.

Der Blick mahnte sie umso mehr, sich zu beherrschen. Das kitzelnd-raue Gefühl im Bauch wuchs nach. Sie atmete flach.

Musste nicht hinsehen.

Spürte ihn liegen.

War er schon kalt? Stimmte das? Wann? Sie wusste nichts. Und starr? Er war noch da. Und fort. So reglos. Seine Augen. Und die eigenen. Wohin?

Ihre Bauchdecke zuckte. Sie versuchte, sich abzulenken. Sollte sie nicht etwas ... Feierliches empfinden? Dabei war ihr, als stehe sie auf 4000 Metern Höhe. Körper schwach, Geist über-klar. Natürlich hatte sie Tote gesehen. Etwa Tote, die Tote spielten. Sogar in Romanzen wie *Vom Winde verweht* lagen eine Menge Toter herum, wirklich jede Menge, wobei man diesen Menschen aus heutiger Sicht ihre damalige Filmtotheit ansah, während das bei jenen, die man heutzutage in den Stu-dios sterben ließ, nicht mehr so leichtfiel. Manchmal, viel-leicht oft genug, waren diese neuen Filmtoten, zumindest in Dokus, tatsächliche Tote, sogenannte Echttote, von denen man allerdings nur Teile sehen durfte, Teile wie aus Versehen ins Bild gerückt, Teile, die im Bild von der Grenze, von der Schussstelle, von dem Attentat – scheinbar – vergessen wor-den waren.

Für Sekunden hatten diese Gedanken ihr geholfen. Nur ein kleines Hicksen entkam ihrem Bauch, sie drückte sich schnell, wenn auch nicht schnell genug, die Hand vor den Mund. Auf-schauen wollte sie lieber nicht. Was sie fühlte, war schlimm genug: Maria. Und Lucien. Die Freundin, der Arzt. Die wuss-ten doch alles. Alle. Die wussten nur nicht, was tun mit ihr. Ein wenig musste sie da lächeln, mit Geräusch. Peters unsin-nige Geliebte stand herum und gluckste. Wenn auch anstän-dig, das hätten selbst die anderen zugeben müssen, man hörte es kaum.

Maria wuselte durchs Zimmer, Kerzen in der Hand, die sie überall verteilte. Sie kam Richtung Harriet, hielt ein Streichholz so nah an einen Docht, dass es gleich wieder ausging, riss Peter die rote Decke fort, breitete sie aus, legte sie ihm bis über die Knie, schaute sich an, was sie gemacht hatte, die Kerze ohne Licht in der Hand, rannte davon. Harriet beobachtete genau, wenigstens ihr altes Beobachten hatte sie nicht verlassen. Die anderen drehten sich dem Extremblonden zu, er redete bereits, vernünftig, mit sanfter Stimme, wie es den Umständen entsprach und vielleicht seinem Wesen. Man lauschte mit ganzer Aufmerksamkeit, Maria beugte sich sogar nach vorn, die Hand am Ohr, obwohl sie schon kennen musste, was das Milchbrötchen sagte; vielleicht versuchte sie aber auch, sich das Ohr zuzuhalten; beinah hätte Harriet es ihr nachgemacht. Den anderen Arm ließ Maria kraftlos zur Seite hängen, bis die Freundin, die noch immer auf dem Stuhl zu Peters Füßen saß, nach der schwingenden Hand fasste wie nach einem Köder. Für Augenblicke sahen beide Frauen mit den ein wenig geöffneten Mündern wie Fische aus.

Erleichtert machte Harriet ihren Mund ebenfalls kurz auf.

Etwas Lachen entkam.

Sie drehte sich zur Seite, wühlte in ihrer Hosentasche. Hinter ihr stand nun aber jemand.

Peters Sohn.

Er hatte ihren Mundkampf also nicht gesehen, wie gut! Sie fand tatsächlich ein Taschentuch, das sie sich vor die Lippen drücken konnte. Der Albinomann erklärte, dass ihm dies alles schon als Arzt, erst recht als Freund der Familie, sehr schwerfalle. Er saß nun aufrecht, ja steif im Stuhl. Peter lag etwas abseits, schien aber zuzuhören. Asthma sei ein inverses Ersticken, man könne nicht mehr einatmen, weil man zuvor nicht ausatmen könne, was paradox klinge und schrecklich sei, man ersticke an einem Überfluss von Verbrauchtem, einer Selbstblockade. Aber so, wenigstens das beruhige, sei es im vorliegenden Fall nicht gewesen.

Verstohlen presste Frau Dr. Saramandipur sich mit dem Handballen auf die empfindlichen Nerven zwischen Nase und Mund. Nur – was gegen Niesen helfen mochte, half gegen Lachen noch lange nicht. Es war wirklich nicht nötig, dass sie diese Schübe bekam, wenigstens gab es Pausen dazwischen, wenigstens zeigte der Arzt sich von ihrem Verhalten in keiner Weise irritiert. Vielleicht zählte es zu den bekannten Phänomenen, dass Angehörige vor den Leichen der ihnen Nahestehenden von Lachanfällen heimgesucht wurden, nur sie hatte nie davon gehört …? Nein. Es war keine gute Idee, sich vor sich selbst lächerlich zu machen, da lachte sie innerlich nur mehr.

Der Hellblonde hatte inzwischen, im immer gleichen Tonfall fortfahrend, auf das gemeinhin kräftigende und tröstende »Wir« seiner Profession zurückgegriffen. Leider war er schon ans Ende seiner Ansprache gelangt, er klang feierlich, »wir«, sagte er, »können uns vorstellen, dass der arme Dahingegangene nicht lange gelitten hat«.

Peters Niesanfall in Ericks Zimmer. Der gemeinsame Gang über den Institutsrasen, Peters verzweifeltes Zungenschnalzen am Gaumen: »Wie kratzt man sich im Kopf?«, gefolgt von einem: »Oh ja, das habe ich nötig, dann vergesse ich dich vielleicht!«

Lucien, noch immer schräg hinter ihr, bewegte sich. Wollte er zu seiner Mutter gehen, die jetzt dicht neben dem Arzt stand? Oder sie, Harriet, aus dem Zimmer führen?

Sie floh. Es gab nur eine Richtung. Für einen Augenblick

hatte sie das deutliche Verlangen, sich auf Peter zu werfen, Frauen durften das, sie mussten weinen, und sie, Harriet, könnte versteckt an Peters Brust etwas von ihrem hilflosen Lachen aus sich herauslassen.

Sie erreichte ihn, da schien er mit einem Mal toter als zuvor. Ihr Bauch schmerzte, es waren die Muskeln gleich unter der Haut, sie versuchten etwas festzuhalten, und der Kopf versuchte, etwas zu begreifen, und die Brust wusste es schon. Sie nahm sich zusammen und beugte sich nach vorn, um ihn anzusehen. Ein letztes Mal, ein letztes Mal – ihr Gehirn funkte rot, rote Worte, Worte wie Blinklampen, »letztes Mal«. Wie wirklich Peter dalag, wirklich und verlassen, sie senkte den Kopf und grinste krampfhaft auf seinen Arm hinunter. Dieses Glucksen hatte bestimmt jeder gehört. Der Bauchschmerz ließ etwas nach. Sie schluckte Speichel und Luft, hoffte, der Rest des Gefühls werde sich auf diese Weise unterdrücken lassen, hatte aber die zusammenhängende Natur des Lachens ganz unterschätzt. Ihr war schlecht vor Nichtbegreifen, eine innere Spannung fiel über sie her, sie kämpfte und legte aus Versehen die Hand auf den Arm des Toten, dort, wo der Pullover die Haut freigab.

Er war noch warm.

Gleich, oder Sekunden später, Minuten später, eine Viertelstunde später, schaute Harriet sich wieder um. Maria sprach mit der Freundin, Lucien mit dem Arzt. Peters Nähe roch nicht mehr nach Peter. Harriet ging einige Schritte weg von ihm Richtung Terrasse. Da waren nur mehr Flüstern oder Lautlosigkeit. Da waren zu viele überflüssige Wesen im Raum.

Birkeneder stand in der Tür.

Schon hing Maria an seiner Hand wie an einem Tropf. Der

Zweitpfarrer nickte der Bekannten seines Nicht-mehr-Vorge-setzten kurz zu, so kurz, dass es so gut wie nichts war, kein Gruß, kein Tadel, kein Zeichen der Überraschung, während sie ihn anlächelte, froh um die Gelegenheit, ein wenig des Lachüberschusses an seine breite Gestalt abzuführen, ihre ei-genen Wangen waren ja nun wie die seinen, Ballons.

Birkeneder murmelte ein sicheres »Beileid« in die Runde. Den Erdbeerblazer hatte er abgelegt, ernst sah er aus, ihr Glucksen schien ihm zu entgehen. Gesenkten Kopfes trat er an das Totensofa und betete leise. Nach dem Amen streckte er umstandslos die Hand und schloss Peter die Augen, eine kühle, dadurch fast angenehme, jedenfalls professionelle Geste, während die Physikerin sich an die Terrassentür drückte, hinten bei Marias Klavier. Sie versuchte, Entschuldi-gungen für ihr glucksendes Verhalten hervorzubringen, die aber aufgrund der Entfernung zu den Menschen und der Lei-che wohl unverstanden blieben.

Gut. Sie hatte sich bemüht. Mehr Kraft besaß sie nicht. Ma-ria und die Freundin verließen den Raum. Der Arzt trat ne-ben den Pfarrer an Peters Sofa und stellte mit befriedigtem Unterton fest, dass bislang so gut wie nichts von Gott gesagt worden sei.

Beide Männer ignorierten Harriet, sie war ihnen dankbar dafür.

»Sind Sie ein Freund«, fragte Birkeneder.

»Freund genug, um aus Peters Mund von Ihnen gehört zu haben.«

Eins.

Zwei.

Drei.

Vier.

Vier Personen im Zimmer. Birkeneder, der Arzt, Peter, sie selbst. Natürlich zählte sie Peter dazu. Das Zählen verschaffte ihr eine kleine Verschnaufpause. Arzt und Pfarrer schüttelten sich ausgiebig die Hand.

»Doktor Sandfuchs«, sagte der Arzt.

Er habe den ersten Pfarrer kaum gekannt, antwortete Birkeneder, einfach sei es nicht gewesen. »Dennoch, auf seine Weise, wohl auf meine, ähm, unsere ..., ähm, ich mochte ihn.«

Die beiden Trauergäste standen, der eine dünn, der andere dick, an der Langseite des Sofas, ein wenig über den vollständig angezogenen Peter gebeugt. Peter mit dem verdammten Halstuch. Nach einem Moment des Zögerns sprachen sie laut und als wären sie ungestört über die Sterberaten in ihren Sprengeln. Birkeneder und Sandfuchs hielten je ein braunes Medizinglas in der Hand, der Arzt schenkte aus einer dazu passenden Flasche aus. Sie stießen an, wobei Birkeneder Harriet einen kurzen Blick zuwarf.

Harriet ging auf ihn zu. Sie lachte in kleinen, zwang-, doch eben noch damenhaften Hicksern und zeigte auf den Schnaps. Da es kein Glas mehr gab und niemand sich bewegte, griff sie nach der Flasche in Dr. Sandfuchs' Hand. Überrascht oder erschrocken ließ der Mann los.

Harriet hob ihre Beute, rief »Prost Maria« und lachte laut auf. Erst das Schlucken beruhigte sie.

Sorgsam, mit einer für Kinder und Verrückte reservierten Behutsamkeit führten die beiden Männer die Kranke zu Lucien in die Küche. Er war allein, Maria und ihre Freundin suchten den Campingkühlschrank, um ihn geöffnet neben der Leiche aufzustellen. Pfarrer und Arzt gingen ins Wohnzimmer zurück, Harriet setzte sich freiwillig an den ihr noch bekannten Tisch. Das Wort »Leiche« hatte sie nun kaum mehr erschreckt, selbst die Küche mit all ihren Schatten – die Spülmaschine, Peters Kuss – schien erträglich.

In Harriet bewegte sich nichts mehr.

Alles wäre gut gewesen. Da lehnte Lucien sich mit dem Po gegen die Spüle und neigte den Oberkörper etwas nach hinten wie ein Stabhochspringer kurz vor dem Anlauf.

»Ausgerechnet du hast angerufen.«

»Die ganze Zeit schon hast du nichts genützt.«

»Die letzte Kraft hast du ihm geraubt.«

Der alte Frageton in seiner Stimme war verschwunden. Luciens Hände umklammerten die Arbeitsplatte, als müsste er sie festhalten. Anscheinend duzten sie sich jetzt auch.

Sein Vater habe keinen Kaffee trinken dürfen (als wisse sie das nicht); er sollte nicht rauchen (gut für alle); kam manchmal außer Atem (das Alter).

»Er hatte schon mal einen, vor einem Jahr«, sagte das Kind. »Das hat er dir nicht erzählt, nicht wahr!«

Es war wirklich scheußlich, was für ein Lachberg in Sekundenschnelle in Harriet wuchs.

Peter hatte im Januar des letzten Jahres einen ersten Herzinfarkt gehabt. Sechs Monate vor Marias Unfall.

Und heute Abend den zweiten. Asthma, Ephedrin, Adrenalin, … »aber so, wenigstens das beruhige, sei es im vorliegenden Fall nicht gewesen«.

»Diese Kanaille«, rief Harriet, »dieser dieser …«

Wörter waren nichts als Geräusch. Lachwörter. Lächerlichkeiten. Sie schlug mit der Hand auf den Tisch. Die Hand tat weh.

Birkeneder sei deswegen angestellt worden, wusste sie das ebenfalls nicht?

Luciens Stimme klang hämisch. Sein Vater habe auf Teilzeit gehen müssen, sich schonen.

»Birkeneder und die Finanzen«, wandte Harriet ein.

»Auch«, sagte Lucien. Bald aber ein Vorwand, nach drei Monaten sei doch alles geklärt gewesen.

Die Küche war ein Staubsauger. Sie saugte Harriets altes Leben auf. Weg. Fort.

Lachen und: fort!

War eh nie gewesen, wofür sie es bis eben gehalten hatte. Fort!

Und die Zukunft explodiert, vor einer guten Stunde schon. In der Olvaeuswohnung. Wer hätte das gedacht. Staub rieselte herab. Eigentlich keuchten sie alle. Harriet stand auf, sackte zurück.

Saß sie auf dem Stuhl, auf dem Peter gestorben war?

Hier, in der Küche, hatte Lucien gesagt. Lachpause. Die Belehrte konnte mit klarer Stimme, wenn auch nur langsam, ein Glas Wasser verlangen.

Belogen hatte er sie. »Du hast kein Recht, alles aus meinem Leben zu erfahren!« Die hübsche Zufriedenheit auf seinem Gesicht, als er in der Chaloupe in Brüssel die Kaffeetasse an den Mund führte, »Eroberung« murmelte … und vom Herzen anfing, und sie hörte es nicht.

Hörte, aber nahm es nicht wahr.

Da lag er als toter Peter hinter der Wand, als wäre es das Normalste der Welt, und sie saß hier und hatte einen Lachinfarkt.

Als sie, nach Luft schnappend, wieder aufschaute, waren der Arzt und Birkeneder aus dem Wohnzimmer herbeigeeilt. Aber nein: Die beiden, in ihren Berufen erfahrenen Männer waren mit der Leiche fertig und wollten einfach nach Hause gehen. Harriet nickte ihnen liebenswürdig zu. Maria und die Freundin fehlten noch immer. Ob Maria in der Garage saß und weinte? Oder heimlich zu Peter gelaufen war, allein jetzt mit ihm? Harriet wollte rasch nachsehen gehen, Arzt und Pfarrer blockierten den Flur und wichen, als sie sie sahen, nur wenig vor ihr zurück. Birkeneder hob den wieder rosafarbenen Arm und kratzte sich am Ohr, Doktor Sandfuchs, der in seinem rabenschwarzen Mantel wie das Unglück persönlich aussah, allerdings als Heinoversion, wühlte in seinem medizinischen Wunderkoffer, wohl nach dem Gegenteil eines Lachgases. Er finde nur Stimmungsaufheller, sagte er zu Birkeneder, das scheine nicht wirklich angemessen.

Wieder stieg das Lachen in kleinen warmen Rucken aus Rücken und Bauch in ihr hoch. Der Arzt kam ein paar Schritte auf sie zu, sprach sie an und wollte sie mit nach draußen nehmen. Da musste sie weinen, weinte, weil er freundlich zu ihr war.

Ihr Bauch zuckte, die Augen brannten. Dr. Sandfuchs sagte zu Maria, die in der Tür erschienen war: »Lassen Sie die Frau eine Weile in Ruhe hier sitzen. Dann beruhigt sie sich von selbst.«

Es tat ihr leid, dass die anderen Angst hatten oder sie eklig fanden, sie hätte gern allen, insbesondere allen anderen, dieses Schauspiel erspart, allein, sie hatte nicht mehr die Kraft, sich die Hand vor den Mund zu halten oder auch nur sich abzuwenden. Vielleicht gab es die Möglichkeit, das Lachweinen hier in der Küche ganz aus sich herauszuwürgen, den Lachberg abzutragen und in der Olvaeuswohnung als Schuttberg zurückzulassen. Dr. Sandfuchs ging, Birkeneder stand unentschlossen in der Küchentür, Maria nahm einen Stuhl, schob ihn neben Lucien und ließ sich auf den Sitz fallen.

»Ich kann nicht mehr.« Dann, leiser, jedes Wort betonend: »Raus mit der.«

5

Übertrieben schwarz hingen die Fenster der umgebenden Häuser über den Gehwegen. Er hatte sie schützen wollen … er hatte sich auf ihre Blindheit verlassen, also war sie blind gewesen… (nett von ihr), er hatte vergessen wollen mit ihr … (noch netter) – all das war richtig, jeder Satz stimmte, man brauchte nur ein bisschen Geschick beim Interpretieren, das hatte sie von ihm gelernt, und wenn sie nichts gelernt hatte, Fehlfarben einfüllen konnte sie, darin war sie Expertin, gerade sie. Alle dreißig Meter schwamm eine Gehweginsel im currygelben Schein einer Straßenlampe; Harriet stand eng an die Kastanie bei Olvaeus' Haustür gedrückt und fror.

Wenigstens regnete es nicht mehr. Endlich kam Birkeneder; grau in der Lichtlosigkeit wanderte er, ohne sie zu bemerken, an ihr vorbei zum Tor, die Lederflecken an seinen Ärmeln schimmerten wie künstliche Augen.

Sie zählte bis 5000, langsam, schlich in die Tiefe des Gartens. Die Familie hatte im Erdgeschoss alle Lichter gelöscht, und, als schrecke eine Leiche Diebe ab, sowohl die Terrassentür als auch alle Fenster des Wohnzimmers offen gelassen. Es sollte wohl den Toten, der am Morgen abgeholt würde, gründlicher kühlen.

Kurzer Blick in den nächtlichen Himmel. $13{,}7 \times 10^9$ Jahre, ein Anfang? Jede Sekunde stürzten uralte Teilchennebel, gigantischen Gespenstern gleich, auf die Erde herab, auf jeden

Menschen, saugten an ihm, rissen Materie wieder mit sich hinauf. Das Lachen hatte sie ruhig und leer gemacht.

Im Zimmer schien der Mond stärker zu strahlen als draußen. Nichts war verändert, nur die Kerzen gelöscht. Der Campingkühlschrank summte, sie zog ihm den Stecker; Maschinen seiner Art wärmten mehr, als sie kühlten, das wusste sie doch.

Ein Wagen zockelte durch die Straße, an der Wand über Peters Sofa spiegelte das Scheinwerferlicht, und Schatten von Ästen huschten durchs Zimmer, manche schienen Krallen zu haben, es mussten die frischen, noch ganz eingerollten Blätter sein.

Peter.

Das Mondlicht machte sein Gesicht schmaler und schmierte Schatten hinein. Auf der Haut schien ein metallischer Dunst zu liegen, nur die Nasenflügel standen weiß hervor, durchsichtig fast.

Sie zog den Mantel aus, beugte sich vorsichtig über den Toten, legte den Kopf auf seine Brust, achtsam, als zerbreche sie ihn sonst, und umarmte ihn.

Kühl und hart.

Ganz still war es nun.

Einmal hörte sie eine Katze miauen und über den Kiesweg tapsen.

Auch Harriets Zähne machten ein fast zärtliches Geräusch. Sie biss ihm Haare vom Kopf. Immer nur zwei oder drei. Sammelte sie in die Hand, bis sie eine Strähne hatte. Ihre Finger waren rissig, Dreck unter den Nägeln, sie hatte Schösslinge gepflanzt am Nachmittag auf dem Balkon.

Er hatte sie getröstet mit seinem Spott, seinem Alter, seinem Rabenblick, schon das Mädchen hatte er getröstet, so glasklar stand es ihr vor Augen, jetzt, wo er fort war, dass sie nicht mehr verstand, wie sie es nicht hatte wissen können, solange er lebte; nur dort hatte sie es verstanden, wo man nicht mit dem Wissen weiß, und selbst jetzt, obwohl er fort war, tröstete er, ein harter Körper, sie ein letztes Mal.

Peters Brust und Hals wurden warm unter ihr, wie eine Unterlage warm wird. Vollkommen still lag ihr Oberkörper auf seinem. Sie spürte die Erde an sich ziehen, durch ihn hindurch.

Die »Erdenblödigkeit«.

Fast farblose Wolken krochen über den Himmel, Bäume öffneten ihre Blüten; im Fitnessstudio der Pfarrvilla gegenüber traten die ersten Frühaufsteher in die Pedale. Alles wie immer. Kein Laufband hielt eines Toten wegen an. Nur der Asphalt stieg an den Zäunen hinauf, die Straße neigte sich wie ein Schiff.

Kleiner Kreislauf, Herz-Lunge, hatte der Arzt gesagt. Dabei hatte sie mit Peter noch darüber geredet, dass im Kosmos ein irrsinniges Prinzip galt, umso irrsinniger, je länger man darüber nachdachte. Noch jede Beobachtung hatte es bestätigt: Jeder und jedes bewegte sich im All so, dass es möglichst wenig schlimmen Kräften ausgesetzt war. Selbst Teilchen. Auch Teilchen schienen einen »Lebenserhaltungsinstinkt« zu haben. Die Trennung zwischen Lebendigem und Unbelebtem war falsch. Peter hatte widersprochen: Die Biologen würden ihr die Leviten lesen. Es gebe einen Unterschied. Was sage er: viele.

Was hatte er recht gehabt.

Zuhause, in der alten Wohnung, saß sie reglos am Schreibtisch. Jeff Buckleys samtiges *Hallelujah*. Sie hatte das Lied längst gegoogelt und die gebrochene, sich mühelos über die Oktaven streckende Davidsstimme des Amerikaners gefunden. Lieben und lernen. Well maybe there's a God above But all I've ever learned from love … Fast löste die Stimme sich auf.

Harriet war fahrig, unkonzentriert, verlegte ihren Geldbeutel, rief dreimal im Blumenladen an und änderte die Kranzbestellung, bis sie sie ganz stornierte. Dann stand sie auf dem Balkon. Es war einer der ersten warmen Tage, überall spitzte zartes Grün, auch Unkrautgrün, der Sonne entgegen, der Stern zog an Erde und Pflanzen. Neben den Gehwegbäumen blühten Krokusse, und die Antiquare hatten wie jedes Jahr ein paar Töpfe mit rosafarbenen Hyazinthen an die Stämme gestellt.

Lange schaute sie auf die asphaltierte Straße unter sich. Da lag sie, ein silberner See, verdunstend im Frühlingslicht.

6

Sie musste eine Entschuldigung schreiben, der jähe Blick auf den Dahingeschiedenen, die Überanstrengung der eigenen Nerven, das Reißen der dünnen Nervenseile. Ihre Sätze erklärten, ohne etwas zu erklären, machten altmodische Kratzfüße und wurden angenommen. Das heißt, weder der Arzt noch Birkeneder antworteten; von Maria erhielten die Mowlls gemeinsam eine Trauerkarte mit Ort und Datum der Beerdigung, und Ashley wurde von Frau Olvaeus sogar angerufen – sie hatten oft telefoniert, wie Jet nun erfuhr – und zum Leichenschmaus eingeladen. Maria nannte das Zusammensein,

das der Beisetzung folgen sollte, anders, Ash aber sagte »Leichenschmaus«, auf Deutsch, er hielt es für ein reinigendes
Wort. Von Harriets Lachanfall wusste er nichts, er wusste so
vieles nicht; aber es konnte ebenso gut sein, dass Maria es ihm
erzählt hatte, oder jemand anderes, Harriet war sich der Ver-
flechtungen zwischen den Menschen, denen sie zuletzt begeg-
net war, nicht mehr sicher. So wenig, wie sie daraus schlau
wurde, wenn Ash sie voller Fremdheit und Verwunderung
ansah, kaum merklich mit den Augen blitzte wie früher, was
sie gern als Hoffnungszeichen genommen hätte, hätte sie nur
gewusst, wofür. So drängte sie es beiseite, versteckte sich unter
einem Hut mit schwarzer Krempe, setzte eine Sonnenbrille
auf, zog ein schwarzes Kostüm an, kaufte einen Rucksack,
schwarz, lackiert und klein, und ging in dieser Verkleidung,
wenn auch gut erkennbar, nämlich an Ashleys Seite, zu Peters
Beerdigung. Notfalls durfte sie nach Ashs Arm greifen, so war
es verabredet.

Ein lauer Wind strich über die Stadt, schnelle Wolken warfen Schatten wie Schläge. Überall roch es nach der erwachen-
den Erde, die Moospolster zwischen den Steinen am Gehweg-
rand glänzten von kleinen gelben Blüten. In der Ferne hörte
man das Gleiten der Züge auf der Stadtstrecke, lautlos drehte
ein Kran über einem der letzten großen Bauplätze, ein eckiger
Arm, an dessen kurzer Seite als Gegengewicht eine Steinplatte
aufgespannt war, lang wie ein Mensch, breit wie zwei, ein me-
chanisches totes Auge über der Stadt.

Der Friedhof lag an der Kreuzung zweier mehrspuriger
Straßen. Marias Eltern waren hier begraben, in diese Höhle
sollte nun auch Peter hinein, später würde Marias Sarg auf ihn
gestellt. War man einmal durchs Tor getreten, wirkte der Ort
aber bald angenehm, bunte, hohe Platanenstämme, borkige

Buchen, ein Park. Nur der kräftige, ein wenig süßliche Geruch verriet den Gebrauch. Da machte wieder die Physik Harriet traurig, manche konnten Shakespearesonette auswendig, andere den zweiten Hauptsatz der Thermodynamik, sie dachte an den einfacheren, ersten.

Energie ging niemals verloren. Die Bäume wuchsen aus allem, was im Boden lag. Die meisten trieben bereits aus, ihre Kronen schienen leer, doch zwischen dem Braunschwarz der Äste leuchtete Grün, manchmal wie von Gold oder Messing unterlegt. Die Farbkombination erinnerte Harriet mit geradezu bösartiger Klarheit an das Rebhuhngebüsch in Brueghels Ikarusbild. Ausschnitte, Phantome, Bildfragmente – sie durchgeistern sie, seit er gestorben ist. Manchmal machen sie ihr Angst, manchmal sind sie Trost, manchmal ist das ununterscheidbar. Die Toten als Blätter, messingfarben oder golden, schwarzgrün übermalt. Und Peter nun hinzu, hinzu.

Die Aussegnungshalle gab sich klassizistisch, ein halbrunder Bau, steinern und karg. Der Sarg stand in Kränzen und Blumen, weiße Kerzen brannten zu beiden Seiten, rechts fand sich ein Stehpult, gerahmt von klobigen Lautsprecherboxen. Ein Studienfreund Peters würde den Gottesdienst halten, Birkeneder sollte assistieren, mit einer Kabeltrommel unterm Arm eilte er, gewichtig wie immer, zwischen den Stuhlreihen nach vorn. Die Musikanlage schien eigens für diese Aussegnung aufgebaut zu werden; der Zweitpfarrer schob sich, ein loses Kabelende in der weit gestreckten Hand, neben den Sarg und kroch nun sogar ein Stück unter ihn. Nur mehr die Schuhe und zwei äußerst runde Waden waren zu sehen. Bedrohlich schwankten die Kerzenständer, als Dr. Anton begann, seine gesamte Masse rückwärts wieder unter Peter hervorzuarbeiten. Dritte eilten herbei und hoben, da Birkeneder endgültig feststeckte, den Sarg an, bis der Mann hervorkroch. Er staubte sich ab und eilte zu seinem Platz.

Harriet lachte. Peter hätte gelacht. Ihr egal, was die anderen über ihre Mimik dachten. Bis auf Ash. Sie glaubte zu spüren, dass er sie beobachtete; allein, wenn sie zu ihm schaute, wichen seine Augen zur Seite oder zum Boden aus.

Marias Chor sang. Maria, Lucien und eine alte, schwarz verschleierte Frau, sie musste Peters Mutter sein, saßen in der ersten Reihe. Die Mutter hatte Harriet nie kennengelernt. So war das. Es machte alles deutlich.

Darüber würde sie noch nachdenken. Sie folgte der Predigt, erinnerte sich später an nichts, nur das Gefühl, ihr Puls sei wie ein zu lose gespannter Faden durch ihre Arme geglitten, ihren Hals. Ein Lied von Brahms wurde gesungen, das Vaterunser gebetet, sie flüsterte mit – für Peter und sich selbst.

Die Orgel spielte zum Auszug, die hintersten Reihen erhoben sich bereits, als die Melodie abrupt verstummte. Maria war aufgestanden und winkte zur Empore hinauf. Auch Harriet drehte sich um; in einem erleuchteten Fensterrechteck in der Wand, gleich neben den Orgelpfeifen, zeichnete sich die Silhouette eines jungen Mannes ab, der sich nach vorn beugte.

Wie laut das Lied aus den Boxen klang. Wie es widerklang von den Steinen des traurigen Raums.

Maria musste es ausgesucht haben.

Abba sang *I have a dream*.

Ein Haarschopf über den Mauerziegeln, ein Gesicht mit offenem Mund, geröteten Wangen, stieg auf, sank, verschwand. Das wischende Geräusch kleiner Räder auf Asphalt, der nächste flog, drehte in der Luft.

Einer sprach aus, was nicht alle begriffen: Vor der Friedhofsmauer lag eine Skaterbahn. Eine Levitation folgte der anderen.

Levitation. Das Wort hatte er ihr beigebracht. Rasch hielt Harriet sich an Ashleys Jackettärmel fest. Viele Menschen begleiteten Peter, es freute sie, dann war es ihr egal. Man hatte drei Stangen unter den Sarg geschoben, man lief. In den Sträuchern saßen fette Spatzen; auf einer Wiese wuchsen Narzissen in Büscheln. Allmählich wurde das Glöckchen der Aussegnungshalle schwächer und verstummte, da war nur mehr der Friedhof, waldig und groß, das Gehen im Trauerzug. Eine Krähe sprang nebenher, Harriet hörte ihr alltägliches Quor-quor.

Der Zug bog um Ecken, eine Allee hinab. Licht und Schatten wechselten, Breite und Enge der Pfade. Ein älterer Mann vor Harriet flüsterte, hier verwesten die Leichen wenigstens noch. Man habe Probleme gehabt, sie aber behoben.

Auf den Erdhügel zu. In ihm steckte auf halber Höhe eine Schaufel, klein und mit rotem Griff, als wäre alles ein Spiel. Man stand im Halbkreis, zu mehreren Reihen. Die Sonne huschte fleckig auf Ästen, Stämmen und der Bodenschicht aus vorjährigem Laub, aus den Speerknospen der Buchen schauten Blätter wie blassgrüne Schmetterlingsflügel. Das Grab war bereit: der Haufen roher Erde, daneben das Loch.

Der Wind riss Peters Freund, der seine Agende umklammerte, die Worte von den Lippen; manchmal hörte Harriet, obwohl sie weit hinten stand, was er sagte, und folgte für ein oder zwei Minuten einem Gedanken, einem Fädchen aus Peters Leben. Sie war enttäuscht. Die Predigt unterschied sich in nichts von anderen. Kein Funken Spiritualität. Gesprochen allein für die Trauernden am Grab. Niemand versuchte auch nur, der Seele den Weg in den Himmel zu bereiten.

Blauer Frühling.

Schwarzer.

Die Freundin Marias, die in der Sterbenacht am Sofa gesessen hatte, grüßte herüber; ihre Augen glitten über Ash. Die alte Frau Olvaeus, vorn neben der unheimlichen Höhle, wurde zu einem Stuhl geführt, den der Friedhofswärter, gebeugt, als gehe er gegen den Wind, dienstfertig herbeischaffte. Hinter dem nächsten Grabstein hervor? Harriets Gehirn dachte Dinge, die Harriet gar nicht interessierten.

Man wartete, die nackten Gesichter ein letztes Mal in Peters Richtung gewandt. Der Sarg schwankte in zwei Seilen, knirschend kam er auf. Der Pfarrer warf eine Schaufel Erde hinterher. Jeder hörte das endgültige, schmutzige Schlagen der Brocken. Maria übernahm. Der rote Griff.

Dass sie ihn also unter die Erde brachten.

Die Trauergäste stellten sich an. Man war hier, man wollte oder musste hineinsehen. Harriet trug ein Armband aus künstlichem Bernstein, in elf Gliedern saß eine industriell gefertigte Biene, im zwölften fehlte das Tier. Man gab aber nichts ins Grab. Traurig auf eine ihr bislang fremde Art stand sie als eine der Letzten in der Reihe, zurechtgerückt an ihren kleinen Platz, eine Bekannte des Toten, lange her. Fast glaubte sie, die alte Verletzung vom ersten Besuch in Olvaeus' Gartenhaus am Handballen zu spüren, als sie, alle Muskeln fest an den Spaten gedrückt, ihre Portion Erde auf Peter fallen ließ.

Nun, da die Zeremonie vorüber war, zerstreuten die Anwesenden sich und nicht wenige lachten, getrieben von jener fieberhaften Heiterkeit, die Menschen nach Trauerakten gern überkommt. Masken fielen, neue wurden aufgesetzt. Wenn jemand starb, gab es einen Quantensprung. Es war der kleinste Sprung, den die Natur kannte. Sogleich kehrten alle Dinge in ihre Bahnen zurück. Nur hie und da blieb etwas stecken, Phantome der Wiederholung, Erinnerungen, die um sich kreisten, Figuren auf einem Kinderkarussell. Die Musik schepperte, Abba lief im Randomprogramm.

Den langen geharkten Weg hinab, im Schatten der Äste, in den Lichtern der Lücken. Harriets Arm streifte Ash.

Ash sagte, dass er das Lied so schlecht nicht gefunden habe. Schweigend gingen sie für ein paar Minuten nebeneinander-her. Die Unterhaltung schien beendet, doch dann hielt Ash es für angebracht, noch etwas anzufügen.

»Ich mochte deinen Piter«, sagte er, »so blöd bin ich!«

Das war der Anlauf. Das Echo in seiner Stimme veränderte sich nicht, als Ash, sehr britisch, sehr sachlich nachschob, wenn er es recht bedenke, sei er heute um seine Unglücksfahrt vom Juni froh.

Bunte Punkte standen in den Ästen einer Eiche, kreiselten für Sekunden, flogen auf Harriet zu durch die Luft. Sie ver-stand ihn ja, verstand ihn ja. Ihre Gedanken sprangen, etwas zerrte an ihrem Gesicht. Sie hätte Lust gehabt, Zettel an die Friedhofsbäume zu heften: Unbedingt vermeiden: Affäre, die wegstirbt. Unbedingt vorher beenden.

Ihre Augen machten, was sie wollten. Ihre Füße ebenso. Sie bat Ash vorauszugehen und setzte sich an einen der Bäume. Die Rinde im Rücken. Der Boden, warm, roch nach Moos.

Peter lag unter der Erde.

Ihr schien die Sonne auf den Kopf.

Ashley saß schon am Steuer, als Harriet sich in den Citroën gleiten ließ. Mit ruhiger Stimme sagte er, dass in der irischen Heimat seiner Großmutter im Haus des Verstorbenen alle Spiegel und Fotografien verhängt würden und bei den besonders Sorgsamen auch die Videos weggeschlossen, auf denen der Tote zu sehen war, damit die den Körper verlassende Seele auf ihrer weiten Reise nicht abgelenkt werde von einem Abschiedsblick auf die sogenannte Heimat.

Das bringe ihn zum eigentlichen Thema.

Sein Entschluss, nach England zu gehen, stehe fest. Ben werde für ein Jahr eine englische Schule besuchen. »Mit Ben also«, wiederholte er mehr für sich als für Jet. Er wolle ihm näher sein, mit ihm zusammenleben.

Seine Augen waren blass. Er sagte: »Ich habe vor zurückzukommen.«

Doch mit den Schultern machte er eine abwehrende Bewegung. Sie sahen sich an.

Die Plastiktüte mit dem rosafarbenen Inhalt, sagte Ashley, gehörte einem Mädchen aus Bens Kung-Fu-Club. Die Jungen hatten nach dem Training Mädchen geschubst, vermutlich gejagt, und dabei war Ben die Tüte – hm, in die Hände gefallen. Es habe genug Ärger deswegen gegeben, aber nun seien Ben und das Mädchen, nun ja, versöhnt. Äußerst versöhnt, sozusagen. Und da finde er, Ashley, das Ding in Jets Schrank, ganz unten, zuhause, weil er alles durchwühlen musste auf der Suche nach seiner alten Reisekiste.

Er lachte sein Dorset-Lachen. Sie hatte es lange nicht gehört.

VIII

1 8 7 0 7 2 1 1 3 4 9 9 9 9 9 9 8 3 7 2 9 7 8 0 4 9 9 5 …, Gehen im Zahlentakt, das Tal unter ihr ein Schatten, graugrüngrau, die Luft kalt und dicht. Einmal hörte sie auf der gegenüberliegenden Bergseite ein Auto fahren, es verklang. Wenigstens roch die Luft gut, neben dem Fenstergitter hatten drei Zigaretten gelegen, Harriet rauchte in tiefen Zügen, die Sterne funkelten, wie man so sagt. Sie sah in den Himmel, dachte an Peters faltigen Hals, seine warmen, dünnen Knochen. Zahlen begleiteten sie: auf ihren Schuhen, in ihrer Kleidung, auf Kilometersteinen und jedem Straßenschild, auf ihrer Uhr, in ihrem Kopf.

Fünf. Le-vi-ta-ti-on.

Es war ein milder Oktobertag, einer jener »goldenen«, an denen der Boden schon nach Dunkelheit riecht, die Luft hingegen widerstrahlt von Laub, und jedes Ding schärfer und größer als je im Sommer auf der Erde zu stehen scheint. Harriet trödelte den Datschenweg hinauf. Grasgrüne Strümpfe, oriongrüner Rock. Grün war Peters Lieblingsfarbe, auf Farben achtete sie nun.

Da sah sie ihn. Er hing von seiner Dachrinne. Wie sie rannte. Atemlos kam sie unter ihm an.

Durch den Schlitz zwischen Hauswand und Arm blickte das Viertel eines seiner Augen auf sie herab.

»Hi, Babe!«

Er musste verrückt geworden sein.

Ein dünnes »übe Bergsteigen« knarrte aus seiner Brust, die nackten Füße ruderten durch die Luft und tasteten an der Hauswand nach einem Vorsprung.

Er stützte sich ab, legte den Kopf in den Nacken. Da ragte der ganze Mann wie ein 45-Grad-Winkelmaß aus der Wand, frei und entspannt gegen das Kobaltblau des Oktoberhimmels gelehnt wie für immer.

So sollte es wohl aussehen. Sie schaute aber gern auch weiter – unten. Schwarze, weit geschnittene Shorts. Harriet sah wirklich sehr viel mehr von ihrem Pfarrer als je zuvor. Sein Körper schien ihr sonnig und geölt. Wie sein Bauch sich spannte. Wie seine Brust sich senkte und hob. Die Achseln, die kurzen Haare darin.

Mit einem leichten Plopp kam er neben ihr auf. »Diesmal bist du wirklich v-i-e-l zu früh!«

Er trank von dem Wasser auf dem Verandatisch, streckte es dann auch ihr in Sportlermanier hin. Sie drehte die Flasche, um die Lippen dort anzusetzen, wo er getrunken hatte, beugte sich nach hintenüber und saugte noch den letzten Tropfen auf. Da nichts mehr kam, schob sie die Zunge in den gläsernen Hals. Von Küssen hatte sie keine Ahnung, aber sie kannte Filme. Auf der Leinwand wurde selbstverständlich ohne Zunge geküsst; die Filme mit Zunge liefen dafür gleich im Anschluss an den Bushaltestellen. Harriet setzte die Flasche ab und schaute Peter erwartungsvoll an.

Er sagte »Levitation«. Machte eine Pause: »Weißt du wie?«, brachte ein Hoch aus auf das Ende der Mathematik. Dann lächelte er: Sie solle ihn nicht ansehen wie ein Häschen im Kohlfeld, und der Kohl sei aus Stein. So sei er nicht.

»Ich nehm dich auf dem Motorrad mit!«

Sie schaute auf seinen nackten Hals. Die Haut über dem Kehlkopf spannte. Warum er immer ein Halstuch trug, hatte er ihr bereits erklärt. Die Kehle sei der empfindlichste Teil. Die biete man nicht gleich jedem dar. Hunde und Wölfe wüssten das.

Peter. Da war er, von Kopf bis Fuß, und sie roch seinen Schweiß.

»Du bist zu hübsch.«

»Du riechst zu gut.«

Kurz nach vier erschienen Erick und der Mercedes. Harriet, steif vor Kälte, kletterte auf den Beifahrersitz. Nach seinem Rendezvous fragte sie ihn lieber nicht. Elf Kilometer später erreichten sie die Autobahn, sie setzte ihre Sonnenbrille auf. Wenigstens gab es im All keinen Blendverkehr. Erick meinte, sie solle bei ihren Institutsführungen nicht vom Anfang sprechen, er habe soeben herausgefunden, dass Enden viel wirkungsvoller seien. Da musste sie doch lachen.

Noch mehr Zahlen nun. Warum Erick Pi auswendig lernte, wollte sie nicht wissen. Der lösliche Kaffee, den sie mit Wasser aus der Mercedesminibar anrührte, schmeckte nicht ekliger als erwartet. Becher eins für Erick. Becher zwei für sie. Zahlen: die blau beleuchteten Messanzeiger des Wagens, ihre zitternden Zeiger, das GPS.

So also ging es weiter: umfangen von einer Blase aus Strahlung, ein leuchtender Punkt in x-Systemen. Sie wusste: Jeder konnte ihnen folgen, die Berge wollten nicht enden, weit hinter den dummen Felsen lag Brüssel. Natürlich träumte sie manchmal davon, durch die Zeit zurückzuwandern. Wozu war sie Physikerin.

Keine Werbephysikerin mehr. Keine Nomadin, kein Denkautomat. Sie spürte ihre Gefühle jetzt deutlicher. Die anderer Menschen kamen früher bei ihr an.

Also sagte sie zu Erick: »Ich erzähl dir was, damit du nicht einschläfst.«

Und trank einen Schluck Kaffee. 23,6 Lichtjahre von der Erde entfernt konnte man sie und Peter jetzt am Fernsehturm sehen. JETZT. Man musste nur den richtigen Lichtstrahl erwischen.

Die Autorin dankt den Autoren Flaubert, Illouz, Kennedy, Kleist, Mutsaers, Nabokov, Novalis, Poe, Sebald, Updike u. a. sowie den Erzählern des Ramayana für vielfältige Inspiration, Herbert Scheingraber vom Max-Planck-Institut für Extraterrestrische Physik in Garching für gedankliche Hoch- und Satellitenflüge, dem einst zweiten Pfarrer der Erlöserkirche zu München für tiefe Blicke in die Kirchenbücher, ersten Lesern und den Zuhörern im Holzbau der e³ für Geduld und kritischen Verstand.

Ulrike Draesners große Trilogie zum Thema Flucht und Vertreibung

»*Ulrike Draesner ist eine der bedeutendsten deutschen Gegenwartsautorinnen.*«

Times Literary Supplement